La cárcel

La cárcel

Alicia G. García

Rocaeditorial

Novela ganadora del séptimo Premio Internacional de Narrativa
Marta de Mont Marçal 2020

© 2020, Alicia G. García

Primera edición: septiembre de 2020

© de esta edición: 2020, Roca Editorial de Libros, S. L.
Av. Marquès de l'Argentera, 17, pral.
08003 Barcelona
actualidad@rocaeditorial.com
www.rocalibros.com

Impreso por RODESA

ISBN: 978-84-17968-14-4
Depósito legal: B. 12419-2020
Código IBIC: FF; FH

RE68144

A todos con los que tuve la suerte de compartir un trocito del camino, gracias por dejarme formar parte de vuestras vidas. Juntos seguiremos construyendo castillos en el aire para poder habitar en ellos.

Diez años después, continuamos caminando, disfrutando de cada paso y soñando con el siguiente.

Para los que siempre han estado a mi lado y para los que llegaron después, gracias.

1

Adormilado, Antonio palmeó la mesita de noche buscando el origen del infernal sonido que atronaba la habitación. Seis menos cuarto de la mañana.

Incorporado, atendió la llamada.

—¡¡Está muerta, está muerta!!

—¡¿Qué dices, Claudia?! —Con miedo de molestar a su mujer, Antonio se refugió en el cuarto de baño antes de continuar—. ¿Quién está muerta? —La luz artificial le obligaba a un parpadeo incesante para adaptar los ojos a la nueva claridad.

—Valeria, la chica de la celda siete, la rubia con silicona está muerta. —El temblor de la última palabra mostraba el miedo a pronunciarla.

—¿Muerta? ¿Estás segura?

—Joder, Antonio, pues claro que estoy segura —gritó la mujer—; la toqué, está fría, no respira.

—Tranquilízate, Claudia. —Tras unos segundos, Antonio preguntó—: ¿Qué pasó anoche?

—Nada fuera de lo previsto, todo salió como lo teníamos pensado. Bebieron, se relajaron, tontearon y la fiesta se alargó hasta pasadas las tres. Después cada uno se fue a su celda. Estaban muy borrachos, pero vivos cuando se acostaron. Y ahora ya no. Ella tiene los ojos abiertos, parece que mira, pero no puede porque… —Los sollozos impidieron a la mujer continuar con el relato.

—No llores, respira y relájate. —Poca información sacaría si no lograba centrar la conversación—. ¿Hay alguien más contigo?

—No —dijo Claudia tras una intensa inspiración—. El equipo trabajó hasta tarde, les dije que no volvieran antes de las siete, que yo me encargaría de la primera guardia, pensé que después de todo lo que habían bebido dormirían bien y que me arreglaría con las cámaras fijas de las celdas.

—Bien, mejor así, eso nos da algo de tiempo.

—¿Para qué? —preguntó Claudia—. ¿Qué debo hacer?

—Nada, en poco más de una hora estaré ahí. Antes de decidir, necesito que me cuentes todo lo que ha pasado.

—¿Y no debería avisar a la policía? —insinuó la mujer.

—Por ahora, no —ordenó Antonio.

—Pero...

—Claudia, escucha: si la muchacha está muerta, poco importa que esperemos un rato antes de notificar lo sucedido. —El tono de voz suave y condescendiente trataba de calmar la conciencia de la mujer—. Por favor, dame unos minutos para poder pensar.

—Está bien, esperaré a que llegues —concluyó Claudia antes de colgar el teléfono.

Con una mueca de alivio, Antonio dejó el terminal sobre el mármol gris del lavabo, antes de regresar al cuarto en busca de ropa.

Mientras recorría las baldosas del jardín, buscó en los recuerdos cercanos el rostro de Valeria. «Maldita sea, maldita sea», murmuró. La sorpresa inicial se había transformado en rabia en pocos segundos. Apenas faltaban unas pocas semanas; la pesadilla habría terminado y su mundo volvería a la normalidad, sin dramas, sin lágrimas.

Una punzada en la sien izquierda anunciaba la llegada de un fuerte dolor de cabeza. Sin pensar, Antonio abrió la guantera del auto y rebuscó entre los papeles hasta dar con sus medicinas. Desde la firma del contrato, las jaquecas no desaparecían del todo, solo se agazapaban, se adormecían dispuestas a atacar con rabia al menor descuido. Con la pastilla colocada bajo la lengua centró su atención en la carretera dejando que el fármaco actuase; aquella mañana necesitaba la mente despejada, las decisiones que tomase marcarían el futuro de demasiada gente.

2

$\mathcal{V}$era Palacios odiaba el centro de Madrid y la forma convulsa en que la gente trataba de arañar segundos al reloj en sus carreras matutinas. El taxi que la llevaba hizo un cambio repentino de carril para aparcar. Abandonó el auto y huyó del bullicio de la calle resguardada por el paraguas que sostenía el portero del edificio.

Entró en el edificio en el que se ubicaba el despacho de Jesús Herrador, responsable de producción de contenidos de una de las cadenas de televisión más importantes del país y su jefe en el proyecto. El inicio de la jornada laboral de la mayoría de los empleados de las oficinas coincidía con la salida del personal de limpieza, que de forma discreta se escabullía por puertas secundarias.

Con un gesto de desprecio se metió en el ascensor. La mujer observó de reojo su reflejo en el espejo. Conocedora del valor de la imagen en aquel mundo en el que se movía, cuidaba la suya de forma obsesiva. El maquillaje, sutil pero efectivo; el color de su pelo, siempre perfecto, ocultando las ya incontables canas; la ropa de diseño, sin estridencias. Cada detalle de sus complementos se elegía con el fin de realzar una fría belleza y ocultar una edad inconfesable. Pasar de los cincuenta, o solo aparentarlo, solía conllevar una actitud reacia por parte de los directivos a la hora de asignar proyectos. Una absurda actitud que enfrentaba el hecho de sobrepasar un número concreto en

13

el calendario con la capacidad para empatizar con franjas de mercado y comprender gustos y necesidades.

Un retoque de color en los labios le dio la seguridad que necesitaba para afrontar la reunión. Recorrió la planta de personal hasta el despacho de Jesús Herrador contestando con una inclinación de cabeza a los saludos que recibía a su paso. «No tiene solución», pensó mientras una mueca de rechazo marcaba su boca al ver secretarias más jóvenes y con ropas más ajustadas.

El espacio personal de su jefe se delimitaba por dos paredes de cristal. Según él, para controlar a sus empleados y estar al tanto de quién entraba y salía; según las malas lenguas, para poder recrearse con las vistas que él mismo seleccionaba. A través de ellas, Jesús se percató de la llegada de Vera. Finalizada la conversación telefónica que mantenía, le indicó con la mano que entrase.

—Buenos días. —La voz de Vera sonó cadenciosa y firme.

—Buenos días, puntual como siempre —alabó el hombre.

Sentada frente a él, no pudo evitar fijarse en las bolsas marcadas de sus ojos, que en algunas zonas pasaban del tono morado al amarillento, en consonancia con el resto de la piel. A sus cincuenta y cuatro años, la misma edad que ella, su 1,80 de altura comenzaba a redondearse por la zona central con una desagradable tripa, que ni los trajes caros ni las maneras de alta cuna podían enmascarar. Un cuerpo sometido a demasiados excesos y pocos cuidados.

—¿Tenemos ya los índices de audiencia? —preguntó Jesús al tiempo que rebuscaba en uno de los cajones.

—Sí, alcanzamos un 21 por ciento de *share* —apuntó Vera.

—No está nada mal —mientras hablaba, Jesús movió varias veces el cuello realizando pequeños círculos, claro síntoma de que sus cervicales necesitaban recolocarse.

Con disimulo, Vera miró hacia la puerta entreabierta del

pequeño cuarto de baño del despacho, sobre el lavabo se amontonaban diversos útiles de aseo. Su jefe parecía no haber dormido en casa aquella noche. El sonido de unos nudillos golpeando anunció la llegada de la secretaria de Jesús. La muchacha, embutida en una falda tan corta que le impedía depositar las tazas de café sobre la mesa sin mostrar la ropa interior, no dejó de sonreír a su jefe en todo el proceso. Antes de que abandonase la habitación, una arruga marcó el entrecejo de Jesús. Vera se fijó en la pequeña gota marrón que destacaba en el puño de su camisa. La joven tenía un físico impresionante, pero no era hábil. Vera estaba segura de que no volvería a verla trabajando allí.

—Hemos mejorado dos puntos desde la última emisión, eso es buena señal; parece que los espectadores aceptan el formato y comienzan a fidelizar el seguimiento —la mujer se centró de nuevo en el motivo de la reunión.

—Me han dicho que uno de los concursantes, un tal Andrés, ha intentado establecer contacto con el exterior a través de los figurantes, parece que busca representante, ¿sabes algo? —preguntó Jesús.

—Sí, ese muchacho siempre ha dado problemas, será que los 180 000 euros del premio no lo motivan lo suficiente para soportar la disciplina del concurso. Me temo que lo que buscaba desde el principio era aguantar un par de semanas y luego hacer un paseíllo por distintos programas. Un modo de sacar más dinero con el mínimo esfuerzo.

—Supongo que tiene claras las condiciones del contrato que firmó, ¿no? —El tono serio de Jesús mostraba el rechazo que este tipo de personajes le despertaban.

—Se habló con él y se le dijeron las consecuencias que tendría incumplirlo. Es un voceras y un descerebrado, pero cuando sugerimos que si no cumplía desaparecería de los medios, recapacitó. Además, le animamos a que mejorase su imagen de cara a la audiencia.

—¿Cómo?

—Pues la verdad es que estamos algo escasos de romances, y ya sabes que no hay nada que conmueva tanto a la gente como una buena historia de amor. Le sugerimos que se centrase en Valeria o en Raquel, creo que cualquiera de las dos sería receptiva a sus atenciones y darían juego.

—Buena idea —dijo Jesús.

—Anoche se organizó una fiesta; llevan ya encerrados cinco semanas, con una disciplina muy severa, y les dimos un descanso. Ese ambiente seguro proporcionó algún acercamiento.

—Mantenme informado —respondió Jesús, mientras sacaba una pastilla de un cajón y la tragaba con el último sorbo del café. La actitud de su jefe indicaba que la reunión había terminado, pero Vera tenía otro asunto que comentar.

—Necesito que hablemos de David Salgado.

—¿Qué pasa con él? —Las cejas de Jesús se juntaron mostrando lo poco que le apetecía tocar ese tema.

—Hay que controlarlo o tendremos un grave problema. En la última gala fue muy evidente que conocía el nombre del expulsado, cuando se supone que el público decide y que los teléfonos se mantienen abiertos hasta el final.

—Su vehemencia a veces le lleva a equivocarse —Jesús lo justificaba.

—No, su falta de profesionalidad le lleva a saltarse los ensayos, a ignorar los guiones y a pasar de lo que el equipo le dice —añadió Vera.

—¿Qué sugieres? —El hombre estaba poco dispuesto aquella mañana a entrar en discusiones, y aún menos en una que sabía que perdería.

—Alguien debe hablar con él y recordarle sus deberes. Como creo que eso servirá de poco, se le debe restringir la información para impedir que nos deje en evidencia.

—Está bien, yo me encargo; no volverá a suceder.

—Perfecto —concluyó la mujer sin demasiada convicción mientras se ponía en pie. Al colocarse el bolso, hizo que cayera un pequeño portafotos de la mesa. Con una disculpa, Vera se agachó a recogerlo, fijando los ojos en la fotografía. En ella, una muchacha sonreía a la cámara con descaro. El maquillaje excesivo, la ropa insinuante y la sonrisa forzada mostraban una adolescente que jugaba a ser mayor.

—¿Es Jenny? ¡Qué cambiada está!, ya apenas la reconozco. ¿Cuántos años tiene? —dijo mientras colocaba el marco en su lugar.

—En unos meses cumple dieciséis. Crece demasiado deprisa. —La expresión en el rostro de Jesús mostraba algo más que tristeza al comprobar que su niña dejaba atrás la infancia, la persona a la que más quería, consentía y de la que presumía con todo aquel que quisiera escucharle.

La necesidad de mantener separada la vida profesional de la personal cerró los labios de Vera. Si sucedía algo entre Jesús y su hija no era asunto suyo.

Vera solicitó la ayuda del portero para pedir un taxi. Mientras esperaba, activó el sonido del móvil y comprobó la pantalla: una llamada del jefe de mantenimiento, dos de la redacción y varias de su secretaria. No le gustaba empezar el día con prisas, al menos esos primeros instantes de la jornada necesitaba que fuesen ordenados y tranquilos para organizar su mente.

El mensaje de cada amanecer, la señal de que lo más importante que poseía en la vida se encontraba bien y se acordaba de ella apareció por fin en el móvil aliviando, en parte, la tensión. Aquel breve «Buenos días» en la pantalla del teléfono indicaba que Julia comenzaba sus ejercicios. Lástima que esa mañana la compleja agenda de su jefe no hubiese permitido a Vera esperar para iniciar juntas el ritual. Cuando su hija cumplió ocho años, Vera entendió lo rápido que el paso del tiempo arrebataría a la niña de su lado y decidió aprovechar cada momento. Por eso, cada despertar, antes de marcharse, se colocaban en la alfombra de la sala y durante unos minutos practicaban yoga para prepararse ante la actividad diaria. Esos minutos, sin apenas mirarse, sin palabras, sin tocarse, se convirtieron en un nexo de unión que veintisiete años después aún mantenían.

La relación con el padre de Julia comenzó como una simple aventura, un divertimento. A pesar de su juventud, Vera era consciente del nulo futuro que podía esperar al lado de un hombre casado cuyas aspiraciones políticas pasaban por aparentar un estilo de vida impecable. Atraída por todo lo que él representaba: confabulaciones, maquinaciones, poder e intriga en los primeros años de una democracia recién estrenada de la que todos ambicionaban obtener algún beneficio, vivió cada instante sin mirar las consecuencias.

Aún recordaba su expresión de pavor la noche que le confesó que estaba embarazada. Vera sabía que en ese momento hubiese podido pedir cualquier cosa, que él la hubiera convertido en realidad. Pero fue prudente y prefirió esperar. Sabía que aquel hombre lograría el poder político que ansiaba, llevaba meses observando su forma de actuar y no dudaba de ello. La decisión de ser madre soltera con tan solo diecisiete años supuso una ruptura con la mayoría de su familia, más preocupada de los comentarios de los vecinos que del bienestar de los suyos; y también una hoja en blanco en la que poder escribir peticiones y deseos, siempre es bueno contar con alguien que puede allanar los obstáculos que la vida te va presentando.

La vibración del teléfono se mezcló con el golpeteo de la lluvia y los sonidos del tráfico vespertino.

—¿Sí? —respondió con desgana, demasiado temprano para escuchar las quejas de Antonio.

—Te necesito en la cárcel.

—¿Es urgente?

—Si quieres que el programa se siga emitiendo será mejor que te des prisa. —Sin más explicaciones, el hombre cortó la comunicación.

«El día comienza movido», pensó la mujer mientras se introducía en el taxi.

3

Cuando Jesús Herrador le pasó el guion del proyecto de telerrealidad que estaba preparando, Antonio pensó que se había vuelto loco. Construir una réplica de una cárcel y meter en ella a catorce desconocidos a los que someter a un régimen disciplinario estricto para observar y analizar sus reacciones solo podía ser fruto de una mente enferma. Pese a lo descabellado de la idea, la productora y la cadena apostaban por ella dispuestas a embarcarse en el programa con mayor presupuesto de su historia.

Antonio odiaba ese tipo de concursos, le parecían basura, una mera burla y manipulación de la audiencia. A sus cincuenta y siete años, consideraba que su prestigio y el tiempo dedicado a la profesión se merecían otros retos. Sin molestarse en dar demasiadas explicaciones, rechazó la propuesta.

Sin embargo, el destino le reservaba otros planes y pocas semanas más tarde se vio forzado a aceptar un trabajo que despreciaba.

Por suerte, la cadena decidió olvidar el desplante inicial y mantener las condiciones del contrato, tanto económicas como las que le permitían elegir su equipo de trabajo, al menos estaría rodeado de profesionales de confianza que le ayudarían a dar un poco de nivel al programa.

Durante el trayecto hasta la edificación en la que los concursantes permanecían recluidos y aislados del entorno, apenas se cruzó con un par de coches. Cada vez que se desplazaba hasta allí, un sentimiento de rabia le oprimía al contemplar cómo la dejadez de las autoridades locales había permitido que un proyecto urbanístico, envuelto en humo y demasiadas promesas incumplidas de empleo, transformase valles como aquel en vertederos ilegales.

Las extensiones que contemplaba con repugnancia, plagadas de los más variados desechos que logra producir una gran ciudad, eran años atrás indispensable materia prima para las explotaciones ganaderas de la zona. Ovejas, vacas y caballos recorrían los pastos disfrutando durante el día de un entorno privilegiado, marcando los tiempos de la comarca con sus necesidades vitales. Una forma de vida que se había mantenido durante años alejada y a salvo del ruido, el tráfico y la contaminación.

22 Por desgracia, una empresa con más contactos que conocimientos del negocio ideó construir una urbanización de lujo en los terrenos del valle, una ridícula y pretenciosa visión con la que hacer soñar a la clase media-alta de Madrid ante la posibilidad de poseer un refugio elitista y elegante a menos de una hora de coche, en el que poder desestresarse de la rutina de cada semana.

A pesar de la oposición de los vecinos, residentes en aquellos parajes durante generaciones, el proyecto inició su marcha. Una de las primeras medidas de la corporación municipal, a instancias de la constructora, fue sancionar a los dueños de las explotaciones ganaderas, que ocupaban la mayoría de las parcelas de la zona, por el perjuicio que el mal olor generado por el desarrollo de su actividad supondría para la venta de las viviendas que iban a edificar. ¿Quién querría comprar una hermosa casa, con piscina, jardín y acceso a un lujoso campo de golf, si el aire cercano estaba contaminado por el olor a excrementos de animal?

El nulo plan en las excavaciones, el desconocimiento del

terreno y el pinchazo de la burbuja inmobiliaria abocaron al fracaso a las idílicas maquetas con las que los dueños del proyecto embelesaron a los miembros del Ayuntamiento.

A la hora de exigir responsabilidades por los daños medioambientales, el entramado de empresas oculto tras unas siglas comerciales se esfumó con la disculpa de unos presuntos beneficios incumplidos. Y tras ellas dejaron un paisaje sin futuro, en el que los campos tardarían años en volver a acoger a una ganadería que en la mayoría de los casos había tenido que ser vendida para no tener que hacer frente a las multas del Ayuntamiento.

Las pocas viviendas ocupadas de la zona alojaban a ancianos que se negaban a abandonar sus orígenes y se aferraban a los recuerdos que protegían las paredes de sus casas. El mal de aquellos vecinos benefició a la productora de televisión para la que Antonio trabajaba, que por un precio ridículo se hizo con unas tierras cercanas a la ciudad en las que construir las instalaciones para el concurso.

Mientras se realizaban las obras de acondicionamiento de la edificación en la que encerrarían a los participantes, Antonio tuvo la oportunidad de conocer a Matías, el dueño de la casa más cercana a los terrenos adquiridos para el programa. En esa época la relación de Antonio con su esposa no pasaba por un buen momento. Amelia no entendía por qué había aceptado aquel proyecto; según ella, esas decisiones le convertirían en director de folletines. Incapaz de ser sincero, para retrasar el regreso a casa cada tarde y evitar una nueva discusión con su mujer, el hombre se refugiaba en la compañía de Matías, un octogenario de voz profunda y ronca, fruto de su adicción al tabaco de liar. Las arrugas que recorrían su rostro curtido por el sol se marcaban con tristeza al recordar cómo aquel paisaje que contemplaban sus ojos verdes estaba lleno en su juventud de arboledas y campos de pasto en los que cuidar los rebaños de ovejas y vacas de su familia. Resultaba difícil de creer, pero la

23

lástima en la mirada de aquel hombre no dejaba lugar a dudas. Un desastre ecológico al que la dejadez y el descuido de los dueños y autoridades locales no sabían o no querían poner fin.

Trascurridos unos cincuenta minutos desde la llamada de Claudia, Antonio detuvo el coche frente a la valla que delimitaba la entrada al complejo. El perímetro —no solo las instalaciones que albergaban a los concursantes, sino también a los miembros del equipo— estaba bordeado por una alambrada de algo más de dos metros de altura. En los vértices de la misma, cuatro torretas coronadas con unos capuchones en punta servían de refugio a los figurantes de escena, que transformados en guardias pretendían crear en el espectador una sensación de realidad que a los ojos de Antonio resultaba patética.

24

Faltaban pocos minutos para las siete y media de la mañana cuando se bajó del coche frente a la puerta de acceso al control de cámaras y a la cabina de realización. Una sensación de irrealidad se apoderó de su cuerpo cuando sujetó la manilla de la portezuela. Durante todo el viaje, su mente práctica había aislado el problema, nada podía hacer hasta llegar a la cárcel; ahora estaba allí y no tenía ni idea de cómo se iba a enfrentar al cuerpo sin vida de aquella chica. Por un instante la tentación de arrancar el motor y alejarse apareció como la opción más válida. No perdió tiempo en valorar esa alternativa, no había lugar en el mundo donde esconderse. Si no lo remediaba, en pocas horas la noticia se extendería y arrastraría consigo a todo el equipo.

Decidido a evitarlo, entró en el edificio en busca de Claudia. En el camino hacia el despacho de redacción, Antonio observó que los técnicos del turno de mañana comenzaban a llegar. Tanta gente perjudicaba sus planes. Debía actuar lo más rápido posible.

—Hola, Claudia —saludó el hombre mientras cerraba la puerta de la redacción tras de sí.

—Por fin estás aquí —suspiró la mujer—. ¿Sabes algo de Vera?

—Ya he hablado con ella, está de camino —aclaró el hombre—. He visto a los cámaras preparando los equipos.

—Sí, les he dicho que tenemos un problema con las tomas de corriente del pasillo y que mientras se arregla solo vamos a grabar con las cámaras fijas de las celdas. Les pedí que se dirigieran al pasillo oscuro de la zona masculina, que hasta nueva orden nadie debe pasar por la otra ala del edificio, así estarán lejos de las celdas de las chicas.

—Perfecto, eso nos da un tiempo. Ahora quiero que anules la cámara del pasillo de acceso al módulo de mujeres y la cámara de la celda 7, vamos a ver a la muchacha.

25

El rostro de la mujer mostraba el desagrado por tener que volver a ese lugar, pero el tono de su jefe no permitía réplica alguna. En un par de minutos cumplió su cometido y regresó con dos monos de color negro utilizados por los cámaras cuando tenían que realizar grabaciones manuales y no deseaban ser vistos por los concursantes.

En silencio recorrieron los caminos que bordeaban las habitaciones de las chicas. En cada una de ellas un cristal, a modo de espejo, tapado con una tela, permitía registrar sus movimientos sin que ellas fuesen conscientes. Varios metros de pasillo forrado de moqueta para amortiguar los pasos de los trabajadores los condujeron hasta la celda de Valeria.

La puerta de seguridad, camuflada a ojos de los habitantes de la cárcel, se encontraba muy cerca del lugar en el que esperaba el cuerpo de la joven. Con sigilo, para no despertar al resto de concursantes, accedieron al interior y llegaron al cuarto. Tapada con un camisón diminuto, que poco dejaba a la imaginación, la muchacha descansaba con el cuerpo girado de cara a la pared en posición fetal.

—Cuando anoche sonó el toque de queda estaba muy borracha —relató Claudia—. Llegó al cuarto dando tumbos, apenas podía quitarse la ropa y colocarse el camisón. Al momento de tirarse en la cama se quedó frita. Una hora después empezó a moverse mucho, se tocaba el estómago y no dejaba de quejarse. Araceli, que se había quedado conmigo en la redacción, estaba segura de que terminaría vomitando. Estuvo así un buen rato, hasta que pareció dormirse.

—¿Qué te hizo pensar que algo no iba bien? —preguntó Antonio sin apartar los ojos de Valeria. El cuerpo de aquella mujer, perfeccionado a base de silicona y operaciones, le producía un rechazo visceral, no podía entender la atracción que algunos hombres sienten por este tipo de muñecas de plástico.

—Hacia las cuatro y media terminamos de preparar el programa sobre la fiesta que se emitirá esta noche. El resto de los técnicos se fueron a descansar un rato, a mí me tocaba guardia. Como siempre, hice un barrido de imágenes por las celdas para comprobar que todo estuviese bien. Cuando llegué a la de Valeria me extrañó mucho que no roncase, ni te imaginas el ruido que esta muchacha hace —la mujer reflexionó unos segundos antes de seguir—. Perdón, emitía por esa nariz, supongo que en la operación de cirugía plástica cometieron algún error y le quedó así. Estaba tan cansada que lo ignoré y me fui a tomar un café. Cuando regresé, pinché de nuevo la cámara fija de Valeria y estuve observando un rato su pecho, no se movía. Dudé pensando qué hacer, temí que fuesen imaginaciones mías. Intenté despertarla y fue imposible. Entonces te llamé.

Finalizado el relato de Claudia, Antonio se acercó al camastro y con cuidado apoyó los dedos índice y corazón en el cuello de la muchacha. La frialdad de la piel confirmaba lo que ya sabía; sin embargo, durante unos segundos palpó, sin éxito, la zona en busca de un leve latido.

—Salgamos de aquí —ordenó Antonio mientras con un gesto instintivo se limpiaba la mano con la que había tocado a Valeria.

El silencio que envolvía la cabina de redacción recibió con sobresalto la entrada de Vera.

Antonio pidió a Claudia que pinchase la cámara de la celda en la que se encontraba el cuerpo de Valeria, mientras explicaba a la mujer lo sucedido.

—¿Quién más sabe esto? —preguntó Vera. Ni un mínimo gesto indicaba sentimiento alguno hacia la fallecida.

—Solo los que estamos en esta sala —dijo Antonio.

—Bien, lo primero es sacarla de aquí —afirmó la mujer.

—Pero no podemos mover un cadáver, hay que avisar antes a la policía —protestó Claudia.

Una mirada de desprecio precedió a las palabras de Vera:

—¿Y tú desde cuándo eres médico?, ¿por qué sabes que está muerta? —sin esperar respuesta, continuó—. La muchacha está enferma, y el programa tiene un equipo médico y una ambulancia contratados para este tipo de situaciones. Yo misma me encargaré de avisar para que el personal sanitario venga a recogerla y la lleve a un hospital.

—¿Qué pasará cuando la ingresen? —preguntó Antonio.

—No te preocupes, déjame los detalles a mí —respondió con una sonrisa de seguridad en el rostro.

En el cuarto, Antonio se movía en círculos incapaz de controlar los nervios de las piernas, mientras las mujeres hablaban. Este no era el primer trabajo que compartía con Vera; años atrás coincidieron en una serie de programas de investigación que obtuvieron gran éxito de crítica, lástima que los gustos de la audiencia obligasen a las cadenas a abandonar ese formato de televisión. Antonio envidiaba la capacidad de la mujer para controlar cualquier tipo de escenario. Cuando ella aparecía en una sala, no sabría explicar por qué, tal vez algo en su forma de moverse, de hablar, hacía que no pudieses dejar de contemplarla; quizá la seguridad que emanaba de sus gestos, o la fuerza de su mirada, quién sabe; pero era seguro que su presencia llenaba un cuarto. En ocasiones, hasta el punto de asfixiar al resto de sus ocupantes.

Nadie conocía con exactitud el alcance de los contactos que manejaba, pero lo cierto es que conseguía lo que para otros resultaba impensable. Sin la eficacia de Vera, y sus influencias en el Ayuntamiento a la hora de acelerar licencias y permisos, el programa no se hubiese podido comenzar en los plazos fijados con los anunciantes.

—La productora y la cadena tienen que estar al tanto de esto —afirmó Antonio—, no podemos actuar a sus espaldas en algo así.

—Ahora vuelvo —respondió Vera al tiempo que buscaba un número en la agenda del teléfono.

La idea de su compañera le parecía descabellada, pero Antonio sabía que recibiría el respaldo de los directivos de la cadena. Jesús Herrador jamás dudaría de las sugerencias de Vera. La inversión realizada en el programa podría peligrar si una investigación policial obligaba a detener la grabación; cualquier opción propuesta, aunque patease la legalidad, sería aceptada.

—Ya está —afirmó la mujer de regreso al cuarto—, la ambulancia sacará a la chica de aquí en unos minutos.

—Valeria, se llama Valeria. —La voz de Claudia mostraba la lástima que sentía por la muerte de la muchacha después de semanas observando su vida.

Sin prestar atención a la velada crítica, Vera continuó:

—En una hora, Jesús nos quiere en su despacho.

Antonio estaba seguro de que aquel día sería de los que lucharía por borrar de la memoria.

4

$\mathcal{A}$comodado en la parte trasera de uno de los coches de la productora, Antonio observó el rostro imperturbable de su acompañante mientras hablaba por teléfono, dando órdenes a sus interlocutores sin apenas esperar respuestas.

Consciente de los intereses que Vera contemplaba en cada una de sus acciones, prefirió esperar a encontrarse con Jesús Herrador para plantear opciones diferentes.

A su llegada a los estudios de la cadena, los pasillos ofrecían la imagen de un hormiguero descontrolado donde cada miembro de la comunidad parecía moverse sin orden. Los años de trabajo y observación concedían a Antonio, conocedor como pocos de la realidad en la trastienda de su trabajo, pistas inequívocas para actuar. Disfrutaba de su oficio, sabía qué decir y cuándo para que todo funcionase de forma encadenada. Manejaba los egos y las manías de cada gremio hasta el punto de lograr lo mejor para ellos. En ese ambiente se mostraba firme, pero en los despachos toda su energía y confianza se minaban. Carecía de la habilidad necesaria para competir en un mundo de dobles sentidos y relaciones sociales.

Le sucedía igual con su familia, no comprendía la necesidad de Amelia de empeñarse en ponerle a prueba de forma constante, con el resultado de fallos sistemáticos, que ella se encargaba de proclamar ante su hijo. Incapaz de imponerse, los años y recriminaciones constantes llegaron a convencerle de su falta de valía, generando en su interior una sensación de culpa al creer que por sus carencias no lograba situarse profesionalmente en el lugar que merecía; impidiendo así cumplir los sueños de quienes le rodeaban. Una culpabilidad inmerecida, al menos hasta hacía unos meses.

Sin molestarse en contestar a los saludos que recibía, Vera se dirigió al despacho de Jesús Herrador. A su lado, Antonio, avergonzado, trataba de paliar la falta de cortesía general atendiendo a los requerimientos de los compañeros.

La voz de Jesús resonó en el interior de la habitación nada más acercar los nudillos a la puerta.

—Buenos días —saludó Antonio.

—Sentaos, por favor. —Las manos de Jesús señalaban dos sillas situadas frente a la mesa.

—Bien, acaban de llamarme del hospital; tu amigo está haciendo muy bien su trabajo. —El gesto de asentimiento de Vera hizo que Jesús continuase hablando—. Disponemos de diez minutos para decidir qué vamos a hacer, es el tiempo que me ha concedido antes de iniciar el protocolo que marca el hospital. ¿Sugerencias…?

—Propongo no dar a conocer lo sucedido hasta la finalización del programa. —Aunque trataba de suavizar el tono de su voz, Vera no podía evitar que las palabras pareciesen órdenes—. No sabemos las causas de la muerte, quizás anoche bebió en exceso o quizá ya estaba enferma cuando entró en el concurso; de cualquier forma, sería una publicidad negativa que puede hundirnos. Aunque estamos arrasando en los índices de audiencia, no olvidemos que hay mucho moralista esperando la ocasión para lanzarse contra nosotros. Es importante no dar carnaza a esa gentuza, una campaña de desprestigio puede influir de forma negativa en los patrocinadores; nuestras mayores marcas son productos familiares, un escándalo así los llevaría a abandonarnos, porque nadie querrá verse implicado en la muerte de una muchacha.

—Pero ¿cómo vamos a ocultar algo así? —interrumpió Antonio.

—No hablo de ocultar, me refiero a retrasar la aparición de la noticia. Tan solo sería un mes y medio, tiempo suficiente para que el programa finalice —respondió Vera.

—¿Qué sabemos de la familia de la muchacha? —La pregunta de Jesús indicaba que valoraba como opción la propuesta de su subordinada.

—He investigado el entorno de Valeria. La madre es una oportunista sin oficio que de joven intentó destacar en el mundo de la interpretación, con buen cuerpo, pero nada de talento. Desde que nació su hija se ha movido en ambientes de publicidad y *casting* infantiles, supongo que en un intento por vivir sus sueños a través de la niña. No dudo que las operaciones estéticas fuesen idea de la madre; el resultado ha sido espantoso, la pobre parecía una *barbie* de tienda de todo a cien. —Los ojos de Vera recorrían la documentación que sus ayudantes le habían enviado a la tableta.

—¿Y el padre? —interrogó Jesús.

—No creo ni que la madre sepa quién es —afirmó Vera.

—¿Crees que esa mujer colaborará? —Antonio pensaba en su hijo y le parecía imposible ocultar algo así.

—Tengo que comentar los detalles con la cadena, pero pienso que no pondrá reparo a lo que le voy a proponer. Si colabora, cuando acabe el programa tendrá entrevistas en máxima audiencia, cobertura del funeral, seguimiento de su dolor en los meses posteriores. Estoy segura de que la doliente madre aceptará encantada el papel protagonista.

—Veo que no tienes dudas de que venderá a su hija por unas horas de televisión. —El desprecio resultaba patente en cada palabra de Antonio.

—La niña ya está muerta, y todo el tiempo y el dinero que ha invertido en ella, tirado a la basura. Lo que yo le ofreceré es el momento de fama que lleva toda la vida esperando,

31

¿de verdad crees que se lo va a pensar? —La mujer elevó el tono, molesta, no estaba acostumbrada a que sus ideas fuesen cuestionadas.

—Creo que la opción que Vera plantea resultaría satisfactoria para todas las partes implicadas —sentenció Jesús.

—El tema de que sea una gran mentira no debe importarnos —cuestionó Antonio.

—No jodas con tus temas éticos y morales —bufó la mujer—. A los trabajadores que se irán a la calle si la productora quiebra no les importan en absoluto.

Conocedor del carácter de Vera, Jesús decidió finalizar una conversación que no conducía a nada.

—Antonio, regresa al plató de grabación y ocúpate de que el programa continúe con normalidad. La información para el equipo ha de ser clara: la concursante está enferma, ha sido trasladada al hospital y no sabemos nada más. La redactora que descubrió el cuerpo ¿es de confianza?

—Sí, Claudia es leal —afirmó Antonio.

—Por si acaso, recuérdale el contrato que firmó de confidencialidad —apuntó Vera.

—No creo que sea necesario, pero lo haré. —Molesto, Antonio se levantó de la silla, necesitaba abandonar aquella habitación antes de que la falta de ética de sus compañeros le desatase la lengua.

—¿Algo más? —preguntó una vez en pie.

—Por ahora no, en una hora nos reuniremos con los representantes de la cadena para concretar los detalles, te mantendremos informado —respondió—. Mientras tanto, Vera hablará con su contacto en el hospital para pedirle la máxima discreción.

Sin mirar a su compañera —no se creía capaz de soportar la visión de su sonrisa de triunfo—, Antonio se despidió con un simple gesto de cabeza.

Con paso rápido y la mirada baja —la sensación de llevar

escrito en la frente la palabra mentiroso le impedía levantar la vista—, abandonó el edificio para refugiarse en el coche de producción que le conduciría de regreso a la cárcel.

Un gesto inconsciente empujó sus manos a inspeccionar los bolsillos de la cazadora en busca de un cigarrillo. Llevaba más de siete años sin fumar, sin incumplir la promesa hecha cuando tuvieron que ingresar a su hijo por una neumonía. Aún recordaba la angustia de aquella noche sentado al borde de la cama del hospital, agarrando su mano, incapaz de alejar la mirada del pecho del pequeño que subía y bajaba sin ritmo acompasado. En ese instante, agobiado por un sentimiento de culpa por llenar la atmósfera de la casa con el veneno de su vicio, juró no volver a probar un solo pitillo. Pero aquella mañana el cuerpo le pedía nicotina, necesitaba sentir cómo el aire enrarecido le atravesaba la garganta en un intento por aliviar la tensión y la mala conciencia. La búsqueda resultó inútil; por suerte apenas quedaban diez minutos para alcanzar su destino, allí no faltaría quien le proporcionase alivio a su ansiedad.

Para alejar los pensamientos, al menos durante un leve espacio de tiempo, Antonio sacó el móvil y marcó el número de su ayudante. Sabía que el turno de Alina no comenzaba hasta después de comer. La noche anterior había trabajado hasta tarde, pero la necesitaba. La productora, en un deseo de limitar las posibilidades de una filtración a la prensa, no deseaba que nadie más del equipo estuviese al tanto de lo sucedido; pero Antonio sabía que, si pretendía que la mentira resultase creíble, necesitaba contar con su apoyo.

La mañana que Alina apareció en su despacho, tres meses antes del inicio de la grabación del concurso, Antonio acababa de escribir su renuncia. Prefería sincerarse con su familia, aunque ello supusiese perderlos, que enfrentarse a la dirección de un programa que le avergonzaba sin Armón Castro, su mano derecha en los últimos doce años. Había intentado que la pro-

33

ductora retrasase unos meses el inicio de la grabación para dar tiempo a su compañero y amigo a recuperarse del accidente de coche que le tenía amarrado a una cama con la mayor parte del cuerpo escayolado. Aquello resultó imposible, la maquinaria de la publicidad ya estaba en marcha.

—Hola, me envía la cadena, soy Alina, la nueva ayudante —explicó la muchacha tras obtener permiso para entrar.

—Siéntate y disculpa un segundo —respondió Antonio por encima del sonido del teléfono.

Al otro lado de la línea, Araceli, una de las redactoras, solicitaba su opinión sobre la periodicidad con la que retuitear los porcentajes de las votaciones que cada aspirante recibía.

La productora, de acuerdo con la cadena, optó por un sistema nuevo a la hora de seleccionar a los concursantes que ingresarían en la cárcel. En un deseo por aparentar trasparencia e igualdad de oportunidades, diseñaron un portal en el que cualquiera podía colgar un vídeo donde expondría los motivos por los que la gente debería votar para su ingreso en la prisión. La cantidad de desesperados y desesperadas por cinco minutos de fama saturó la página en pocas horas. La productora había previsto esta avalancha de solicitudes y disponía de un equipo técnico preparado para filtrar la información. Siguiendo sus criterios, tan solo accedieron a la segunda ronda eliminatoria treinta personas, a las que el público votaría de forma directa. De entre ellos saldrían los catorce concursantes para ocupar sus celdas.

Incapaz de comprender la mitad de las palabras que Araceli enviaba por teléfono, Antonio separó el auricular de su rostro y respiró desesperado; ni comprendía ni quería comprender la dinámica que movía las redes sociales.

—¿Me permite? —preguntó Alina con la mano derecha extendida sobre la mesa. La musicalidad de sus palabras logró que Antonio se fijase por primera vez en los preciosos ojos color avellana enmarcados en un rostro de piel morena y tersa. Sin apenas maquillaje, la muchacha mostraba una naturalidad a la que Antonio no estaba acostumbrado. En aquel mundo, el aspecto físico se manipulaba con cirugía, con cremas o lo que fuese necesario, cualquier cosa servía para distorsionar la realidad. Agobiado, Antonio interrumpió la charla de Araceli.

—Te paso con mi ayudante —afirmó el hombre al tiempo que ofrecía el teléfono a la joven, cuyo cuerpo proporcionado y menudo se adelantó para aceptarlo mientras un mechón de pelo negro azulado era reconducido de nuevo tras la oreja con un movimiento femenino e inocente.

En menos de tres minutos, Alina estableció un plan de actuación en redes sociales con la redactora, que permitiría a la cadena aparentar una cierta neutralidad en cuanto a la promoción de candidatos. El número de tuits enviados para cada uno de ellos sería el mismo, aunque las franjas horarias de emisión se cuidaban para aquellos que interesaba pasasen a formar parte del concurso.

—Gracias por tu ayuda. —Mientras hablaba, Antonio movía los papeles que se acumulaban a su alrededor en busca del currículum de la muchacha, sabía que debía de estar por algún lado; aquella misma mañana lo había encontrado encima de su mesa, aunque debía confesar que ni siquiera se molestó en mirar la primera página.

—De nada —respondió ella.

Durante unos instantes, los ojos de Antonio pudieron contemplar la profundidad que envolvía la mirada de Alina, tan solo unos segundos antes de que la mujer bajase la vista y volviese a parecer invisible.

—El proyecto ya está en marcha —comenzó a decir Antonio, incapaz de encontrar el dichoso papel—, no hay tiempo para demasiadas explicaciones.

—Llevo tiempo trabajando para cadenas de televisión locales y he participado en varios programas de entrevistas en directo, como habrá leído en mi currículum. No tengo problemas para adaptarme a equipos grandes, soy buena recibiendo y dando órdenes.

Mientras escuchaba, Antonio tropezó con su carta de renuncia. Si dimitía, no solo se quedaría sin su familia, sino que tendría que hacer frente a una indemnización por incumplimiento de contrato. ¿En qué momento se le ocurrió una idea tan estúpida?

—Bienvenida al proyecto —dijo Antonio. Se levantó del sofá y extendió la mano derecha hacia su nueva ayudante de dirección. Sin dudar, Alina aceptó el saludo—. Te espero mañana a las seis aquí en mi despacho. Nos llevará un coche de producción hasta las instalaciones de la cárcel. Espero que te guste porque los próximos meses pasarás más tiempo allí que en tu casa. —Con una sonrisa contagiosa, la muchacha abandonó el despacho dejando impregnado en el ambiente un aroma dulce e intenso.

Apenas unos minutos después, Antonio descubrió la información que buscaba sobre ella mezclada con el presupuesto del mobiliario para las celdas.

«Alina Calvar, nacida en 1990...» Antes de que pudiese continuar con la lectura, una nueva llamada de teléfono retumbó en la habitación.

—Si para la cadena está bien, por mí perfecto —murmuró al tiempo que guardaba los tres folios en un cajón del escritorio.

En apenas una semana, la mujer logró obtener el respeto del equipo. Firme, pero educada en las peticiones, Alina mediaba en cada conflicto de última hora que surgía en el proyecto. Su actitud conciliadora y discreta, así como la capacidad de trabajo, la convirtieron en imprescindible. Antonio cada día daba gracias por tenerla cerca.

Y aquella mañana, más que nunca, necesitaba su consejo y su ayuda.

—Hola, jefe. —La voz pausada y melosa hizo que por primera vez Antonio sintiese que todo podría salir bien.

—Hola, Alina, ¿dónde estás?

—En casa.

—Lo siento, pero te necesito en la cárcel. Te mando ahora mismo un coche para que te recoja, en cuanto llegues sube a mi despacho, te espero allí.

—Vale, nos vemos.

Sin preguntas, Alina colgó el teléfono y se dirigió a la ducha en un intento de que la modorra, fruto de las pocas horas de sueño, desapareciese.

Una nueva llamada interrumpió el masaje del agua templada sobre la piel. Envuelta en la toalla, alargó la mano hacia el terminal. Confiada en oír la voz de su jefe, ni siquiera miró la pantalla.

—Todo un milagro, conseguir que cojas el teléfono a tu madre en el primer intento.

El gesto contrariado de Alina mostraba el poco interés por la voz femenina que le martilleaba la oreja derecha.

—¿Qué quieres?

—El mes que viene la empresa de tu padre organiza una cena para celebrar su jubilación. A él le gustaría que asistieses.

—Estoy trabajando, imposible. —El silencio se instaló entre las dos mujeres durante unos segundos.

—Es importante.

—Te repito que es imposible.

—No puedes sacrificar unas horas de tu vida para acudir a una cena, pero sí aceptar nuestro dinero —las palabras de la mujer arrastraban rencor—, quizá sea hora de anular tus tarjetas y los beneficios de tus acciones. Si ya trabajas, te puedes mantener sola. —De nuevo el silencio.

—¿No dices nada?

«Que eres una hija de puta —pensó Alina—, ahora más que nunca necesito ese dinero.»

—Mándame día y hora —fue su respuesta—, intentaré ir, aunque no prometo nada.

—No olvides llevar un regalo para tu padre —ordenó la mujer con una risa irónica—, y sería bueno que te esforzases un poco, ya que lo paga él.

El sonido del teléfono al chocar contra el borde del sofá finalizó la conversación.

El padre de Alina se jubilaba después de treinta y cinco años trabajando para la misma multinacional y necesitaba una foto de familia con la que mantener una mentira que ahogaba a la muchacha.

Acostumbrada a luchar contra los recuerdos que se amontonaban en su memoria, Alina apretaba con fuerza los ojos para alejar las imágenes de su pasado.

Esfuerzos inútiles ante las sensaciones que plagaban de pesadillas sus noches. Aún podía sentir el vaho que se formaba en la ventanilla del coche cuando descubrió la soledad que acompañaría su vida mientras se separaba de sus padres.

La vivienda familiar se situaba en una urbanización a las afueras de Madrid. Una ubicación que imponía a su padre la necesidad de emplear más de una hora en coche, cada mañana, para desplazarse a las oficinas de la empresa para la que trabajaba. Un mal menor en comparación con la intimidad que la parcela protegida con seguridad privada les proporcionaba.

Aeryn, la madre de Alina, había nacido en Londres, aunque su familia procedía en su mayoría de Escocia. La blancura de su piel en contraste con el azul intenso de la mirada provocaba que los rostros se girasen hacia ella y se rindiesen ante su presencia. La perfección en sus movimientos, acompasados y rítmicos como si una música interior guiase cada uno de sus pasos, subyugaba a quienes la conocían.

Durante unas vacaciones en Marbella, cuando tenía diecinueve años, Aeryn fue presentada a quien quince días después se convertiría en su marido.

Treinta y dos años más tarde seguían juntos.

A pesar de llevar viviendo muchos más años en España de los que había pasado en Londres, Aeryn mantenía las tradiciones de su infancia. Sobre todo las que se referían a los horarios de comidas y a disciplina.

Su marido se plegaba a sus deseos, su hija no.

La propiedad de los padres de Alina era una de las más grandes del complejo. Una casa de tres pisos rodeada de muros y vegetación que la aislaba de miradas indiscretas y de vecinos chismosos.

Como la mayoría de las viviendas de la zona disponía de dos entradas. Una permitía el acceso a la parte principal del edificio, espacio por el que entraban los invitados y la familia, la otra era la utilizada por el servicio y por Alina.

Una tarde de principios de verano en la que el cielo azul de Madrid se iluminaba con la calidez del sol, Alina decidió jugar con el agua de una de las mangueras de riego. La pequeña acababa de regresar del internado en el que estudiaba y no soportaba permanecer encerrada en su habitación.

Los gritos y las risas al sentir la refrescante humedad sobre la piel atrajeron la presencia de Aeryn, que descansaba en una sombra al borde de la piscina. Furiosa con la pequeña, la mujer le impidió el acceso a la casa por la puerta principal alegando que su ropa estaba mojada y sus zapatos llenos de barro.

Sin apartar la mirada de los ojos de Aeryn, Alina se desnudó en silencio y con una sonrisa de triunfo se dirigió a la puerta utilizada por el personal de servicio.

39

Υ

Dos días más tarde, la pequeña emprendía viaje con destino a un campamento de verano a la espera de su regreso al internado. Nunca volvería a pasar la noche en aquella casa.

Tenía nueve años.

«Me gustaría ver tu cara dentro de unas semanas, maldita zorra, estoy segura de que ya no te reirás tanto», murmuró Alina mientras cerraba la pantalla del ordenador con las últimas noticias sobre cotizaciones en bolsa.

5

$\mathcal{R}$ecostado en la silla de su despacho, Antonio sostenía en la mano derecha un cigarrillo; por el aspecto del cenicero, no era el primero de la mañana.

—No sabía que fumabas —dijo Alina a modo de saludo.

Antes de que pudiese contestar, una recriminación atravesó la puerta.

—Pero ¿no lo habías dejado? —Claudia movía las manos delante de la cara como si con ese simple gesto pudiese sanear el aire de la habitación.

—Sentaos, hemos de hablar —ordenó Antonio al tiempo que aplastaba la colilla contra el cristal del cenicero.

Mientras resumía a su ayudante lo sucedido las horas anteriores, sus dedos no dejaban de acariciar el paquete de tabaco cedido por uno de los cámaras; sentía la necesidad incontrolable de introducir en el cuerpo toda la nicotina que le había negado en los últimos años.

Cuando llegó al punto de la reunión con la productora, Claudia no pudo contenerse.

—Pero se han vuelto locos, ¿cómo vamos a decir que está en el hospital si está muerta?

Incapaz de defender una opción con la que no estaba de acuerdo, Antonio permaneció callado. En su lugar, Alina respondió:

—No tienen otra salida. —Su voz sonaba tranquila, aunque Antonio intuía que tan solo controlaba sus emociones. La expresión del rostro, cuando le comunicó la muerte de Valeria, reflejó el mismo asombro que Claudia y él también sentían.

—No es algo sobre lo que podamos opinar, Claudia, la decisión está tomada, tan solo comunico una orden —afirmó Antonio sin separar los ojos de su subordinada.

—Ni siquiera sabemos de qué ha muerto, alguien debería investigar para saber qué le pasó —protestó Claudia.

—Olvida el tema, por favor, estoy seguro de que todos los protocolos necesarios se activarán a su tiempo. —Antonio prefería no pensar y acatar las órdenes, por ahora; resultaba más sencillo.

—¿Y qué van a hacer con el cuerpo? No pueden esconderlo. —El rostro de Claudia se contrajo al hablar.

42 —Será incinerada, entregarán las cenizas a su madre y cuando todo acabe se celebrará el funeral. —El rostro de Antonio se dirigía al suelo mientras hablaba incapaz de aceptar como propias aquellas palabras.

—Esta noche se elige al quinto expulsado del programa, ¿seguimos con el guion establecido o lo modificamos? —Alina asumía la situación y comenzaba a trabajar sobre ella.

—Si mantenemos el ritmo de eliminaciones, o bien se incluye un nuevo concursante o bien el programa tendrá que acortarse una semana, y eso es imposible —reflexionó Antonio.

—Esa decisión se puede tomar dentro de unas semanas. Nuestra prioridad ahora es que el público se olvide de Valeria, así será más fácil mantener la mentira. Ninguna agencia pondrá sus fotógrafos en la puerta del hospital si la audiencia no pide información sobre ella —comentó Alina.

—Nada gusta más que un romance. —Aunque su rostro reflejase rechazo, Claudia trataba de colaborar.

—Tienes razón. Os propongo algo: quien gane la prueba de esta noche recibirá como premio disfrutar de una cena especial cada día de la semana, acompañado del concursante que elija —sugirió Alina.

—Supongo que tu intención es que gane Andrés —dijo Antonio.

—Sí, ese tiene claro a lo que ha venido al concurso y sabe que la única posibilidad de mantener su presencia en los platós es a través de este tipo de historias —continuó Alina—. Desde el principio puso sus ojos en Valeria; pero la chica, a pesar de lo que su aspecto pudiese transmitir, era bastante mojigata. Lo malo es que no creo que pueda ganar la prueba; si se tratase de algo físico tendría posibilidades, se nota que hace deporte y está en forma; pero lo que es el cerebro, creo que lo tiene plano del todo.

—Hace tres noches les dejamos en las celdas los textos que debían memorizar —Claudia apoyaba a su compañera—. Por lo que he visto en las cámaras, Andrés solo se acercó para ojear los folios, pero no llegó a leerlos ni una sola vez. Es imposible que pueda recitar la parte de *La Celestina* que le toca.

—¿El resto de los concursantes están haciendo lo mismo? —preguntó Antonio.

—Solo Miguel, Mar y Noa parecen interesados en ganar, el resto ni se molestan —aseguró Claudia.

—Me parece bien tu idea, dará juego poner a Andrés en una situación propicia para seducir a alguna de sus compañeras. Tenemos que asegurarnos de que gana. —Antonio pensó unos segundos—: Dirígelo a la celda de aislamiento, haremos creer a la audiencia que va a la reunión con el psicólogo, para anular la cámara. Quiero que se prepare un equipo de sonido, le chivaremos el texto, él solo tendrá que repetir las palabras que escuche con una cierta entonación; espero que sea capaz de hacerlo.

—Hablaré con él y le explicaré en qué consiste el premio, creo que se esforzará por conseguirlo —afirmó Alina.

—Supongo que la cadena y la productora estarán de acuerdo;

por si acaso, hablaré primero con Vera —reflexionó Antonio—. Id preparándolo todo, pero no habléis con él hasta que os avise.

—¿Quién le dirá a David los cambios en el programa de hoy? —preguntó Alina con una sonrisa irónica en el rostro.

—Mierda —susurró Antonio. Durante la conversación se había olvidado de aquel inútil.

—Cada semana resulta más vergonzoso. —Las palabras de Claudia reflejaban el sentir de todo el equipo.

—Lo sé. Pero no queda otra, la cadena lo quiere como presentador. —Pensar en aquel tipo hizo que las manos le acercasen un nuevo cigarrillo a la boca.

—Ya me encargo yo.

El ofrecimiento de Alina fue recibido con una sonrisa en el rostro de Antonio; antes de que abandonasen la sala este continuó:

—Nada de lo que hemos hablado aquí se puede hacer público, nada. No lo olvidéis —con los ojos de las mujeres pendientes de sus palabras, él finalizó la frase—..., por favor.

Con un gesto de cabeza, ambas aceptaron la orden.

A solas en su despacho, Antonio miró la hora en el reloj de muñeca, pasaban apenas unos minutos de las once y media. El sonido proveniente de su estómago avisaba de la necesidad de ingerir algún alimento. La siguiente llamada le enfrentaría de nuevo a la voz irónica y autoritaria de Vera, imposible hacerlo sin antes tomarse un café bien cargado.

Apostado al lado de la máquina de bebidas, observó durante unos minutos a los miembros del equipo. Cada uno, conocedor de su trabajo, aportaba las piezas para un engranaje perfecto, todo detalle resultaba básico para el conjunto final. Los cámaras, los técnicos de sonido, los montadores de imágenes, las redactoras, se desplazaban por el laberinto de pasillos al ritmo de una música imaginaria, como si de una danza se tratase.

Incluso los absurdos figurantes, actores que trataban de abrirse un hueco en el mundo de la televisión, representaban su papel sin dudar; todo el esfuerzo para ofrecer al telespectador una mentira, una mentira que la audiencia admitía como tal, pero que deseaba seguir observando.

Por suerte, la mayoría de los trabajadores eran ya conocidos de otros proyectos en televisión. Profesionales y competentes, apenas precisaban de una leve dirección para captar lo que Antonio deseaba. Por desgracia, en grupos tan numerosos siempre hay un elemento discordante, es algo que todo director asume; el problema se presenta cuando esa nota malsonante es una cabeza visible, en esta ocasión, el presentador de las galas semanales. Para Antonio, David Salgado reunía tal número de defectos que lo hacían incompatible con el resto de la humanidad. Todo en él provocaba rechazo: su afán de protagonismo, su carácter despótico, sus delirios de grandeza.

No comprendía los motivos de la cadena para elegir a alguien así como presentador de la mayor apuesta de la temporada; ni por su físico, operado y recauchutado hasta parecer una visión esperpéntica de su propio cuerpo, ni por su mente, atrofiada por el abuso de alcohol. Nada en él parecía apropiado para centrar el peso del programa. A pesar de las protestas por parte de la productora, Jesús Herrador se mantuvo firme.

Asqueado, Antonio arrojó el vaso de café a la papelera y regresó al despacho. Si quería llevar a cabo la idea de Alina debía contactar con Vera y obtener su aprobación.

—Hola —respondió la mujer—, acabo de salir de la reunión; no han puesto ningún problema, tampoco tenían demasiadas opciones. ¿Algo nuevo por ahí?

—Claudia y Alina se encargan de dar al personal la noticia de la supuesta enfermedad de Valeria. —Antonio pasó a exponer la propuesta de su ayudante para centrar en el concurso la atención de la audiencia.

—Me gusta la idea, ¿quién se va a coordinar con el plató?

45

—Alina se encargará de todo.

—Perfecto, es muy eficiente. Yo me ocuparé de sacar a la madre de Valeria de la gala, no quiero sorpresas.

—¿Aceptó tu propuesta?

—Ahora me dirijo al hospital, le he pedido a mi amigo que espere con ella en algún despacho; la quiero alejada de curiosos que puedan reconocerla. No puedo darle tiempo a abrir la boca y estropearlo todo.

—Ojalá tengas suerte —respondió irónico Antonio.

—No creo que la necesite; por lo que sé, la reacción al saber que su pequeña estaba muerta fue de rabia y no de pena. No me costará nada convencerla, te lo aseguro.

Irritado por las palabras de Vera, Antonio colgó el teléfono y se reclinó en la silla.

—El último —murmuró para acallar el sentimiento de culpa mientras encendía otro cigarrillo.

El resto de la jornada resultó un auténtico caos. Con Alina centrada en reescribir el nuevo guion para la gala nocturna y el equipo de redactoras coordinando la prueba que debería emitirse aquella noche, Antonio debía hacer frente a los problemas cotidianos del personal y a la intendencia de las instalaciones, tareas de las que siempre se ocupaba su ayudante.

—¿Necesitas ayuda? —la voz de Alina parecía salida de sus pensamientos.

—Tenemos un cámara con gastroenteritis y otros dos con el móvil apagado —protestó Antonio.

—Espera. —La mirada de la mujer pasó de la hoja de anotaciones, que Antonio garabateaba encima de la mesa, a la pantalla de su teléfono móvil—. Esos números son los del trabajo, los apagan cuando salen de turno, llama a estos que me dieron; son solo para emergencias, creo que lo de hoy lo podemos considerar así.

—Gracias, con dos más creo que nos podemos arreglar —contestó su jefe—. ¿Cómo vas con el tema de la gala?

—Acabo de enviarles los cambios, supongo que ahora mismo se tienen que estar oyendo los gritos de David por todos los estudios de la cadena. Calculo que en un par de minutos me llamará para pedirme explicaciones. —Con un movimiento de hombros indicaba la poca importancia que concedía a los arrebatos del presentador.

—No aceptará...

El sonido del móvil de Alina interrumpió sus palabras.

—Va a ser peor de lo que pensábamos. —La voz de David atravesaba la mano con la que Alina tapaba el aparato—. Luego te cuento.

Tras más de veinte minutos de faltas de respeto, incoherencias y frases lapidarias sobre su futuro laboral, Alina sintió cómo la sangre regresaba de golpe a su oreja gracias al monótono sonido que anunciaba el fin de la llamada. Sin tiempo para desperdiciar en aquel individuo, marcó el número del control de plató; necesitaba hablar con el responsable de la gala para coordinar las más de tres horas en directo que se emitirían aquella noche.

Intuyendo nuevos problemas de última hora, guardó el terminal en un bolsillo y se dirigió a la cabina de producción.

47

—Contacta con Andrés y dile que se dirija a la celda de castigo para entrevistarse con el psicólogo —pidió a Claudia.

—¿Se ha cambiado el día de terapia? —preguntó Araceli.

Una vez a la semana, cada concursante se reunía durante no más de media hora con un terapeuta contratado por el programa. A la organización le preocupaba que el aislamiento al que estaban sometidos pudiese afectar a su salud mental. Bueno, esto es lo que se decía; en realidad a la productora le importaba muy poco que todos y todas acabasen mal de la cabeza, pero, de cara a una posible demanda judicial, los abogados recomendaron cuidar este aspecto.

Durante unos segundos, Claudia y Alina se miraron sin saber qué responder a la pregunta de Araceli.

—Es una pequeña prueba, para comprobar si la sesión puede ser más efectiva antes de las galas y ayuda a que se relajen —mintió Alina.

—Este va a necesitar algo más fuerte para relajarse, yo recomendaría bromuro en el desayuno; tengo material como para un monográfico sobre sus técnicas de autosatisfacción sexual —cotilleó Araceli.

«Justo lo que necesitamos, carnaza», pensó Alina.

Sin responder a la redactora, se despidió de sus compañeras y abandonó la sala.

Para no delatar su presencia al resto de concursantes, Alina utilizó los pasillos interiores. En esta ocasión no fue necesario pertrecharse tras un mono oscuro, el sonido que anunciaba la hora de patio retumbaba en las instalaciones. Los concursantes estarían lejos de la zona de paso.

Durante sesenta minutos los internos tenían permiso para salir al exterior y relacionarse entre ellos, las celdas permanecían vacías para que los técnicos accediesen a revisar el funcionamiento de las cámaras y del sonido y para los equipos de limpieza. A través de una de las cortinas abiertas, Alina pudo ver dos operarios modificando el ángulo de la cámara en el cuarto de Raquel. Aquella muchacha sería sin duda la primera elegida por Andrés. La languidez de sus movimientos, la perfección de sus medidas y los rasgos felinos de su rostro te atrapaban al mirarla. Una lástima que el eco que surgía de su cerebro cada vez que hablaba no completase el conjunto.

Cuando alcanzó la celda de aislamiento, Andrés ya estaba sentado en la silla esperando. Camuflada tras un biombo —los concursantes no debían tener contacto visual con ninguna persona ajena al concurso—, la mujer expuso la idea de la organización para que ganase la prueba de aquella noche. Desconfiado, Andrés se negó a aceptar la propuesta al pensar que todo era un truco del programa para dejarlo en mal lugar delante de la audiencia y conseguir su expulsión. Alina no tenía ni tiempo ni ganas para discutir, así que optó por romper las reglas y abandonar el escondite.

La acción de la mujer hizo que Andrés comprendiese que no se trataba de una broma; lo que esa desconocida le ofrecía iba en serio. Sin dudar más, aceptó; cómo no hacerlo cuando le colocaban en las manos la posibilidad de tirarse a la concursante que quisiera y convertirse en el centro de los programas resúmenes. Su nombre pasaría por la boca de todos los comentaristas de cotilleos del país. Alina le permitió elegir entre una cita cada noche con una mujer distinta o bien invitar a la misma a todas las veladas. El muchacho dudó; lo que deseaba, y con ganas, era tirárselas a todas, si no tenía sexo pronto iba a explotar; no recordaba un período de abstinencia tan largo desde los trece años. Pero por una vez el cerebro se impuso al resto del cuerpo, si hacía eso aparecería ante la audiencia como un cerdo y no le interesaba. Mejor se centraba en una sola chica, así podría desperdiciar las dos o tres primeras cenas en tonteos sabiendo que al final conseguiría lo que quería, y encima con el apoyo del público, que pensaría que era un caballero.

Sellado el acuerdo, Alina le recordó el contrato firmado con la cadena, por el cual se comprometía a mantener en silencio los aspectos organizativos del concurso. La charla mantenida en aquella sala no traspasaría las paredes de la cárcel.

—Ahora sal al patio y mantén la boca cerrada. Si se filtra algo, olvídate de bolos, platós y programas —sentenció Alina.

—Lo sé, no soy tonto —respondió con chulería.

Con ganas de contestar a esa afirmación, pero sin tiempo para ello, Alina abandonó la estancia. La pantalla del móvil

49

mostraba la tercera llamada perdida desde el plató. Si querían que Valeria desapareciese de la mente de los seguidores del programa, aquella gala debía resultar todo un éxito; no podía demorarse en contestar.

Apenas había cerrado la funda del teléfono cuando el sonido de un mensaje hizo que lo abriese de nuevo.

Jueves, 3 de octubre. Hotel Central, a las 20:30 h, traje de noche. No lo olvides.

Deseó contestar, gritar, sacar el odio y convertirlo en palabras. No era el momento, el pasado debía seguir en silencio si quería que el futuro planeado tuviese alguna oportunidad.

6

*A*ndrés abandonó la sala del confesionario con rápidas zancadas en dirección al patio. Deseaba disfrutar de los escasos minutos de sol que les concedían al día. Incapaz de disimular la sonrisa de satisfacción que iluminaba su anguloso rostro, el hombre bajó la cabeza al observar cómo los rostros de sus compañeros se giraban hacia él buscando una explicación.

Las normas estrictas de la cárcel no se habían modificado desde el momento en el que dio comienzo el concurso, algo de lo que ya habían sido advertidos antes de entrar. Ni siquiera el traslado de Valeria había servido para cambiar los rígidos horarios.

El autocontrol y la fortaleza mental, requisitos indispensables para soportar las tediosas horas de aislamiento en las celdas, en las que permanecían encerrados durante veinte horas al día, se ponían a prueba a cada instante.

Las salidas de esos infernales habitáculos se producían de manera escalonada durante la jornada. Una hora por la mañana para desayunar, otra para comer y otra para cenar, en la que los concursantes debían permanecer sin comunicación entre ellos. En silencio recogían su bandeja, en silencio caminaban por el comedor y en silencio engullían la basura que les daban cada día, aunque era cierto que el sabor resultaba menos repulsivo que el aspecto. Cada detalle estaba calculado para impresionar a la audiencia.

Las miradas, las sonrisas, los leves roces clandestinos al moverse entre los bancos se buscaban con desesperación.

Tan solo tenían permitido interactuar durante los sesenta minutos en los que disfrutaban del esparcimiento en el patio. Segundos preciosos en los que la luz del sol les acariciaba la piel y les hacía sentir vivos de verdad.

Andrés jamás pensó que necesitase con tanta fuerza escuchar la voz de otro ser humano.

La primera en acercarse a él fue Mar.

—¿Qué querían? —El mono naranja abierto hasta el cuarto botón dejaba al descubierto unos pechos firmes y elevados.

—Nada, rutina. Las preguntas de siempre. Si tengo pensamientos negativos y esas pijadas de psicólogos. Quería que le contase mis sueños. Nunca entenderé esas gilipolleces.

—Si le cuentas tus sueños, seguro que se le pone dura —gritó Fran mientras saltaba alrededor de su amigo golpeándole la espalda.

Sin dejar de sonreír, Andrés respondió a la provocación del muchacho chocando su frente contra la de él, como si se tratase de dos animales buscando la admiración de la hembra.

—Yo puedo hacer que se conviertan en realidad —susurró Mar con voz melosa al tiempo que contoneaba su cuerpo acercándose a Andrés.

Unas horas antes, el muchacho habría dejado que el cuerpo voluptuoso de Mar rozase con el suyo; eso le proporcionaría minutos de televisión y haría que los colaboradores de los programas afilasen sus lenguas para comentar una posible relación.

Pero no era el momento adecuado, no quería tontear con Mar. La chica no estaba mal, pero Raquel era su objetivo. En la última expulsión, el público la había salvado por una mayoría de votos aplastante, caía bien a la audiencia y eso era justo lo que él necesitaba. Si lograba parecer el perfecto enamorado, conseguiría quedarse en aquel maldito lugar hasta el último día, y con un poco de suerte el premio sería suyo. Cuando llegase el momento sabría manipular a la muchacha para que le dejase y poder aparecer como un pobre despechado.

Hubiese preferido liarse con Valeria, más guapa, más sensual, más interesante. En la fiesta notó cómo se le insinuaba, pero le pareció demasiado pronto para decidirse por una de ellas. Necesitaba jugar bien sus cartas si deseaba tener opciones de llegar a la final.

—Gracias, preciosa. Si te necesito, no dudes que te llamaré —afirmó Andrés alejándose de la muchacha.

En la esquina opuesta del patio, el muchacho observó el paso cadencioso y acompasado con el que Miguel y Raquel recorrían el perímetro del recinto.

Los ojos de Andrés contemplaron el ritmo que las caderas de Raquel dibujaban al caminar. Sus muslos atléticos se marcaban bajo la tela del mono obligando a la imaginación a trabajar en el diseño de sus curvas. Faltaban pocas noches para poder comprobar si había acertado con la elección y el movimiento en la cama, bajo sus embestidas, resultaba tan insinuante como imaginaba.

Ante sus ojos, la pareja se detuvo para mirarse de frente mientras Raquel elevaba el tono de su risa. La mano de la muchacha se apoyó en el brazo de Miguel antes de reiniciar la marcha.

Debía empezar con el acercamiento lo antes posible. No deseaba rivales. Si aquellos dos comenzaban a tontear, la audiencia podría malinterpretar sus intenciones, acusándole de entrometerse.

No podía competir con Miguel, y lo sabía. Todas las mujeres de la casa habían lanzado sus anzuelos hacia él. En la fiesta se peleaban por sentarse a su lado, por servirle las copas. Sin duda, era el mejor de todos. El hijo perfecto, el novio perfecto, el yerno perfecto. La audiencia seguro que le apoyaría. Imposible superar su elegancia, su forma educada de hablar, sin tacos, sin gritos. Tan calmado, tan centrado siempre, tan perfecto.

Andrés no lo soportaba. Más de una vez había deseado arrojarle la bandeja llena de comida a la cara, pero sabía que eso significaría su expulsión inmediata.

Debía ser más listo, actuar con cautela y no perder el tiempo.

La prueba sería suya y la chica también.

Raquel era una jugadora como él y también buscaba la fama que el concurso podría proporcionarle.

Harían una buena pareja. Le darían al público lo que quiere, y cuando llegase el momento adecuado se desharía de ella.

El sonido de la sirena interrumpió los pensamientos de Andrés.

Con una sonrisa de triunfo, el muchacho regresó a la celda dispuesto a prepararse para su gran noche.

7

Colombia, 1999

$\mathcal{M}$ara Cortizas sintió la cercanía de la muerte. Encogida en el asiento trasero de la camioneta contempló la frente empapada de Fredo, que aferrado con fuerza al volante luchaba por alejarlos de su destino.

—¿Todo bien? —La mirada de Fredo se apartó un instante de la carretera para observar con preocupación la palidez en el rostro de Mara.

—Sí —mintió—, solo un poco cansada.

—Intenta dormir, después pararemos a comer algo.

Sin ánimo para responder, la muchacha esbozó una leve sonrisa y se arrebujó al calor del pequeño cuerpo que dormitaba a su lado. Dolorida por el balanceo incesante, entrecerró los ojos y se permitió soñar. Con ternura, Mara pasó la mano sobre el pelo negro de la pequeña, mientras el olor a flores y miel que desprendía la trenza despertaban imágenes de su infancia, donde el miedo no existía.

Mara nació cuando ya casi nadie la esperaba, lo que, unido a la salud frágil de sus primeros años de vida, la convirtió en el centro de todas las atenciones.

Pertenecía a una familia unida y tradicional, en la que el

abuelo Pedro era el auténtico patriarca de la comunidad, respetado no solo por los suyos, sino también por las otras familias, que lo consideraban un hombre sabio y recurrían a él en busca de consejo, consuelo o justicia.

Las estaciones y las cosechas se sucedieron y la salud de Mara mejoró hasta convertirse en una niña fuerte que disfrutaba del juego y la diversión. A pesar de ello, la vida de la pequeña continuó rodeada de mimos y caprichos, que ella aprovechaba para eludir algunas de las tareas que le adjudicaban. Eso sí, sabía a quién hacerle carantoñas y en cuanto veía aparecer a su abuelo, la pequeña corría hacia él con un vaso de agua fresca, y entre abrazos le repetía lo mucho que le quería.

Los años transcurrieron con rapidez, las hermanas se casaron y se marcharon a vivir a otro pueblo, donde formaron su propio hogar. Don Pedro, triste por no tener a todos los suyos cerca, decidió aprovechar el décimo quinto cumpleaños de la menor de sus nietas para organizar un reencuentro de toda la familia. El anciano eligió la casa de sus nietas mayores para celebrar allí la fiesta.

El día del cumpleaños de Mara la actividad en la casa de sus hermanas era incesante. Mesas llenas de humeante comida y enormes jarras de aguardiente con limón, hielo picado y mango esperaban a los invitados.

La invitada, acompañada de sus padres y de su abuelo, se hizo esperar. Al descender del coche, la muchacha se sintió cohibida ante las miradas y los aplausos, que a modo de felicitación recibía de gente a la que ni siquiera conocía, aunque, acostumbrada a las atenciones, no tardó en sentirse cómoda de nuevo.

Finalizada la comida, decidieron abrir la fiesta a los vecinos y compartir brindis y baile en honor de la joven Mara.

El bullicio de la música y las risas atrajo la atención de Kaliche, un rico empresario, que furioso se movía por las calles sin dejar de mirar al horizonte. La tensión en su mandíbula crecía con cada minuto que pasaba. Quería irse de una maldita vez de aquel barrio polvoriento, pero necesitaba las camionetas con urgencia. Sin medios para transportar la mercancía no cumpliría los plazos y eso pondría en peligro el trato.

Intrigado, Kaliche envió a uno de sus hombres para descubrir los motivos de tal algarabía.

—Unos campesinos que celebran los quince años de su hija —respondió Chako con desprecio—, y están invitando a un trago a quien se acerque por allí.

Los ojos fríos y profundos de Kaliche recorrieron con apatía el lugar despreciando a los labriegos de ropas baratas y vidas tristes.

Hasta que una muchacha, de cuerpo menudo y sin demasiadas formas, apareció de entre un grupo de mujeres y comenzó a bailar agarrada a un anciano, mientras el resto de los invitados observaban y aplaudían.

El pelo negro y liso recogido en una trenza adornada con pequeñas flores caía sobre la espalda tapando un tímido escote. El rostro infantil, sin maquillaje, mostraba una sencillez que en nada se parecía a las mujeres sensuales y provocativas con las que Kaliche había compartido lecho.

Incapaz de apartar la mirada del balanceo de aquellas caderas sin forma, encaminó los pasos hacia ella y con un suave golpe en el hombro del anciano obtuvo el permiso para ocupar su lugar, atrapando entre sus brazos firmes una silueta temblorosa.

Mara, acostumbrada a tratar tan solo con los hombres de su familia, bajó la mirada mientras el calor de su nueva pareja de baile traspasaba la fina tela de su vestido para marcarse en su cintura. La música acompañó apenas unos minutos, suficiente para que ella sintiese cómo el estómago se encogía ante el contacto con el desconocido y desease no apartarse jamás de aquel olor intenso y amargo que rodeaba sus sentidos. Olvidando la educación recibida de sus padres, alzó la vista para contemplar sin pudor el rostro anguloso del hombre, al tiempo que le dedicaba la mejor y más cautivadora de sus sonrisas.

En aquel instante Kaliche descubrió el motivo de su atracción. Aquella muchacha era como él, capaz de manejar a su antojo a quienes la rodeasen para obtener lo que deseaba. La diferencia estaba en que ella lograba sus metas con la suavidad de una mirada y él con la dureza de las manos.

Un gesto de Julio anunció la llegada de las esperadas camionetas y le obligó a separarse de Mara. Mientras se alejaba, con calma susurró:

—Te casarás conmigo.

Por respuesta, un sonrojo y una sonrisa de afirmación.

58

Tres semanas más tarde, Kaliche apareció en la puerta del rancho de los Cortizas dispuesto a llevarse a Mara. Junto a él, Julio y Chako custodiaban a un sacerdote con el cuerpo tan encogido por el miedo que parecía flotar dentro de la sotana. De nada sirvieron las protestas de sus padres, la muchacha deseaba volver a sentir el calor de aquellas manos y no lograrían convencerla de su error al aceptar la propuesta de matrimonio de un hombre al que no conocía.

Don Pedro, furioso por la intromisión en sus tierras, decidió defender a la familia, y aunque contrario al uso de las armas, en esa ocasión no dudó en apuntar su escopeta contra el pecho del joven, quien acostumbrado a pelear por su vida y por su negocio sonrió ante el gesto del anciano.

—El abuelo tiene razón —dijo mientras apartaba el arma con el dorso de la mano—, estas no son maneras de comportarse. Si me permiten unos segundos, don Pedro y yo tenemos que hablar, es imperdonable que no le pidiese permiso para casarme con su nieta.

Alejados del resto de la familia, Kaliche hizo un gesto para que Chako se acercase a entregarle una pequeña bolsita. Con calma tiró de los cordones que la mantenían cerrada y la abrió para que don Pedro viese el contenido.

—¿Las reconoces? —preguntó Kaliche con el rostro serio. El anciano asintió, incapaz de pronunciar una palabra. Aquellas trenzas de pelo negro y sedoso pertenecían a las hermanas de Mara.

—Están a salvo, y así continuarán si dejas ya de joder con tus tonterías. Ahora nos acercaremos a la casa como dos buenos amigos, me darás tu bendición y brindarás en mi boda. Si desobedeces, no volverás a verlas, mis hombres se las llevarán y las venderán en un burdel de la frontera.

Acabada la ceremonia, Kaliche y sus hombres salieron de la casa de los Cortizas acompañados de Mara.

Con promesas de regresar pronto a visitarlos, la muchacha se despidió de su familia sin saber que se alejaba de ellos para siempre.

Aquella misma noche, el destino premió las buenas acciones de don Pedro a lo largo de los años al borrar de su mente la capacidad de recordar. De esa forma le arrancó el dolor de abandonar a su pequeña nieta en los brazos de aquella bestia.

$\mathscr{A}$compañada por uno de los celadores, Vera Palacios accedió al interior del centro médico. Ajena al numeroso público que en aquellas horas abarrotaba las salas de consulta, avanzó por los pasillos hasta llegar al ala izquierda del edificio.

Sin anunciar su llegada accedió al interior de una pequeña sala, mientras despachaba a su acompañante con un leve gesto de la mano derecha.

Las paredes, asépticas y sin personalidad, mostraban pósteres que reflejaban diferentes campañas de prevención del consumo de tabaco. Quizá por las imágenes, por su necesidad de imponerse a las normas o por la tensión del día, Vera sintió el deseo de encender un cigarrillo.

El sonido de la puerta al cerrarse atrajo la atención de una mujer, que sentada en un sillón de piel se relajaba en compañía de una revista de cotilleos.

—¿Arancha Colmenar?

—Sí, soy yo —respondió cerrando las hojas y fijando la atención en su interlocutora.

—Soy Vera Palacios, en nombre de la cadena y de los responsables del concurso, quiero transmitirle nuestro más sentido pésame.

Mientras hablaba no dejaba de pensar en los índices de audiencia cuando aquella sentida madre apareciese con sus impresionantes ojos azules bañados en lágrimas delante de la cámara. Con un maquillaje más discreto y alejada de los rayos uva una temporada, para mejorarle la piel, sería todo un descubrimiento. Ojalá tuviese un poquito de cerebro.

—Muchas gracias —respondió Arancha, un suspiro impostado ayudó a la representación—, aún no puedo creer lo que ha pasado.

—¿Ha podido hablar con el médico que atendió a Valeria?

—Sí, me dijeron que nada se pudo hacer por ella, falleció en la ambulancia de camino al hospital.

Vera ocultó su sonrisa al comprobar que la mentira creada tomaba forma.

—Me han pedido que solicite una autopsia —las palabras acompañaron el movimiento de su mano hacia el rostro, en un intento de limpiar una lágrima inexistente.

—Supongo que en estos casos es lo normal.

—No quiero que le hagan eso a mi pequeña —sentenció alzando el cuerpo de la butaca para enfatizar su decisión.

Como buena embaucadora, Vera supo detectar a una igual.

—¿No desea conocer las causas de su muerte?, ¿o quizá ya las sabe?

—No, qué voy a saber, mi niña estaba sana, todas las pruebas médicas que le realizaron antes de entrar en el concurso salieron bien.

El sudor se acumulaba en su frente con cada palabra. Algo que tendría que controlar cuando la colocasen bajo los focos, pensó Vera; le sugeriría el *botox*, es efectivo. El resto de su cuerpo tenía un pase, con un estilismo algo menos poligonero, luciría aceptable; sus piernas eran bonitas.

Una explicación no pedida mostraba una acusación clara.

—Por favor, señora Colmenar, no me haga perder el tiempo, ¿qué le pasaba a Valeria?

Sin dejar de moverse, Arancha siguió hablando.

—Se puso muy nerviosa el día que la llamaron para la revisión del médico, desde niña soñaba con participar en un concurso de estos. Al agobiarse tanto le subió la tensión y el corazón se aceleró un poco, pero es lo normal cuando estás algo atacada.

—¿Le había pasado en alguna ocasión anterior?

—Sí, pocas, solo cuando se sentía muy presionada.

—Con esos antecedentes no debió permitir que entrase en la cárcel —recriminó Vera.

—No era nada, solo momentos puntuales de pánico, se lo expliqué al doctor y me entendió, por eso no puso nada en el informe; además no quería perjudicar a mi pequeña.

«Estoy segura de que hiciste algo más que hablar con ese tipo», pensó Vera.

—Seamos claras, si la muerte de su hija llega a los medios, la cadena tendría problemas con sus patrocinadores y no dude que actuarían contra usted por mentir sobre la salud de Valeria, y no creo que tenga patrimonio suficiente para hacer frente a las indemnizaciones que le van a pedir. —Vera comenzaba a perder la paciencia.

—Pero yo no tengo, no puedo... —balbuceó la mujer.

—Siéntese y escuche mi propuesta, estoy segura de que la encontrará muy razonable.

A pesar de las salidas de tono de David y de su incapacidad para mantener la concentración y adaptarse al guion preestablecido, la gala resultó un éxito. Solo dos de los concursantes cumplieron con la prueba y recitaron el texto asignado sin errores. Los votos de la audiencia dieron como ganador a Andrés, su puesta en escena sorprendió incluso a la organización, que por primera vez vio al muchacho esforzarse para conseguir algo. De poco sirvió a Mar el tiempo empleado en memorizar el monólogo de *Hamlet* «Ser o no ser», su expresión corporal fue insuficiente para transmitir la tensión de la obra y lograr del público llamadas de apoyo.

Sobre Valeria, el anuncio del presentador sobre una repentina enfermedad que obligaba a su ingreso en el hospital zanjaba un tema del que nadie más volvió a ocuparse. Para evitar filtraciones, Vera trasladó a la madre de la joven a un hotel en el sur de Francia. Allí podría relajarse y cuidar su aspecto para cuando apareciese ante las cámaras; lucir apenada, pero, por supuesto, guapa.

La consigna enviada por la cadena a los programas afines dejaba claro el interés que debían mostrar por la relación de Andrés y Raquel. El primer vis a vis entre los concursantes, apenas disfrutada su tercera cena, mantuvo a los espectadores pegados a la pantalla. A pesar de la ausencia de cámaras, los gemidos resultaron lo bastante explícitos como para no dejar lugar a dudas de lo sucedido en aquel cuarto. Desde esa noche, cada movimiento, cada palabra, cada gesto de los jóvenes fue analizado con detalle por seudoperiodistas dedicados a comentar las miserias humanas.

Cuatro días después de la muerte de Valeria, una llamada de Jesús Herrador para felicitar al equipo por los buenos resultados en los índices de audiencia hizo que la imagen del cuerpo inmóvil de la muchacha, tendido en el camastro de la celda, regresara a la mente de Antonio. Aunque reconocía la eficacia de la mentira lanzada a los espectadores, no podía evitar sentir remordimientos.

Durante unos segundos pensó en lo que sucedería tras la finalización del concurso, cuando de manera oficial se comunicase la muerte de Valeria a los medios, y aquello le hizo sentir aún peor. Conocía de sobra cada paso de la cadena, el falso duelo, los comentarios de los palmeros que trabajaban para ella, las visitas concertadas a los platós por parte de familia, amigos, y seguro que algún exnovio. Palabras, palabras y más palabras vertidas sobre alguien que no podría defenderse, sin nadie que la quisiese de verdad y que velase por su recuerdo.

Un impulso llevó su mano derecha al primer cajón del escritorio en busca de un cigarrillo. El tacto con el frío acero del mechero le hizo regresar a la decisión tomada la noche anterior, no más tabaco. Suspiró resignado y sacó sus dedos vacíos, para concentrarse en el trabajo. El sonido de la puerta al abrirse con brusquedad rompió el silencio de la habitación.

—Pasa, mujer, como si estuvieses en tu casa. —La ironía mostraba el enfado que le provocaba la costumbre de Vera de no pedir permiso antes de entrar en su despacho.

—Asesinada —ignoró el comentario—. Murió asesinada.

—¿De qué estás hablando?

—De qué va a ser, de la muchacha, de Valeria.

—¿Asesinada?, ¿por qué?, ¿quién? No puede ser, en la habitación no había sangre, ni en su cuerpo. Tú dijiste que padecía del corazón.

—Joder, Antonio, y yo qué sé. —El desconcierto de la mujer se transformó en enfado ante la actitud de su compañero—. Es la única información que tengo.

—¿Y ahora? —preguntó Antonio, incapaz de reaccionar.

—Pues supongo que el hospital tiene que dar parte a la policía, no lo tengo claro, me imagino que será así.

—¿Quién más lo sabe?

—Por ahora solo tú, me avisó mi contacto en el hospital justo cuando venía hacia aquí.

—Hay que llamar a Jesús —sugirió el hombre en un intento por eludir la toma de decisiones.

—Cuatro semanas, quedan solo cuatro semanas. —Las palabras de Vera mostraban sus intenciones.

—No se puede ocultar algo así durante cuatro semanas —sentenció Antonio.

—Tan solo necesitamos que la policía sea discreta, nada de filtraciones durante la investigación.

—Santo Dios —exclamó Antonio—, movimos el cuerpo

y seguro que destruimos pruebas al limpiar y recoger las pertenencias de la chica.

—Antonio, por favor, no me seas peliculero —exigió Vera.

—Pero Valeria murió en la celda.

—La chica murió en la ambulancia durante el traslado, no lo olvides. —Vera se detuvo en cada palabra pronunciada para enfatizar el mensaje.

—Pero...

—No hay peros —interrumpió la mujer—, ni escenario, ni pruebas, nada de nada. Hablaré con Jesús, colaboraremos con la policía, pero nada de esto tiene que salir en los medios, al menos no antes de que finalice el concurso.

—¿Puedes conseguir eso?

—Ya veremos —respondió la mujer levantándose de la silla. Antes de abandonar el cuarto, Vera se giró de nuevo hacia su compañero, que con las manos sobre la mesa movía la cabeza de un lado a otro en señal de negación—. Ni una palabra.

—Alguien se coló en las instalaciones y asesinó a Valeria, la gente debe saberlo y estar alerta.

—¿Cómo estás tan seguro de que fue un extraño y no alguien de tu equipo? —preguntó Vera.

La idea de que uno de los trabajadores fuese un asesino recorrió la piel de Antonio como una cascada de pinchos. En un intento por defender a los suyos, abrió la boca para protestar, pero el único sonido que atronó el aire fue el portazo que Vera le regaló al marcharse.

Con un leve temblor, su mano retomó la búsqueda en el cajón.

—Un mal momento para dejar de fumar —murmuró al encender el primero de los incontables cigarrillos que consumiría aquel día.

Unos golpes en la puerta interrumpieron la primera calada.

—Adelante.

—Vaya con la mosquita muerta de Noa. Espero que lo que

acaba de hacer le proporcione bastante dinero, porque no creo que pueda volver a dar clase en el colegio en el que trabajaba, que era de monjas. —El tono distendido de Alina irritó a su jefe.

—¿Me lo vas a contar o jugamos a las adivinanzas?

—¿Pasa algo? —La reacción sorprendió a la mujer.

—Lo siento —se disculpó Antonio—. Vera acaba de pasar por aquí y ya sabes que consigue cabrearme con facilidad.

—A ti y a casi todo el mundo —bromeó Alina para olvidar lo sucedido—. Te lo cuento; anoche los tortolitos tuvieron su primera discusión. Por una tontería, ya te imaginas. Esta mañana Andrés, en lugar de salir al patio, se quedó en su celda con la puerta abierta representando el papel de novio triste y dolido, que le duró exactamente hasta que Noa se coló en su cama y alivió la tensión acumulada con una gran habilidad manual.

—¿Le masturbó?... Más basura... —Antonio suspiraba al pensar en lo que aquella acción acarrearía de cara a la audiencia. Cada hora que pasaba aumentaba su rechazo hacia aquel tipo de programas.

—Necesito que me acompañes, Braulio se niega a montar las imágenes sin que tú las veas y le des el visto bueno, dice que le gusta su trabajo como realizador y no está dispuesto a que la cadena o la productora exijan su cabeza si el contenido resulta demasiado fuerte —comentó Alina.

—¿Hasta qué punto son explícitas?

—Estoy segura de que hay películas porno en las que se ve menos —afirmó la mujer.

—¿Se ha emitido algo en el canal 24 horas?

—No, por suerte, Claudia se dio cuenta de lo que iba a pasar y avisó a Braulio para que centrase la acción en el patio, donde estaba el resto de concursantes.

—¿Claudia está trabajando?

—Sí, acaba su turno en un par de horas.

Por unos instantes Antonio pensó en hablar con Alina y Claudia para comentarles la información sobre la muerte de

67

Valeria. Antes de que pudiese tomar una decisión, la sirena que anunciaba el fin de la hora de patio sonaba a destiempo. Muy extrañado, Antonio descolgó el teléfono para llamar a Braulio.

—Pelea de gatas —respondió el hombre con sorna—. Entre cuatro de los figurantes no podían separarlas; la verdad es que los actores lo han hecho muy bien, las tomas han quedado de lo más realistas. Mira que yo pensaba que la parafernalia de los uniformes y hacerles pasar por guardias era una chorrada, pero solo por esta escena ha merecido la pena.

La idea de reunirse con sus subordinadas debía esperar, organizar la información que se lanzaría a los medios de comunicación resultaba prioritario. Antonio sabía que los índices se dispararían si lograban encontrar la forma de dosificar y maquillar las imágenes con el fin de no dar motivos a la competencia para atacarlos.

$\mathcal{R}$efugiada en la parte trasera del coche de producción, Vera extrajo el teléfono móvil del bolso. Con la mirada centrada en la pantalla, la mujer cerró la mampara que la separaba del chófer. Aquel hombre llevaba más de quince años a su servicio y confiaba en él, pero sabía, porque lo había visto en demasiadas ocasiones, que todo el mundo tiene un precio y no podía arriesgarse a que su secreto se hiciese público. ¿Quién sería tan tonto de matar a la gallina de los huevos de oro?

Inquieta, Vera pasaba los dedos por el pantalón del traje siguiendo unas líneas imaginarias mientras maldecía cada uno de los tonos de llamada. De la respuesta que obtuviese dependería el futuro del concurso, y también de su carrera. No dudaba que Jesús sería capaz de venderla si las cosas se torcían, acusándola de manipular el cuerpo y de mentir sobre la muerte de aquella desgraciada.

—¡Maldita sea! —murmuró la mujer al escuchar el mensaje pregrabado del contestador.

Durante los siguientes segundos, Vera se limitó a observar el movimiento del tráfico a través de la ventanilla. La serenidad del rostro ocultaba la furia que se acumulaba en su interior.

¿Cómo se atrevía a no contestar?

Le debía todo lo que era. Su poder, el dinero, la posición social que ocupaba. Gracias a ella, a su silencio, a las mentiras ocultas durante años.

Recuperado el control y el ritmo de la respiración, Vera marcó de nuevo el número de teléfono.

Los tonos se sucedían.

—Ahora no.

Sorprendida por una respuesta que ya no creía posible, el cuerpo de Vera se tensó antes de contestar.

—Hola, cariño, yo también te echo de menos.

La ironía que destilaban las palabras de la mujer irritaron aún más a su interlocutor.

—He dicho que ahora no.

—¿Desde cuándo marcas tú los tiempos? —La mujer recuperaba el control, sabía cómo manejarle, llevaba años haciéndolo—. Te felicito por el nuevo cargo. Os vi en la foto de portada a tu esposa y a ti. Parecía muy contenta sonriendo a tu lado. Tienes que pasarle mi número, creo que podría darle algunos consejos para mejorar su imagen. Ese pelo, esa blusa, no le favorecían nada.

—¿Qué coño quieres?

—Veo que no te he pillado en un buen momento. Seré breve. Necesito un favor...

—No —interrumpió el hombre.

—¿Qué has dicho?

—No volveré a ayudarte.

—Creo que te olvidas de algo. Con una simple llamada de teléfono tu mundo perfecto se irá a la mierda. ¿Qué crees que opinaría tu mujer si supiese nuestro secreto? ¿Y tus votantes?

—Estoy harto de tus chantajes. He pagado, y muy caro, un maldito polvo.

—Vamos, cariño, no te pongas así, además no fue uno solo y te recuerdo que tuvo consecuencias. A lo mejor a tus hijos no les hace mucha gracia saber que tienen una hermana mayor.

—Sería fácil dejar de tenerla.

Un calambre recorrió la espalda de Vera al escuchar eso. No

fueron las palabras las que provocaron el temblor de la mano con la que sujetaba el teléfono, fue la tranquilidad con la que el hombre las pronunció.

—¿Qué quieres decir? —Incapaz de ocultar su miedo, las palabras silbaron entrecortadas a través de los labios.

—Te noto tensa. Me alegro, así prestarás atención. Llevas años amenazándome, utilizándome, y esto se acabó. He aprendido tu juego y creo que puedo hacerlo mucho mejor que tú, porque tengo más poder. Escúchame bien, esta será la última vez que hablemos, nunca, jamás, en toda tu vida volverás a llamarme ni a contactar conmigo. Si vuelvo a saber de ti, si te atreves a dirigirte a mi familia, o si osas enviar algún documento comprometido a la prensa, no volverás a ver a tu hija. Me encargaré de que desaparezca, puedo hacerlo y te aseguro que quiero hacerlo. Si eres lista, aceptarás el trato.

El miedo se aferró a la garganta de Vera como una garra invisible impidiéndole responder.

—Vaya, por fin he conseguido que cierres tu puta boca. —Una carcajada acompañó las palabras del hombre—. Vamos, mujer, habla, ¿para qué me has llamado?

Vera deseaba colgar el teléfono. Sentía como las palabras le quemaban la piel. Su hija, su pequeña, lo único bueno que existía en su vida.

Había jugado fuerte durante demasiados años. Tocaba retirarse para no perder.

Al menos, obtendría un último favor.

10

Con los documentos que le permitían salir del país en el bolsillo de la mochila, Rodrigo Arrieta realizó una última inspección al apartamento antes de encaminarse al salón, para añadir el último detalle a su viaje. Como si de un ritual se tratase, extrajo de la abarrotada estantería un ejemplar de hojas amarillentas, cuyas tapas recorrió con la yema de los dedos. Los ahorros de dos años le permitirían descubrir por fin los paisajes que unía en sus recuerdos a la persona que más había querido, y a la que después de treinta años aún echaba de menos.

La sonrisa de su rostro se transformó en un rictus de disgusto al comprobar la procedencia del número de teléfono que aparecía en la pantalla del móvil.

—Me marcho en diez minutos, Alejandro, ya puede ser importante.

—Buenos días, Arrieta. No soy Suárez, soy el inspector Martínez.

—Buenas, inspector. —Al escuchar la voz de su superior, el cuerpo de Rodrigo se tensó.

—Me han dicho sus compañeros que empieza usted las vacaciones hoy.

—Así es, señor —comenzaba a ponerse nervioso.

—Necesito pedirle un favor, nos ha surgido un caso y su presencia en la comisaría es necesaria, ¿podría aplazarlas?

—Señor, mi vuelo sale dentro de unas horas. —Rodrigo se controló para no gritar a su jefe—. A estas alturas no puedo cancelar el viaje.

—No se preocupe por los gastos, se le abonarán íntegros. Y por supuesto, en cuanto termine la investigación podrá usted disfrutar de los días de descanso que le corresponden —respondió el inspector.

—¿No puede ocuparse el resto del equipo? —Rodrigo sabía, antes de hacer esa pregunta, que resultaba absurda; si se pudiesen encargar ellos, qué sentido tendría aquella llamada. Pero necesitaba intentarlo.

—La esposa de Suárez ingresó anoche en el hospital, al parecer hay alguna complicación y van a provocarle el parto a lo largo del día, y Del Río aún no puede hacer trabajo de calle —explicó su jefe.

—¿Qué pasa con el subinspector Fernández?

—Desde jefatura nos han pedido discreción y rapidez para resolver este caso, no creo que su compañero pueda ocuparse solo y cumplir con ambas premisas.

La respuesta dejaba claro lo que todos pensaban de Manuel: buen compañero, metódico y concienzudo al buscar información, pero aficionado en exceso a comentar los casos fuera del entorno de trabajo, un comportamiento que en el pasado ocasionó más de un problema a sus superiores con la prensa.

Mientras escuchaba a su jefe, los ojos de Rodrigo se contraían en un gesto de rabia que le marcaba unas leves arrugas ya propias de sus cuarenta y tres años. Sabía que podía negarse y pensó hacerlo, pero tras esos quince días de vacaciones debería regresar a la comisaría y no dudaba que su actitud acarrearía consecuencias.

—Cuente conmigo, jefe —aceptó al tiempo que apretaba los músculos de la barbilla.

—En una hora nos reunimos en mi despacho. Quiero que

Suárez, Del Río y Fernández estén presentes para informarles también de la situación.

«Así me gusta —pensó el policía tras colgar—, y encima con prisas».

Varias llamadas de teléfono y un par de falsas explicaciones más tarde —el grupo y los guías con los que viajaba no conocían su profesión y prefería que siguiesen pensando que trabajaba como auxiliar para la administración local—, abandonó el apartamento y se alejó de sus sueños para dirigirse a la comisaría.

Cuando Rodrigo entró en el despacho, todo el equipo se encontraba reunido en torno a la mesa del jefe. Alejandro, incapaz de permanecer sentado, aprovechó la llegada de su compañero para cederle la silla mientras mordisqueaba con ansiedad el tapón de un bolígrafo. Puro hueso y piel, el cuerpo del muchacho parecía moverse sin control por la sala, mientras revisaba el móvil a la espera de una señal que le comunicase el momento en que debería acudir al lado de su esposa.

Rodrigo se acercó a Vicenta, que recostada en una de las sillas buscaba una buena postura para su maltrecha rodilla, sin parecer encontrarla. La necesidad de implantarle una prótesis a pocos años de la jubilación parecían relegarla a trabajo de oficina. Buena compañera y eficiente, cumplía sin protestas lo que le pedían, ejerciendo de madre protectora con todos, sin que nadie se molestase por sus atenciones. Desde su acomodo, la mujer elevó una sonrisa hasta el casi metro ochenta de su compañero para mostrar su apoyo y la desaprobación que sentía por obligarle a aplazar su viaje.

—Gracias a todos, sé que para algunos estar aquí supone un gran esfuerzo personal, pero el caso lo requiere. —Obtenida la atención, el inspector Martínez les informó de los detalles. Según avanzaba en las explicaciones, el rostro de

75

los presentes variaba su expresión hasta la seriedad que la situación requería.

—Pero, según la cadena, esa chica está en el hospital enferma, no muerta. —Ante la mirada de sus compañeros, Alejandro sintió la necesidad de explicarse—: Mi mujer lleva más de un mes en reposo absoluto y se ha enganchado al programa, yo solo lo veo para hacerle compañía.

—La información que la cadena decida filtrar a los medios es algo que a nosotros ni nos afecta ni nos interesa —aclaró el inspector.

—¿Sabemos la causa de la muerte? —preguntó Vicenta.

—Aún no han enviado el informe completo —confirmó Martínez.

—¿Algún sospechoso? —preguntó Rodrigo.

—Demasiados —admitió su jefe—. Los trabajadores de la productora y de la cadena, que tienen acceso directo a las instalaciones, y además cualquiera de los miles de fanáticos seguidores del concurso y que, mucho me temo, se pudieron colar en el recinto. La productora no reconoce fallos en la seguridad, pero sí afirman que en otros *realities* de estas características han tenido visitas inesperadas.

—¿Por dónde empezamos? —dijo Del Río.

—Sugiero que Fernández y usted se centren en buscar información sobre los concursantes. Recuperen de la red los vídeos de presentación de cada uno de los finalistas. Elaboren un informe que nos permita ir relacionando caras con situaciones personales. Arrieta, vaya al hospital y hable con el forense, quizá las causas de la muerte nos ayuden a eliminar sospechosos; después diríjase a las instalaciones en las que se graba el concurso, preséntese y eche un vistazo a la seguridad, para descartar o no la posible entrada de desconocidos. He solicitado a la productora una relación de los miembros del equipo. Cuando el subinspector Suárez pueda, le ayudará a investigar todos los nombres de esa lista. —Con la última frase, todas las cabezas se giraron hacia Alejandro, que con el temblor de los dedos al teclear en la pantalla de su móvil anunciaba la cercanía de su paternidad. Una sonrisa de comprensión apareció en la cara de todo el equipo.

—Vamos, Alejandro, te acerco al hospital —anunció Rodrigo, levantándose de la silla. La falta de respuesta le obligó a zarandear con suavidad el brazo de su compañero.

—Una última cosa. Me han pedido —por el tono de voz del inspector, esa petición podría traducirse en una orden— que nada de lo investigado llegue a la prensa, hay demasiados intereses que podrían verse afectados por una noticia así. Cualquier novedad me será comunicada de inmediato y nadie, repito, nadie más que los aquí presentes debe saber que la muchacha ha muerto. ¿Está claro?

La pregunta era para todos los asistentes a la reunión, aunque los ojos del inspector se dirigían a Fernández. Con un gesto de asentimiento abandonaron el despacho y regresaron a sus mesas.

—Siento lo de tus vacaciones —comentó Vicenta.

—Gracias, compañera.

—Pero me alegra que estés aquí, porque creo que nos ha tocado un buen marrón —continuó la mujer.

—¿Tú sigues el concurso? —preguntó Rodrigo—, yo es que no sé de qué va el tema, no soporto ese tipo de programas. Me acuerdo de que cuando emitieron la primera edición de *Gran Hermano* estaba en mi año de prácticas y compartía piso con otros tres policías, dos de ellos verdaderos fans del tema. Yo era escuchar la música de cabecera y salir de la sala en la que teníamos la tele. No lo podía evitar, me hacía sentir vergüenza ajena.

—A mí me gusta ver las pruebas que les hacen, y sigo también lo de las expulsiones. Los auténticos forofos son Alejandro y su mujer, creo que incluso son adictos al canal 24 horas —bromeó Del Río.

—Ya estamos —protestó Alejandro—, eso lo dicen los que solo ven programas culturales.

Un nuevo pitido de su móvil interrumpió la charla.

—Chicos, me tengo que ir, están preparando a Sara para entrar en quirófano. Si quieres, de camino te voy informando —continuó.

Gracias a la información obtenida de su compañero, Rodrigo se dirigió al encuentro del forense con una idea clara sobre la dinámica del concurso. Durante los veinte minutos del trayecto, ni las manos ni la lengua del muchacho se detuvieron un instante. Nervioso y angustiado por un futuro muy cercano, Alejandro se recreó en explicaciones sobre los participantes y las rutinas que marcaban su existencia dentro de la cárcel.

Con una sonrisa de ánimo, Rodrigo se despidió en la entrada del hospital; allí sus caminos se separaban para ir cada uno de ellos a los dos momentos que delimitar nuestras vidas: el nacimiento y la muerte.

—No comprendo la necesidad de recoger el informe en persona. Como le dije a su jefe, pensaba enviárselo esta tarde. —El recibimiento por parte del doctor Sotos sorprendió a Rodrigo.

—Disculpe las molestias, al igual que usted, cumplo órdenes de mi superior. —Su actitud delataba una fuerte presión por parte de la dirección del hospital. El subinspector optó por tratar de empatizar con él.

—Lo sé —respondió el hombre, más relajado, mientras se retiraba las gafas del rostro y se frotaba el tabique de la nariz con un gesto de dolor—, llevo más de veinticuatro horas de guardia y encima tengo que soportar que se cuestione mi trabajo.

—Pero bueno, no creo que le interesen mis problemas laborales —continuó—, ¿qué quiere saber?

—Según mis datos, la chica, Valeria, enfermó durante la noche y en el trayecto en ambulancia falleció, ¿es correcto?

—Esa es la versión oficial —afirmó el médico.

—¿Usted duda de ella?

—Así es, estoy seguro de que ese cuerpo llevaba por lo menos dos horas muerto cuando lo trajeron.

—¿Pudo examinarlo en ese momento?

—No. Cuando llegó la ambulancia, el celador de turno acudió a recoger la camilla para acompañar a la paciente a la sala de hemodinámica, en la que se monitoriza al enfermo y se valoran sus constantes vitales. Pero en esta ocasión el personal que realizaba el traslado, ante el fallecimiento, llevó el cuerpo a la nevera y allí permaneció tres días hasta que se dio orden para su análisis. Yo tan solo pude verlo unos instantes, cuando pasaron por la sala de autopsias en dirección a las cámaras.

—Supongo que no es el protocolo habitual —afirmó Rodrigo.

—No.

—¿Comentó sus dudas con alguien?

—Lo intenté, pero los sanitarios de la ambulancia afirmaban que la muchacha aún vivía cuando la sacaron del lugar ese donde graban el programa, la dirección del hospital no quiso escucharme.

—¿Y, a pesar de tan solo haber contemplado el cadáver unos instantes, afirma que la muchacha pudo no morir en el traslado?

—Mire, tengo sesenta y dos años, llevo vistos más muertos de los que puedo recordar, y estoy seguro de que lo que vi no era un cuerpo que acababa de fallecer —respondió el médico fijando con dureza los ojos en Rodrigo.

—¿Quién solicitó la autopsia? —El policía prefirió no insistir.

—Intenté que su madre diese consentimiento para una autopsia clínica, y se negó. No me pareció normal que, siendo una chica joven, sin problemas médicos aparentes y que muere de forma repentina, su familia no deseara saber los motivos. Así que solicité permiso al juez.

—¿Basándose en qué datos? ¿El cuerpo presentaba algún signo de violencia?

—Ni golpes, ni sangre. Nada indicaba muerte violenta, salvo una pequeña quemadura en la comisura de los labios y en la lengua, que me hizo sospechar que la causa del fallecimiento podría ser veneno, pero necesitaba analizar los tejidos para confirmarlo.

—¿Murió envenenada?

—Así es, con paraquat, un herbicida muy tóxico. Inhalado ocasiona una insuficiencia respiratoria aguda que requiere tratamiento farmacológico; pero si se ingiere, en pocas horas provoca una acidosis metabólica muy difícil de corregir y que, si no se trata con rapidez, conduce al paciente al coma y a la muerte.

—¿Alguien más conoce esta información?

—Todo está en este informe —respondió el hombre mientras acercaba una carpeta a su interlocutor—, del que solo hay dos copias, una para ustedes y otra para el juez. Por mi parte solo informaré a quien legalmente corresponda. —Al igual que a los miembros de la comisaría, al doctor Soto también se le exigía silencio.

En apenas cuarenta minutos, Rodrigo enfiló la recta que conducía a la entrada de la cárcel. Por su trabajo conocía la mayoría de las penitenciarías del país, y cualquier parecido con aquella pantomima, más que casualidad, sería un milagro. El entorno le transportó al lado de Paul Newman, en la inolvidable escena de *La leyenda del indomable*, al tratar de ganar la apuesta comiéndose los cincuenta huevos duros. Si la idea pasaba por que la audiencia se identificase con ese tipo de lugares, desde luego se les debía felicitar.

Tres intentos fueron necesarios para lograr la ayuda de uno de los trabajadores y localizar al director dentro del edificio que albergaba al equipo técnico.

—Si no está en la puerta del fondo, que es su despacho —gritó el hombre ataviado con un mono oscuro—, pruebe en el control de realización, en las cabinas de montaje o el de grabación.

Sin tiempo para preguntarle por el lugar en el que se encontraban esas tres salas, desapareció dejando en mitad del pasillo a Rodrigo.

Por suerte, la primera opción resultó la acertada.

—Siento no poder atenderle en estos momentos, pero me necesitan en la sala de reuniones para decidir los contenidos de la escaleta de esta tarde. —Antonio jugueteaba con el mechero entre los dedos mientras respondía a la presentación del policía.

—No se preocupe, tan solo será un instante —aseguró Rodrigo—, necesito algunos datos generales del concurso.

—Creo que debería estar presente mi ayudante, Alina es la persona que mejor conoce tanto a los trabajadores como los detalles internos del programa —respondió Antonio al tiempo que descolgaba el teléfono para localizar a la mujer. Necesitaba su presencia.

En apenas unos minutos, la puerta del despacho se abrió de nuevo.

—Alina, este es el subinspector Rodrigo Arrieta, viene por el tema de Valeria.

Un movimiento de cabeza a modo de saludo frenó el gesto caballeroso de Rodrigo al levantarse. En una posición ridícula, el policía optó por regresar a la silla y con el rosto tenso por la incómoda situación continuó con las preguntas.

—Como le comentaba a su jefe, necesito conocer los criterios utilizados por la productora y por la cadena para elegir un candidato u otro para el programa. —Furioso por el leve temblor de su voz, Rodrigo desvió la mirada de la mujer y se concentró en la libreta en blanco que sujetaba entre las manos.

—Cuando me incorporé al equipo, el primer proceso ya se había realizado. Junto al vídeo de presentación se debía cubrir una ficha con datos personales. La primera criba se hizo atendiendo a criterios de edad, no menos de veintiuno ni más de cuarenta, y a temas médicos, se excluían enfermedades que pudiesen dificultar la realización de pruebas físicas; la cadena pretendía que estas fuesen lo más espectaculares posible. Con los restantes, las redactoras tenían orden de seleccionar aquellos que diesen una mejor imagen en pantalla, hay gente a la que la cámara rechaza, esos se eliminaban sin más. El grupo final fue de sesenta y cinco personas, las cuales fueron sometidas a una batería de pruebas psicológicas porque la cadena buscaba unos perfiles muy concretos. De ellos se seleccionó a quince chicas y quince chicos, que pasaron a la fase de votación del público.

—Un sistema poco imparcial, quienes mejor se movían en las redes sociales contaban con más posibilidades de entrar —apuntó Rodrigo.

Los hombros de Alina se encogieron mientras su rostro evitaba la mirada del policía.

Incómodo por la actitud esquiva de la mujer, Rodrigo decidió seguir el interrogatorio con el director del programa.

—¿Podría contarme qué sucedió la noche que Valeria enfermó?

—La redactora que estaba de guardia fue la primera en darse cuenta de que algo pasaba y me llamó por teléfono. Cuando fuimos a su celda, no pudimos despertarla y nos dimos cuenta de que tenía el pulso muy débil, entonces llamamos al equipo médico. —Antonio sentía cómo la piel del rostro aumentaba de temperatura con cada palabra; mentir no se le daba demasiado bien.

—Me gustaría hablar con la redactora.

—No será posible, hoy ya terminó su turno y no estará localizable hasta mañana al mediodía. —Alina cubrió la falta de imaginación de su jefe. Antes de que Claudia hablase con aquel policía debían coordinar las respuestas para mostrar una historia creíble.

—Pues entonces mañana me reuniré con… —Una pausa a la espera de la confirmación de un nombre.

—Claudia —añadió Alina.

—Bien, lo dicho, mañana regresaré para hablar con Claudia, y si es posible me gustaría que me preparasen un listado con los datos de los miembros del equipo y de las personas que tienen acceso a las instalaciones. También me interesa contactar con el responsable de seguridad. —Rodrigo consideró que sería mejor finalizar la conversación en aquel punto; la actitud de sus interlocutores no resultaba muy receptiva, forzar la situación no le permitiría obtener la información que necesitaba.

—Prepararé la documentación que solicita —afirmó Alina, al tiempo que se levantaba de la silla—. Si me acompaña a la salida, le presentaré al encargado de la vigilancia del recinto.

Guiado por el jefe de seguridad, Rodrigo recorrió el perímetro de la valla para comprobar su estado. La única opción para acceder a la prisión pasaba por cortar parte de la alambrada, porque traspasar la entrada principal sin ser visto resultaba casi imposible. La búsqueda finalizó sin descubrir una sola muesca en el metal.

Tras agradecer al vigilante su tiempo, Rodrigo se despidió de él con la petición de acceso a los libros de registro, que cada día se formalizaban con la llegada del personal, para comprobar los nombres con el listado que Alina le aportase al día siguiente y el que su jefe obtuviese de la productora; un desacuerdo entre ambos indicaría una pista para comenzar la investigación.

83

Durante el trayecto en coche hasta la comisaría, Rodrigo fue consciente de la gravedad del caso y de las repercusiones mediáticas que acarrearía la noticia del asesinato de aquella muchacha.

Demasiados intereses económicos, tanto por parte de la productora como de la cadena y de los anunciantes, que podrían interferir en la investigación.

La idea de una posible manipulación tensó su espalda, estaba dispuesto a mantener silencio sobre el caso, como lo hacía con cada uno de los que investigaba, pero desde luego se negaría a aceptar presiones por parte de ninguno de los implicados. En todo aquel proceso la víctima era Valeria, y tan solo en ella debía pensar mientras realizaba su trabajo; lo que sucediese después, quien saliese perjudicado o perdiese dinero, ya no era asunto suyo.

11

$\mathcal{A}$penas pasaban un par de minutos de las siete y media de la mañana cuando Vicenta cruzó la puerta de la comisaría. El ceño fruncido y la línea de los labios inclinada hacia el cuello mostraban lo poco que le gustaba madrugar. Sin fijarse en nadie, se parapetó tras la mesa de trabajo para desperezarse con disimulo.

—Te veo muy despejada —bromeó Rodrigo mientras se quitaba la chaqueta.

—Y yo a ti muy gracioso —respondió la mujer, con los ojos acuosos producto de un profundo bostezo.

—¿Sabes algo de Alejandro? —preguntó.

—Hablé con él anoche, todo perfecto. Sara está bien y los pequeños también.

—Si estamos todos, comencemos. —La voz del inspector Martínez interrumpió la conversación. Una vez acomodados en el despacho de su jefe, Rodrigo relató el encuentro con el forense y la visita a los estudios de grabación.

—Así que el doctor sospecha que la muchacha murió antes de que llegase la ambulancia —reflexionó Del Río.

—El herbicida con el que la envenenaron, ¿es fácil de conseguir? —cuestionó Manuel.

—Hasta donde he podido investigar —dijo Rodrigo—, su uso está restringido en España y en otros países de la Unión Europea, eso no quiere decir que no se pueda conseguir con facilidad en tiendas especializadas o vía internet.

—No creo que por ahí podamos sacar nada, rastrear su compra sería casi imposible —argumentó Alejandro.

—Eso parece —confirmó Rodrigo.

—Pero la productora y la cadena afirman que la chica estaba viva cuando se la llevaron —continuó Vicenta—. ¿Mentira o equivocación?

—Dejemos ese detalle ahora —zanjó el inspector—, nos hemos de centrar en que la víctima murió envenenada y que la sustancia que la mató tuvo que suministrársela alguien que tenía acceso a los concursantes y al programa. ¿Qué conclusiones han sacado de los vídeos de presentación?

—La primera, y para mí más importante, es que si lo que ayer vi durante más de seis horas es una muestra de lo que es la juventud actual, la humanidad se aboca a la extinción y eso es algo que yo apoyaría. —Un gesto de crítica marcaba las arrugas de la frente de Del Río, que entregó una carpeta a cada uno de sus compañeros—. Os hemos preparado un listado de los concursantes que permanecen dentro.

—Cuando quiera —propuso el inspector.

Vicenta asintió con la cabeza y comenzó la exposición.

—Andrés Velasco, veinticuatro años, sin oficio ni formación. Vive con y de su madre; dos detenciones por alteración del orden, le gusta beber y parece que a veces, cuando sobrepasa su límite, se vuelve agresivo. Pasa el tiempo en un gimnasio perfeccionando su físico. Muy orgulloso de sus músculos, no deja de mostrarlos a todas horas.

—Seguimos —Manuel relevó a su compañera—: Raquel Gómez, veintinueve años, incontables operaciones estéticas de las que ella misma presume. Zafia y vulgar en sus formas, emana incultura y se vanagloria de ello; toda una joya.

—Miguel Ortiz, licenciado en Derecho, deportista, veintiséis años. Ni siquiera hay una multa de tráfico a su nombre. Es uno de los que pasa más desapercibido, se mantiene al margen de discusiones, no se ha liado con nadie, la verdad es que da poco juego…, lo digo como espectadora —aclaró Vicenta ante las miradas de sus compañeros.

—Mar Sáenz, trenta y un años, madre soltera de una niña de quince, con la que, después de ver el vídeo de presentación, no dudo que se intercambien la ropa. Su forma de hablar, de comportarse, demuestra que su edad mental no va acorde con la biológica —comentó Manuel.

—La última chica del grupo sería Noa Garrido —continuó Vicenta—. Veintisiete años, profesora de infantil en un centro privado. Padres separados. Noa es la mayor de cinco hermanos a los que le tocó cuidar. Su padre los abandonó cuando ella era adolescente, quizás eso le imprimió un carácter tan controlador. Su genio ha causado discusiones en la casa, con la víctima y con todos los concursantes.

—Falta Fran Rodríguez, veintitrés años, un musculitos de manual, que se pasa el día mirándose al espejo con Andrés, para comparar sus cuerpos. Poco cerebro y menos ganas de trabajar, una vida basada en la ley del mínimo esfuerzo. Su aspiración, así la llama en el vídeo, es encontrar una mujer con dinero que le mantenga y le cuide.

87

—Y el último, Gelu Iglesias, trenta y dos años, criado por su abuela materna, a la que dice adorar. Es el elemento discordante, supongo que elegido para ello. Pasado de kilos, odia el ejercicio, le encanta comer y cotillear; y a eso se dedica todo el día, sin aspiraciones ni metas.

—¿Conocía la víctima a alguno de los concursantes, antes de ser seleccionados? —preguntó Rodrigo tras escuchar con atención a sus compañeros.

—Por ahora no hemos encontrado nada, al menos no hay coincidencias en ciudades de origen, ni trabajos; pero aún falta mucho material por revisar —afirmó Vicenta—. Esta tarde vendrá Alejandro para echarnos una mano, él controla más las redes sociales y nos orientará por dónde buscar.

—Sin una relación anterior con alguno de los actuales concursantes, creo que se han de descartar como posibles asesinos —sugirió Rodrigo—; encerrados en esa cárcel no podrían nunca conseguir el paraquat para envenenarla.

—Quizá la acción fue planificada antes de entrar e introdujeron el herbicida entre sus cosas —sugirió Manuel.

—Imposible —afirmó Alejandro—, se les registraron las maletas el primer día y tan solo se les permitió quedarse parte de la ropa que llevaban. Les confiscaron todos los productos de higiene y aseo, el concurso les dio un pequeño neceser de supervivencia y nada más. Normas de la cárcel.

—Si el asesino o asesina tiene un cómplice en el exterior, se lo podría hacer llegar —puntualizó Vicenta.

—Por ahora no debemos ni podemos descartar a nadie. —Las palabras del inspector recibieron un gesto afirmativo de cabeza por parte de Rodrigo—. Deben ser meticulosos, hay mucha gente pendiente de nuestro trabajo, este caso tendrá una gran repercusión en los medios. Cuando salga a la luz, no quiero fallos en la investigación… Del Río y Fernández, indaguen en la vida de los concursantes que pasaron la primera criba, pero no entraron en la final. Busquen posibles relaciones con la fallecida: amigos de amigos, colegios, campamentos de verano; cualquier indicio, por descabellado que parezca, compruébenlo. Todos ellos han crecido con las redes sociales y estoy seguro de que cuelgan su vida en ellas. Rodrigo, regrese al lugar en el que se graba y trate de relacionar a los trabajadores con alguno de los concursantes o de los candidatos a entrar en el *reality* que no lograron el pase; quizá todo esto no sea más que un caso de envidia. Solicitaré que nos envíen las imágenes de los días previos a la muerte de la chica, quizás encontremos algo en ellas.

Con los objetivos marcados para la jornada, los tres policías cruzaron el quicio de la puerta en dirección a sus mesas. Al abandonar el despacho, Rodrigo se separó para dirigirse a la cafetera de la oficina, necesitaba sentir el calor de aquella agua sucia que llamaban café. El caso tenía todos los componentes para convertirse en una pesadilla, demasiados sospechosos, ausencia de un móvil claro y presiones para descubrir al asesino en poco tiempo. La muerte de aquella muchacha ocuparía cada minuto de su vida los próximos días y él lo sabía.

Apoyado contra la cristalera de la zona sur del edificio, vio el callejón que, formado por tres viejas construcciones, servía como refugio y hospedaje para las alimañas de la zona. Los contenedores medio rotos supuraban restos de basura putrefacta que con cada sacudida de los camiones de recogida resultaba esparcida por todo el suelo y causaba un olor nauseabundo en las calles aledañas. Las continuas quejas lograban, cada cierto tiempo, la presencia de una brigada de limpieza para adecentar el espacio, pero en pocos días la rutina comenzaba de nuevo.

Agarrado con rabia al vaso de plástico, Rodrigo cerró los ojos y visualizó los paisajes que debería estar recorriendo en aquel instante. Al abrirlos, la disputa entre dos ratas por un amasijo informe e irreconocible le devolvió a la realidad. Arrojó con asco el resto del café a la papelera y abandonó la sala en dirección a su coche mientras juraba entre dientes encontrar al causante de obligarle a aplazar una promesa que necesitaba cumplir para sentirse al fin libre de recuerdos.

Los dedos de Rodrigo golpeaban el volante en un intento por imitar el ritmo con el que la voz de Juan Perro inundaba el ambiente. Aislado por la música, repasaba las actitudes distantes de los trabajadores del concurso. Para recabar alguna pista sobre un comportamiento irregular de algún compañero, o un motivo por el que alguien quisiese ver muerta a la muchacha, necesitaba respuestas fruto de la improvisación y del inconsciente, y no de una retahíla de frases preparadas para librarse de él.

La actitud hostil y desconfiada del vigilante que requirió su identificación en la entrada confirmó las sospechas de Rodrigo:

poco o nada obtendría de aquella visita. Sin separarse de su lado, el responsable de seguridad de la cadena le acompañó hasta el despacho de Antonio. En el interior del cuarto esperaba Alina con otra mujer, que le fue presentada como Claudia. La versión de la muchacha sobre el momento en el que descubrió que Valeria se encontraba enferma coincidía con lo relatado por el director y su ayudante. Quizá, pensó Rodrigo, la similitud de los hechos y la cadencia al contarlos reflejaban la memorización de algunos detalles. Prefirió no comentar nada sobre sus sospechas; simples suposiciones, más bien sensaciones que no podría probar.

Consciente de que no lograría obtener nuevos detalles en las palabras de aquella mujer, prefirió dar por finalizado el interrogatorio. El sonido de la puerta del despacho al cerrarse tras la salida de la redactora obligó a Rodrigo a centrar su atención en Alina.

—¿Qué le parece si comenzamos por comprobar los nombres del personal? —sugirió el policía tras un leve carraspeo—, luego le haré algunas preguntas sobre las rutinas y el funcionamiento del equipo.

—Está bien, dentro de una hora tengo una reunión en la redacción, es el tiempo que puedo dedicarle. —Sin esperar respuesta, Alina empezó a leer en voz alta el listado de los trabajadores de la productora.

Los ojos del policía se movían entre las hojas impresas que su jefe le había entregado aquella mañana y el rostro de Alina. Un impulso, que no lograba controlar, dirigía su mente hacia la piel morena de la mujer, que absorta en la lectura parecía no darse cuenta de la atracción que ejercía sobre él.

Apenas revisada una cuarta parte de los nombres, el sonido del móvil de Rodrigo irrumpió en la sala. Murmuró una disculpa y abandonó el despacho para responder.

—Hola, si Sara se entera de que estás en el trabajo, prepárate —bromeó Rodrigo.

—El cuarto del hospital parecía el metro en hora punta, necesitaba salir de allí —se justificó Alejandro—. Cuando te cuente lo que he descubierto, te alegrarás de mi regreso… Al investigar sobre la selección de los candidatos comprobé que alguien amañó el proceso.

—¿Cómo puede ser?, ¿no se supone que eran elegidos por las votaciones del público?

—En teoría sí, y en la práctica no. El procedimiento es el siguiente: los usuarios suben sus vídeos de presentación en las redes sociales para que el público los vote, y el que más apoyos recibe ingresa en el programa. En el caso de Facebook, este medio no permite organizar concursos directamente desde un perfil o una página web, se debe hacer a través de aplicaciones de terceros que garanticen la confidencialidad de los datos de quien participe. Estas aplicaciones tanto para Facebook, Twitter y Youtube se gestionan a través de empresas que, si bien controlan que no haya fraude, sí que pueden beneficiar a un candidato en concreto comprando votos a la empresa contratada.

—Pero ¿cómo pueden hacer eso? —interrumpió Rodrigo.

—Sencillo, esta gente tiene un grupo de personas a su servicio. Según el número que se necesite, tendría un coste mayor o menor, y votarían desde diferentes direcciones IP para que un determinado vídeo resultase ganador.

—¿Tenemos el nombre de la empresa que se encargó del concurso?

—Sí, se llama ANsocial. ¿Y a que no sabes quién es su accionista mayoritario? —El tono de satisfacción en la voz de Alejandro mostraba la importancia del descubrimiento.

—Redoble de tambor… —bromeó Rodrigo.

—David Salgado.

—¿El presentador? ¿Estás seguro?

—Así es —continuó Alejandro—. La montó con un socio hace unos años y me imagino que será este el que controle el negocio. Si la imagen que ofrece en televisión no es una farsa, dudo que sepa encender un ordenador.

—¿Sabes si la chica asesinada, Valeria, fue de las que se benefició de la compra de votos?

—Todavía no tengo los datos exactos, en cuanto confirme un par de detalles te vuelvo a llamar y te digo algo. He solicitado información sobre el socio de Salgado, un tal Amado Fontal, veremos qué descubro.

—Gracias, compañero, buen trabajo. —Sin demorar más, Rodrigo regresó al despacho donde esperaba Alina.

—Me acaban de llamar de la redacción, debo ir cuanto antes. —El rostro de la mujer reflejaba enfado y hastío.

—¿Algún problema? —preguntó Rodrigo.

—Hoy es la gala semanal, y los tortolitos enamorados quieren su ración de publicidad, así que han tenido una bronca monumental que tenemos que editar a contrarreloj para emitirla en unas horas. —Rodrigo contenía la respiración mientras Alina mostraba su cansancio, por primera vez no le trataba como a un enemigo.

—Solo un segundo más —le suplicó el policía—. ¿Qué opina de David Salgado?

—¿A nivel personal o profesional? —puntualizó Alina.

—Ambas, si puede ser.

—Personalmente no lo conozco, ni tampoco perdería un segundo en hacerlo, lo poco que he visto me sobra —dijo Alina tras una breve reflexión—. En lo profesional, respeto sus inicios, su forma de hacer periodismo creó escuela; pero hace ya algunos años que su trabajo resulta patético, es un insulto para los buenos profesionales que le rodean y que ven cómo su esfuerzo y su trabajo es tirado a la basura en cada aparición de este tipo.

—Necesito hacerle algunas preguntas, ¿dónde puedo localizarle?

Antes de responder, Alina miró el reloj de su móvil.

—En una hora debería estar en los estudios de televisión para repasar el guion y dar tiempo a maquillaje para que le restauren y pueda tener un aspecto aceptable en cámara —bromeó Alina—. Si no tiene mucha prisa, tengo que acercarme por allí en un rato, puede acompañarme.

—Gracias. —A Rodrigo le sorprendió el ofrecimiento—. Eso sería perfecto.

—Me voy a la redacción, estoy ansiosa por conocer los problemas amorosos de nuestros queridos concursantes. En cuanto termine, le busco y nos vamos. —Una sonrisa irónica acompañó las palabras de Alina al abandonar el despacho.

Mientras observaba a la mujer alejándose por el pasillo, Rodrigo sintió de nuevo un cosquilleo en la nuca. El trato distante y formal con el que comenzó la entrevista había desaparecido entre ellos para dar paso a la complicidad. Un avance que quizás en la investigación no fuese importante, pero presentía que sí en su vida.

12

*L*a espera se demoró algo más de dos horas, tiempo que Rodrigo empleó en observar la actividad en el recinto. Entradas y salidas, cámaras, técnicos moviendo los equipos por los pasillos oscuros, incluso los figurantes que comenzaban a llegar, se cambiaban de ropa y pasaban por maquillaje. Todo el ajetreo se debía al directo de aquella noche. Cada toma, cada escena, cada instante revestido de improvisación, pero sostenido por una preparación y planificación al segundo.

—Como gancho usaremos las dos preguntas últimas de la entrevista con el psicólogo —la voz del director resonó por uno de los pasillos—. Alina, en quince minutos debes salir hacia el plató.

«Por fin», pensó Rodrigo, cansado de la inactividad y de sentirse un mueble con el que todo el mundo tropieza. El policía decidió interponerse en el camino de Antonio; desde su llegada aún no había tenido ocasión de hablar con él.

—Hola, Alina me dijo que estaba aquí. Perdone por no pasar a saludar, hemos tenido algunos problemas de última hora. —Con la mano extendida en señal de bienvenida, Antonio detuvo su carrera por las instalaciones—. Las horas previas al directo suelen ser así.

—No hay problema —respondió Rodrigo aceptando el saludo—, resulta interesante ver trabajar a su gente.

—Tenemos suerte de contar con un gran equipo. —Antonio se mostraba como un padre orgulloso que presume de las notas escolares de su hijo—. Si no, esto sería un caos.

—¿Más todavía? —ironizó Rodrigo.

Como respuesta, una carcajada sincera resonó con fuerza entre las paredes.

—Me comenta Alina que la acompañará usted a los estudios para hablar con David Salgado. —La cabeza de Rodrigo asentía ante las palabras del director—. Entonces podrá comprobar lo que es la verdadera locura del directo.

—No lo asustes. —Alina se unía a la conversación—. Solo hay que estar atento y tener reflejos para no ser atropellado por alguna cámara.

Antes de que pudiese contestar a su ayudante, el director fue reclamado desde uno de los pasillos interiores. Con un gesto de cabeza se despidió de la pareja y se alejó a paso rápido hacia el lugar del que provenía la llamada.

96

—Es mejor que vayamos juntos en un coche de producción —sugirió Alina—, a estas horas es imposible que un vehículo particular se pueda acercar a los estudios; debido a los seguidores en las puertas y las barreras de seguridad, se tienen que controlar desde horas antes para evitar sorpresas desagradables.

Con un movimiento, mezcla de broma y velada cortesía, el policía cedió el paso a su acompañante para que indicase el camino. La mujer agradeció su gesto con una sonrisa que iluminó su rostro mostrando toda la belleza que se mantenía escondida. En silencio, Rodrigo caminó tras ella como un adolescente, la seguiría al coche o adonde ella quisiera.

Apenas se introdujeron en el vehículo, el móvil de Alina comenzó a sonar y no se detuvo durante todo el trayecto. Con admiración, Rodrigo fue testigo de la seguridad con la que la mujer resolvía dudas y conflictos de última hora; sin gritos, sin nervios, su voz mantenía la calma a pesar de que en más de una ocasión los alaridos de sus interlocutores atravesaban el aparato.

ϓ

El acceso a las instalaciones resultó complicado, con demasiados seguidores apostados en las inmediaciones del edificio. El policía no comprendía cómo tanta gente podía aguantar presionada contra unas vallas metálicas, con actitud de fans histéricos, la llegada de unos desconocidos a los que tan solo observaban unos días, unas horas, en la televisión. Mientras esperaba en el interior del coche a que los vigilantes comprobasen la acreditación de Alina, observó que empleados de la cadena se acercaban a la gente para entregarles unas bolsas de plástico.

—¿Qué hacen? —preguntó.

—Se intercambian cena por gritos.

—¿Perdona?

—Es cierto que hay muchos seguidores del concurso; pero ni tantos ni tan eufóricos como los que se necesita que aparezcan ante las cámaras. Para animar el espectáculo un poco se les ofrece, a los que están en primera fila, un pequeño incentivo —explicó la mujer—. En las épocas buenas se les pagaba, pero ahora se les entrega un bocadillo y algo de bebida.

—¿Hay algo real en este tipo de programas? —preguntó Rodrigo mientras el coche avanzaba de nuevo.

—Poco, muy poco —respondió la mujer.

Los primeros metros recorridos dentro de los estudios convencieron a Rodrigo de las palabras de Antonio; mirase donde mirase, lo que contemplaba se parecía al desorden más absoluto. Cables por el suelo, muebles amontonados de cualquier manera, paredes sin color y muchas de ellas con desconchones. Nada que ver con la luminosidad, el lujo y la pulcritud que apreciamos en nuestros televisores al conectarlos. La trastienda de todo aquello mostraba muy poco *glamour*.

—¿Subinspector Arrieta?

La actitud prepotente del hombre que le interrogaba indicó a Rodrigo que se trataba de alguno de los directivos de la cadena.

—Subinspector Rodrigo Arrieta... es Jesús Herrador, responsable de contenidos de la cadena. —Alina decidió romper el incómodo silencio con su presentación.

—Me acaba de comunicar Antonio Llanos su intención de interrogar a nuestro presentador. —Sin esperar respuesta, Jesús continuó—. ¿Es necesario? Jamás se ha acercado por la cárcel, ni ha tenido ningún contacto con la concursante.

—Necesito contrastar algunos datos que hemos obtenido. —Rodrigo se resistió a dar más información.

—Quiero que tenga presente que la noticia sobre la muerte de la muchacha no es conocida por todo el personal, supongo que su jefe le informaría sobre la confidencialidad de los datos de este caso.

—Tengo claras mis obligaciones y mi forma de proceder. —El tono seco de Arrieta mostraba su malestar ante la actitud del hombre.

—Aun así, debo insistir, la imagen de la cadena quedaría dañada si la muerte de la joven sale a la luz pública antes de lo previsto.

—Mi presencia no ocasionará ningún problema, la muerte de Valeria no formará parte de mi conversación con el señor Salgado.

—Eso espero —respondió Jesús con desprecio antes de separarse de ellos.

—Qué agradable —ironizó el policía mientras lo veía alejarse.

Con una leve sonrisa, la mujer confirmó sus palabras.

Guiado por Alina, recorrió el laberinto de pasillos hasta llegar a la zona de maquillaje para encontrar a David. Según los horarios establecidos, debería estar allí.

La mezcla de olores de los productos cosméticos flotaba en el aire arrastrado por el constante deambular de gente; sin duda, era una de las áreas más concurridas en las horas previas al inicio de la emisión. El pensamiento de Rodrigo se dirigió hacia sus compañeros de oficina, seguro que Vicenta y Alejandro disfrutarían al encontrarse con todos aquellos rostros conocidos en el camino. Y aunque lo negase, Manuel también. Por su lado desfilaban tertulianos de diario y algunos más selectos, que la cadena prefería reservar para los momentos estrella de la parrilla televisiva. No envidiaba para nada su trabajo, la exposición que hacían de su vida, de sus miserias. No comprendía cómo lograban convertir todo aquello en rutina. Quizás él le daba demasiada importancia a la privacidad, o simplemente todo fuese un espectáculo, tan solo una gran mentira y ellos los actores de una telenovela barata.

—Joder, ¿esto es lo mejor que sabes hacer? —Las palabras venían del cuarto en que Alina acababa de entrar.

—Quiero que mi piel resplandezca, la semana pasada parecía un cadáver. Y aunque estoy seguro de que a todos os gustaría verme muerto, estoy vivo. ¿Me oyes? Vivo.

«Imposible no oírte», pensó Rodrigo. Apostado bajo el quicio de la puerta, recorrió el cuarto con la mirada buscando la garganta prodigiosa capaz de elevar la voz hasta niveles tan insoportables.

El brillo de las luces en los espejos resaltaba las imperfecciones en rostros envejecidos, ajados por los excesos y que buscaban lucir espectaculares ante un público que aún creía en la magia de la televisión.

—David, necesitamos hablar contigo —las palabras de Alina se perdieron entre el ruido de secadores y el silencio de los presentes.

—Aún no he terminado —contestó al tiempo que fijaba los ojos, a través del espejo, en la mujer.

El rostro de la maquilladora se giró hacia la única persona que parecía capaz de liberarla de aquel cretino.

—Necesitamos repasar un par de cosas del guion y vamos

con el tiempo justo —mintió la mujer, a la vez que se colocaba entre el presentador y el blanco de sus iras, ocultando así a la muchacha.

Con rabia, David arrancó los pañuelos de papel que impedían que el maquillaje le manchara el cuello de la camisa y, sin una palabra, abandonó la estancia para dirigirse a su camerino.

Encogiendo los hombros y con un gesto de complicidad, Alina se despidió del resto del personal de maquillaje para acompañar a Rodrigo.

Tras las presentaciones, la mujer se disculpó y salió del cuarto para dejar al policía privacidad en el interrogatorio.

—Según figura en el registro mercantil, es usted el socio mayoritario de una empresa llamada ANsocial. —Alertado por las palabras del director ejecutivo, Rodrigo decidió centrar la conversación tan solo en el amaño en las votaciones para el

concurso, sin hacer mención a Valeria.

—Si lo dice en el registro, será cierto —respondió David mientras los nudillos de su mano derecha se marcaban de un color blanquecino, fruto de la fuerza con que agarraba el vaso que se acercaba a la boca. Su mano izquierda ayudaba en el proceso, tratando de disimular un leve temblor que tan solo cesaría al introducir en su organismo la dosis precisa de alcohol.

—¿Qué puesto desempeña usted en esa sociedad? —El policía necesitó de toda su profesionalidad para no dejarse llevar por el rechazo que aquel individuo le provocaba.

—Puse la pasta para crearla, mis contactos y todo mi prestigio —el tono de voz superaba, con mucho, el marcado por la buena educación.

—¿Quién gestiona la empresa y quién toma las decisiones? —Rodrigo prefirió ignorar la actitud del hombre.

—Pero ¿qué cojones pasa? ¿Quién se cree que es usted para hacerme todas estas preguntas? —David daba muestras de sentirse incómodo.

—Tiene usted razón, no debería ser tan desconsiderado y molestarle así en su lugar de trabajo. Si lo prefiere, nos vamos a comisaría y hablamos allí —sugirió Rodrigo.

Un largo sorbo a la bebida sirvió a David para sopesar las palabras del policía.

—No entiendo nada de esas cosas de internet, redes sociales y toda esa mierda —respondió con desprecio—. Mi socio es quien se encarga de hacer el trabajo y meter en mi cuenta los beneficios.

—Necesito que me facilite una dirección en la que pueda localizarlo, o un teléfono de contacto.

Antes de que David pudiese contestar, la puerta del camerino se abrió.

—Señor Salgado, acuda al plató lo antes posible, hemos de hacer las pruebas de sonido.

Sin esperar una respuesta el hombre se fue, dejando el cuarto en silencio.

—Estoy seguro de que un policía tan listo como usted será capaz de encontrar esa información sin necesidad de mi ayuda —escupió David. Abrió la puerta para invitar a Rodrigo a abandonar el camerino—. Si quiere algo más, moleste al inútil de mi representante, así al menos se ganará la comisión que me roba.

Un sonoro portazo rubricó el final de la entrevista.

Asqueado, David apuró el resto de líquido que aún ensombrecía el fondo del vaso y se preparó una raya. Por culpa de aquel estúpido se había pasado con los tragos y en menos de diez minutos aparecería frente al público como un muñeco desinflado y pastoso si no lo remediaba.

Con desgana, marcó el teléfono de su socio. Como era habitual, comunicaba.

No soportaba a aquel tipo, cada vez que escuchaba su voz le apetecía patearle el culo, por aburrido, por agonías. Esa cara de perro pachón, ese tono monocorde, esa falta de energía. Resul-

101

taba un coñazo. Y cuando se ponía histérico, era aún peor. Seguro que se mearía en los pantalones al recibir la visita de la policía.

En las referencias que había pedido sobre Amado, antes de invertir en el negocio que le planteaba, se le catalogaba como un genio. Quizá lo fuese en el mundo de mentira que creaba dentro de su ordenador, pero para la vida diaria lo dudaba.

La mujer de Amado sí le gustaba, se parecían mucho, ambos eran unos supervivientes capaces de adaptarse a cualquier situación. Por muy fuerte que azotase el viento, se mantenían de pie, con la cabeza erguida. La verdad es que la admiraba, había conseguido que el fracaso laboral de su marido en Estados Unidos se convirtiese, de cara a amigos y conocidos, en el sacrificio de un hijo amoroso preocupado por la salud de su padre que lo abandonaba todo para cuidarle. Que al viejo carcamal le diagnosticasen alzhéimer resultó una jugada perfecta del destino.

Menos mal que ella intervino cuando Amado se negó a manipular las votaciones. ¡Sería capullo!, en este mundo nadie da nada sin pedir algo a cambio. Tan solo tenía que devolver un favor, ¿quién se creía que era para negarse? Le debía su vida, su casa, su dinero, el bienestar de sus hijos.

Además, ¿qué cojones le podía importar a él quién entrase en el concurso? La televisión se había convertido en un muestrario de zorras, chulos y descerebrados que pretendían vivir sin trabajar, y por supuesto sin tener que mover una sola neurona. Daba igual el nombre de los que pasasen a formar parte de esa lista de desechos.

En sus inicios en el periodismo, es cierto que también se encontró con algún elemento así, pero eran los menos, la mayoría de la gente con la que se topaba en los pasillos, en los programas, amaba la profesión, vivía para ella, sacrificaba familia e incluso dinero para crear buen material. Pero luego ¿quién sabe qué sucedió? Todo cambió.

Quizá, como en su vida, las buenas ideas se diluyeron.

Al principio tan solo se permitían algún que otro espacio vacío de contenido, igual que él se premiaba con alguna copa. Luego, una más y otra y otra. Hasta convertir las cadenas en creadoras de esperpentos a los que mostrar, como si de un circo ambulante se tratase, rostros, cuerpos y vidas usadas y arrojadas al olvido cuando ya no tenían más miserias que mostrar.

Asqueado por los recuerdos, se preparó otra copa.

Bebedor social, como todos sus compañeros de profesión, durante un tiempo controló con acierto las dosis que ingería para mantener el equilibrio entre fiesta y problema.

Hasta que su segunda esposa lo dejó.

La quería. Bueno, quería a cada mujer que se cruzaba en su camino, al menos durante un tiempo. Jamás fingía, su pasión resultaba cierta, aunque poco duradera. En algunos casos, suficiente con una noche; en otros, como con ella, los meses se convirtieron en tres años. Era consciente de que pasado algún tiempo más la habría abandonado por otra pero, en aquel momento, verse solo, despechado y con el ego dolorido le llevó a perder el control con la bebida.

Se dormía en los rodajes, olvidaba citas con los productores, se comportaba como un auténtico déspota con los equipos. Su fama le cerró puertas y perdió trabajos.

Tan solo Jesús Herrador se acordaba de él y de vez en cuando le ofrecía las migajas de alguno de sus programas.

Seguro que su mala conciencia le obligaba a ello.

La mañana en que su mujer desapareció para siempre, recibió una llamada de Jesús. El número quedó registrado en el teléfono móvil que encontró, días después, tirado bajo la cama del dormitorio junto a su alianza. Su amigo, su supuesto amigo, era el único que conocía la aventura que mantenía con una de las maquilladoras del programa en el que trabajaban. Una chica más, un polvo más, algo sin importancia, que nadie debía saber.

Jamás se lo perdonaría.

103

Durante años aceptó sus limosnas, le permitían ir viviendo y mantenerse cerca, acechando, a la espera de su oportunidad.

Quería verle sufrir, llorar, retorcerse.

La zorra de la hija de Herrador se lo puso fácil. Pensó que sería divertido ser el primer hombre en la vida de esa niña que se paseaba por los estudios de grabación enseñando partes de su cuerpo que aún no tenía. Sabía lo mucho que Jesús la quería, cómo la cuidaba y protegía. Lástima que su propio cuerpo no respondió. Pero estaba seguro de que otro habría terminado el trabajo que él comenzó.

Con rabia, David esnifó otra raya. La última, prometió mientras se miraba en el espejo del camerino.

Antes de abandonar el cuarto para ir al plató, decidió hacer una llamada al picapleitos que tenía en nómina. No comprendía el interés de la policía, así que mejor contar con el apoyo de alguien que entendiese su lenguaje y ganase el tiempo que necesitaba para cumplir su venganza.

13

Colombia

*M*ara jamás olvidaría la llegada a la plantación de maíz que Kaliche poseía cerca del río Meta. Sin dejar de mirar de un lado a otro, incapaz de creer en la existencia de lugares así, la mujer encaró la edificación principal que parecía sacada de una de esas revistas de famosos que a veces la cocinera le llevaba a su mamá y en la que actores norteamericanos mostraban sin pudor el lujo en el que vivían. El interior sorprendió aún más a la muchacha; cada mueble, cada adorno, cada lámpara parecía gritar lo rico y poderoso que era su dueño.

Cohibida por un ambiente que en nada se asemejaba a la austeridad de la casa de sus padres, Mara permaneció en medio del recibidor sin atreverse a tocar los objetos que la rodeaban por miedo a romper o ensuciar algo.

Con una sonrisa de superioridad, Kaliche colocó la mano sobre su cadera para indicarle que ascendiese por la escalera de mármol situada a la derecha. Tras el primer paso, la muchacha percibió cómo el sonido de sus sandalias desaparecía sobre las mullidas alfombras que marcaban el camino hacia las habitaciones. Le hubiese encantado descalzarse para apreciar el tacto mágico de aquella maravilla, pero no se atrevió.

Alcanzada la cima, los ojos de Mara se abrieron aún más al contemplar la amplitud del recibidor desde la barandilla que recorría el segundo piso. A un gesto de su marido abandonó la atalaya para franquear una de las múltiples puertas distribuidas por un pasillo al que costaba divisar el final.

La habitación tenía todas las paredes forradas con armarios. Orgulloso, Kaliche mostró a su esposa el vestidor que había mandado construir para ella. Las perchas de madera barnizada y los cajones decorados con motivos florales almacenaban más ropa de la que Mara hubiera soñado jamás. Vestidos, faldas, blusas, zapatos, bolsos, la mirada de la muchacha pasaba de un objeto al siguiente sin ni siquiera respirar.

—Quítate esos harapos que llevas y vístete para la cena, te espero abajo —exigió Kaliche.

—Pero no sé qué ponerme —balbuceó Mara sin dejar de comprobar con las manos la suavidad de aquellas telas.

Por respuesta recibió el silencio, él ya estaba en el dormitorio. Acostumbrada a una vida austera y recatada, Mara se decidió por una blusa blanca de cuello alto y una falda plisada que alcanzaba los tobillos. Sin maquillaje y con el pelo recogido en una cola baja, se presentó ante su marido.

El encuentro no pudo ser más decepcionante. Los ojos de Kaliche y todo su cuerpo mostraron desagrado ante el aspecto de la joven. Una cena en silencio y una cama vacía confirmaron a Mara lo desacertado de la elección.

A pesar de los esfuerzos de la muchacha para bucear en aquellos armarios sin fin a la búsqueda de las prendas que su esposo considerase adecuadas, no lograba acertar. Pasados varios días, en los que las ausencias de Kaliche de la casa cada vez se alargaban más, incluso por las noches, Mara comenzó a desesperarse.

—Tenemos invitados para cenar; si no puedes estar a la altura, prefiero que no salgas de tu habitación —con estas palabras rompía su marido el silencio de dos días.

Herida por el desprecio, Mara no pudo reprimir el llanto al sentirse sola por primera vez en su vida. El personal de servicio, obedeciendo órdenes del patrón, tan solo se dirigía a la muchacha para atender sus necesidades básicas de alimentación. Ni un gesto, ni una palabra de cariño les estaba permitido. Sin embargo, aquella mañana, Xisseta, la cocinera, no soportó contemplar los ojos hinchados y tristes de la muchacha.

—Un poco de lectura la distraerá, señorita —susurró la mujer mientras le alargaba una revista.

—No me apetece, gracias.

—Perdóneme que insista, pero yo creo que esto puede ser de su agrado.

Frustrada y furiosa, Mara reaccionó con rabia ante la insistencia de la mujer y lanzó un manotazo para mostrar su negativa. Sorprendida por el gesto, Xisseta soltó el presente de sus manos viejas y doloridas. Las hojas desparramadas por el suelo del salón mostraron a Mara mujeres hermosas, espectaculares, que lucían modelos de maquillaje y ropa en poses imposibles. Era una revista de moda. Sin tiempo para la disculpa, recogió cada uno de aquellos tesoros y abrazada a ellos corrió hacia la escalera. A mitad de ascensión regresó tras sus pasos para acercarse a Xisseta y darle un sonoro beso en la mejilla, un sello de cariño y complicidad que continuaría hasta el día de su huida.

Aquella noche, tras la llegada del último comensal, Mara escenificó su aparición en el salón principal de la casa. El traje negro ajustado realzaba su figura y la blancura de su piel, adornada en el cuello y muñecas por finas cadenas de perlas engarzadas en oro. La melena suelta caía con gracia sobre la espalda flotando en el aire con cada paso de unos pies menudos que se deslizaban con elegancia dentro de unos zapatos de tacón fino. Los ojos brillaban bajo las largas y rizadas pestañas maquilladas en tonos oscuros para resaltar su profundidad.

Ninguno de los presentes pudo alejar su mirada de aquellos labios rojos, sensuales y carnosos que sonreían sin pudor. Or-

107

gulloso, Kaliche se acercó y con caballerosidad le tendió la mano para mezclarse juntos con los invitados.

La cena resultó perfecta y la noche aún mejor. Por primera vez Mara no durmió sola, por primera vez compartió lecho y respiración con su esposo, por primera vez se sintió deseada. Al fin se había convertido en el adorno que Kaliche ansiaba.

Ocupada en complacer a su esposo, pasaron los meses sin que Mara añorase la vida al lado de su familia. En marzo, semanas antes de su decimosexto cumpleaños, una sensación desconocida generó el deseo de reencontrarse con los suyos. La petición de visitar a su madre provocó que aquella noche durmiese sola.

Poco tuvo que esperar para descubrir el mensaje que su cuerpo gritaba, estaba embarazada. Deseosa de compartirlo, Mara abandonó la casa principal para dirigirse al encuentro de su marido. Casi nunca salía y cuando lo hacía alguna de las muchachas de servicio la acompañaba por los alrededores, por supuesto sin adentrarse en las plantaciones o alejarse de la visión de la vivienda. Pero aquella vez quería acudir sola al encuentro con Kaliche, en su imaginación la escena tras la confesión del embarazo no precisaba testigos.

La finca se encontraba en pleno apogeo de trabajo, era la época de la recogida del maíz y decenas de hombres y mujeres se encargaban de la siega y el almacenamiento. Mara no se interesaba por las labores de la explotación ni por el origen del dinero que su marido gastaba sin control, ni siquiera se ocupaba de la intendencia de la casa, para ello ya tenía a Xisseta, una mujer fiel y trabajadora que desde los primeros días se encargaba de facilitarle la vida.

Aprovechando el descuido de una de las cuadrillas para beber agua, se introdujo en una vieja camioneta aparcada con las llaves puestas. Desde pequeña, Pedrito dejaba que lo acompañase al pueblo. Sentada en su regazo, manejaba el volante a las órdenes de su hermano. Cuando pudo alcanzar a los pedales, era ella la que conducía.

Sin saber el lugar al que dirigirse, decidió enfilar el camino de tierra por el que veía como cada mañana Kaliche se alejaba en compañía de Julio y Chako. Mara odiaba a aquellos hombres, sobre todo a Chako. No le gustaba la forma en la que la miraba. Sus ojos pequeños y oscuros le quemaban la piel, sentía que la desnudaban. Aquel tipo le daba asco y miedo, mucho miedo. Julio era diferente, menos atrevido, más educado con ella, pero la palidez mortecina de su rostro le provocaba escalofríos. En una ocasión en la que Kaliche invitó a cenar a los dos hombres, Mara rozó los dedos de Julio al pasarle la bandeja con la carne en salsa y el frío que se desprendía de ellos le hizo pensar que era la encarnación de la mismísima muerte. Aquella noche Xisseta tuvo que prepararle una de sus infusiones para los nervios, porque las pesadillas no dejaban de acosarla, cada vez que cerraba los ojos sentía de nuevo aquel gélido contacto y el aire dejaba de alcanzar sus pulmones. Jamás se atrevería a expresar sus sentimientos en voz alta, sabía que a su marido no le gustaría escucharla, y seguro que hacerlo implicaría que la castigase a dormir sola durante días.

Durante kilómetros el paisaje se mantuvo constante, extensos campos de maíz en los que trabajadores y máquinas se afanaban en la recogida de los frutos. Un horizonte monótono que no permitía a Mara descubrir el lugar en el que podría estar su marido. Tras veinte minutos, y a punto de regresar a la casa, la mujer contempló como la plantación que bordeaba el camino variaba. A ambos lados, arbustos de algo más de metro y medio de altura, con troncos gruesos y lechosos, se amontonaban para ofrecer una visión mucho más colorista, fruto del contraste entre el verdor de las hojas y la rojez de los frutos.

Antes de que pudiese repasar en su memoria las plantas similares que conocía de los campos de su familia, dos camionetas a gran velocidad rebasaron la suya llenando el aire de polvo. En una de ellas, Mara creyó entrever la figura de Julio. Sin dudarlo, decidió seguir la misma dirección.

Varios minutos de persecución y numerosos desvíos por caminos cada vez más estrechos, permitieron a la mujer alcanzar un pequeño claro a un lado de la carretera en el que pudo ver varios vehículos aparcados, entre ellos los dos que acababan de adelantarla, frente a una edificación que parecía un almacén.

Dispuesta a encontrar a su marido, detuvo la marcha. Apenas cesó el sonido del motor, dos hombres armados se situaron delante de la puerta de su vehículo, impidiendo que pudiese abrirla. Ante la afirmación de ser la dueña de aquellas tierras, uno de los desconocidos se alejó corriendo hacia la edificación, mientras el otro se mantenía en su puesto sin alejar los ojos de ella.

Kaliche, acompañado de cuatro hombres, franqueó la entrada del almacén. Con el rostro sombrío, se encaminó al encuentro de su mujer. Se limpiaba las manos con un trozo de tela que con cada movimiento se teñía de rosa oscuro.

—Sígueme. —El sonido de sus palabras acompañó al chirrido de la puerta al abrirse.

Sin mirar atrás, y sin esperar una respuesta, el hombre se giró para regresar al mismo lugar del que había surgido.

Mara caminó en silencio a su sombra, observando de reojo como un grupo de hombres, al que jamás había visto por la finca, se situaban a su espalda. Por primera vez se cuestionaba la decisión de haber desobedecido a su marido y alejarse de la casa. El aspecto de abandono y suciedad que transmitía el edificio desde el exterior nada tenía que ver con el interior del mismo, ni tampoco la luminosidad artificial creada por innumerables lámparas que colgaban del techo y caían sobre las mesas metálicas que se alineaban a lo largo de todo el local. El espacio se distribuía en tres filas; unas cincuenta personas se afanaban en pesar y empaquetar una sustancia blanca en pequeñas bolsas transparentes. La concentración en la tarea les impidió girarse para contemplar a los nuevos visitantes, sus ojos tan solo se movían de las básculas a los envoltorios. De los recuerdos de Mara surgieron las voces de Graciela y Aleyda, después de bailar con Kaliche el día de su cumpleaños, advirtiendo a sus padres sobre los negocios de aquel hombre. Mara se negó a creer entonces los rumores de la familia. Ahora ya no estaba tan segura, porque lo que se empaquetaba en aquellas bolsas desde luego que no era ningún tipo de cereal.

Mientras contemplaba el trabajo de aquellos hombres y mujeres, una de las puertas de la derecha se abrió y dejó ver un interior lleno de tubos, quemadores y extraños aparatos que a Mara le parecieron más propios de un hospital que de una plantación de maíz.

—Por aquí. —La voz de Kaliche guio sus pasos al fondo del cobertizo, a una puerta que custodiaban dos hombres en actitud militar.

La muchacha vio como los trabajadores, que parecían absortos en su trabajo, aguantaban la respiración cuando su marido pasaba cerca, en algunos casos incluso un pequeño temblor delataba el miedo que Kaliche les inspiraba.

—Entra —le ordenó.

La estancia apenas tenía luz, apenas un ventanuco pequeño en el techo permitía apreciar formas borrosas. El olor a excrementos y vómito obligó a Mara a taparse la nariz y la boca con el antebrazo, en un intento por frenar la arcada que ascendía por su estómago. Parpadeó y sus pupilas se adaptaron para comprobar el origen de aquella pestilencia.

En el centro, colgado de una soga que sujetaba sus muñecas y con los pies rozando el suelo de puntillas, se balanceaba el cuerpo de un hombre desnudo. Una sustancia marronosa brotaba de los cortes y marcas que recorrían su abdomen. Apoyados en la pared, Julio y Chako permanecían en silencio con los ojos fijos en la mujer de su jefe. La oscuridad no le permitiría afirmarlo, pero Mara creyó ver una sonrisa de

111

burla en el rostro de Chako cuando la arcada que trataba de controlar escapó de su estómago obligándola a doblarse hacia adelante para no manchar sus caros zapatos.

—Te presento a Juanito. —Indiferente al malestar de su esposa, Kaliche se acercó al hombre, le tiró del pelo y le levantó la cabeza—. Este muchacho es hijo de una de mis mejores y más fieles empaquetadoras, hace un momento pasamos a su lado. En pago a los años de buen trabajo, decidí contratar a su hijo mayor como conductor de uno de mis transportes. Un honor que me pagó robándome. La verdad es que entiendo y valoro su intento de ganarse la vida y prosperar, algo que todos queremos, yo el primero; pero está claro que no puedo permitir que mis trabajadores se queden con mi mercancía sin que reciban un castigo. El muy idiota intentó salvarse mintiendo, no te imaginas lo bien que se le da a Chako hacer que los pecadores confiesen.

Incorporada de nuevo, Mara vio a su marido empujar el cuerpo moribundo del muchacho para alejar la punta de los dedos del suelo y aumentar así el dolor en los brazos.

—No pido mucho —continuó Kaliche—, solo respeto y obediencia. A cambio, quienes me rodean viven con lujo y comodidades.

Sin esperar una respuesta, se dirigió a Julio con la mano extendida para que sus dedos recibiesen el peso de un arma, que con calma apoyó en la sien de su esposa. Con la mirada fija en ella se mantuvo unos segundos, nadie se movía en el cuarto, nadie parecía siquiera respirar. Una mueca, que pretendía ocupar el lugar de una sonrisa, precedió al giro de su cuerpo y al disparo en la frente de Juanito.

Kaliche devolvió la pistola a sus hombres. Sujetó a su mujer por el brazo con fuerza y la sacó de allí.

—Fredo, llévala a casa —las palabras se dirigían a uno de los hombres que custodiaba la entrada—. Regresa pronto que tienes trabajo.

Con un simple gesto de cabeza, la orden fue aceptada.

Mara abandonó el almacén sin apartar la vista del suelo, incapaz de alzar el rostro hacia las mujeres que manipulaban el polvo blanco por miedo a encontrarse con el rostro de la madre de aquel infeliz. Qué fuerza podría sujetarla para no abalanzarse contra el asesino de su hijo. Quizás el miedo a perder al resto de su familia, pensaba la muchacha mientras con las manos se tocaba el vientre.

Cerca ya de la camioneta, los pies de Mara se negaron a elevarse, el miedo y la tensión de los últimos minutos anulaban la voluntad de la mente sobre el cuerpo. El tropiezo obligó a Fredo a sujetar a la muchacha para evitar que cayese sobre las piedras del suelo.

—Con cuidado, señora —susurró el hombre al tiempo que abría la puerta del copiloto y la ayudaba a sentarse. Una sonrisa de agradecimiento nació del rostro de Mara, no tanto por el apoyo de las manos del muchacho, sino por la calidez de la voz que logró hacerla regresar de aquel cuarto pestilente.

Animado por su gesto, Fredo le devolvió la sonrisa.

—Mi nombre es Alfredo, señora, aunque todo el mundo me llama Fredo —explicó mientras arrancaba el motor.

Durante el trayecto, Mara se dejó mecer por el sonido de las palabras de Fredo; necesitaba olvidar el polvo blanco, la sangre, el sonido del disparo, el olor a muerte; su vida y la del bebé que crecía en sus entrañas dependían de ello. Cuando la camioneta se detuvo delante de la casa principal, Mara abrió la puerta y desapareció corriendo, no sin antes dirigir una sonrisa al muchacho, que con los ojos fijos en ella apenas se atrevía a pestañear por no renunciar ni un segundo a la visión de aquel rostro.

Las tres noches siguientes preparó para su marido un recibimiento que le confirmase con tan solo una mirada la aceptación de las normas impuestas. Los platos de la cena, el maquillaje y la ropa, incluso el aroma de las velas decorando el

113

salón fueron elegidos con esmero. El esfuerzo no sirvió de nada, Kaliche no se acercó a la casa. La cuarta noche, cuando los nervios y la preocupación de Mara por su futuro resultaban difíciles de controlar, Kaliche regresó. Como si lo sucedido en el almacén fuese un mal sueño, una pesadilla que jamás sucedió, se acercó a su esposa y con un beso lento y cálido comenzó la velada.

Conocer su próxima paternidad llenó de orgullo a Kaliche. Estaba seguro de que más de un bastardo suyo vivía por aquellos campos; pero la verdad es que ninguna de las muchachas con las que se acostaba se había atrevido a reclamarle nada, suponía que por miedo a su reacción. Además, con cualquiera de ellas dudaría de la verdad sobre el origen de sus barrigas; no de su esposa, ella era solo suya, ningún otro hombre la había tocado antes que él.

114 Desde aquel instante, Kaliche se preocupó por que todos los caprichos de Mara fuesen atendidos en el acto; contrató más personal para la casa, ordenó a Xisseta que jamás la dejase sola y la hizo responsable de su bienestar. Cada noche regresaba para cenar con Mara y colocar las manos sobre su tripa. Ese era el único contacto entre sus cuerpos, una simple caricia, Kaliche no se acercó al cuarto de Mara durante el embarazo para yacer con ella. Cuando la miraba, sus ojos no reflejaban deseo, solo preocupación por saber si la barriga crecía y se redondeaba con su hijo dentro.

Angustiada por la lejanía de su marido, la muchacha lloraba sin consuelo en brazos de Xisseta; se sentía sola, necesitaba a su familia, a su madre cerca, pero Kaliche se negó a llamarlos, y por supuesto a que Mara viajase a su antiguo hogar. Las últimas semanas de gestación coincidieron con la época de sequía y calor que impedía a Mara cualquier movimiento sin que todo el cuerpo comenzase a sudar. Agobiada y nerviosa ante la proximidad del parto, la muchacha buscaba descanso en la parte trasera de la casa, sentada en una mecedora a la sombra desde donde contemplaba el horizonte; ni el sonido de los animales domésticos ni de la maquinaria de labranza existían para ella.

Una de aquellas tardes de calima Mara observó la llegada de una de las furgonetas de la hacienda. El rostro del conductor le resultaba familiar, aunque no lograba reconocerlo. Tras unos segundos los recuerdos acudieron; era Fredo, el chófer que la había devuelto a casa tras la fatídica excursión a la plantación.

Al notar su mirada, Fredo se atrevió a sonreír, al tiempo que levantaba una mano en señal de saludo. Por respuesta, una leve inclinación de cabeza. Suficiente para que el muchacho, que llevaba días contemplando a Mara, se atreviese a detener la marcha y hablar con ella.

—Mi hermana también está embarazada y dice que le pesa más el calor que la propia tripa.

Sorprendida por el atrevimiento —sabía que Kaliche prohibía a los trabajadores de la finca mantener contacto con ella cuando él no estaba presente—, Mara no pudo evitar que su cuerpo reaccionase ante aquella voz tan dulce.

—¿Te gustan las flores? —preguntó ella señalando un ramo que descansaba en el asiento del copiloto al resguardo del sol.

—Son para mi hermana —respondió Fredo con sonrojo—. Le encantan.

—A mí también —confesó la mujer con un suspiro.

El regreso de la cuadrilla de trabajadores al terminar la hora de comer interrumpió la conversación. Azorado, Fredo arrancó el motor y se alejó con los ojos fijos en el retrovisor para contemplar a Mara durante todo el tiempo posible.

Los meses siguientes resultaron muy complicados para los negocios de Kaliche. Grupos de otros departamentos del país pugnaban por hacerse con el control del río Meta, provocando guerras entre familias rivales que sembraron los campos de cadáveres.

Mara, acostumbrada a no hacer preguntas, mantenía los oídos abiertos y la boca cerrada, y se convirtió en testigo invisible de los entresijos de la organización. Conocía los canales de distribución, los nombres de quienes se encargaban del traslado fuera del país, los lugares en los que enterraban los cuerpos que nadie volvería a encontrar. Desconocía el extraño impulso que la obligaba a escuchar aquellas macabras historias. Cada vez que sabía de alguna sentencia de muerte, con Chako como brazo ejecutor, el sueño se negaba a acogerla por la noche o lo hacía con pesadillas de terror, sangre y oscuridad.

La necesidad de mantener protegidas sus inversiones llevó a Kaliche a permanecer largas temporadas fuera de casa, lo que no parecía importar demasiado a su esposa, absorta en el cuidado de su hija. No se separaba ni un instante de ella, adoraba su olor, su tacto, su carita; no quería perderse ni uno solo de sus gestos, de sus movimientos. Desde el mismo instante del nacimiento, aquella pequeña vida se convirtió para ella en el ser más importante.

Cuando la niña contaba cinco meses, Mara intentó convencer a su marido para que sus padres viajaran hasta la casa a conocer a su nieta. La negativa no dejaba lugar a la réplica, sin embargo, envalentonada por su nueva condición de madre, trató de protestar.

—Tiene que ser muy duro criarse sin nadie a quien llamar mamá… —Un escalofrío recorrió el cuerpo de Mara. Sin responder, subió al cuarto en el que dormía la pequeña y agarrada a su mano veló el plácido sueño de su hija. No volvió a mencionar a su familia.

Los días en que desaparecían Kaliche y sus hombres, Mara se sentía libre, incluso feliz.

Con ayuda de algunos de los trabajadores del maizal,

acondicionó la parte trasera de la casa para construir un jardín en el que pasar las tardes con la pequeña. Un lugar lleno de luz y de aromas en los que recuperar la sencillez de su propia infancia. Del cuidado del césped y del seto plagado de orquídeas que bordeaba la parcela se encargaba Fredo. Cada tarde, al terminar su turno en la plantación se acercaba para regar y atender el lugar.

Aquel contacto provocó un peligroso acercamiento. Conocedora del carácter de su marido, sabía que si se enteraba de las conversaciones entre ellos se enfadaría y mucho, peligrando incluso la vida de Fredo; pero no podía evitar desear que llegase aquel momento del día, se sentía sola, muy sola, sin familia, sin amigos. Solo tenía a Xisseta, ocupada siempre con la intendencia de la casa. El resto de las muchachas del servicio tenían tanto miedo a Kaliche que ni siquiera la miraban a los ojos, hablar con ella era algo que no pasaba por sus mentes. Fredo la trataba con cariño, le contaba anécdotas del trabajo, de su hogar. Con aquellas historias lograba que olvidase la cárcel en la que vivía.

Además, a su pequeña le encantaba jugar con él. Al oír el ruido de la camioneta, la niña comenzaba a palmear y sonreír; con el paso tembloroso de quien aprende a caminar, se apuraba a esconderse en el rincón más extraño del jardín. Allí permanecía quieta y muy callada hasta que su amigo la encontraba y le regalaba una de las orquídeas moradas que bordeaban el parquecito. Cada nueva flor era compartida con su madre, que la recibía con una sonrisa, atesorándola entre las manos.

Habían pasado ya cuatro años desde el nacimiento de la pequeña, cuando una mañana durante el desayuno, la niña quiso jugar al escondite con su padre. Pero él, que despreciaba a su hija por no ser el chico que deseaba, la apartó con un bofetón, gritándole que le dejara en paz. La reacción de Kaliche asustó a la pequeña, que al perder el equilibrio se agarró con fuerza al mantel arrastrando parte de la vajilla. El estruendo y los gritos se oyeron en toda la casa.

—¿Qué sucede? —preguntó Mara jadeante, al tiempo que interponía su cuerpo entre el hombre y su hija, que dolorida por la bofetada que acaba de recibir se escondía detrás de una alacena.

—Esta mocosa necesita que alguien le enseñe a comportarse —respondió Kaliche mientras avanzaba hacia el refugio de la pequeña.

—No te atrevas a tocarla, solo es una niña —exigió Mara.

Furioso por el atrevimiento de su mujer, Kaliche la agarró con fuerza del brazo y la empujó sobre la mesa. Ajeno a sus súplicas, arrancó con rabia la blusa de hilo que llevaba y dejó su espalda al descubierto.

—Sal de ahí —ordenó a su hija.

Ante la inmovilidad de la pequeña, se sacó el cinturón y con toda su fuerza descargó un golpe cruel sobre la espalda de Mara.

—Sal de ahí —repitió con el mismo resultado.

Un nuevo latigazo cruzó la piel sangrante y enrojecida de la mujer sin que esta se atreviese a protestar.

—Sal de ahí. —La tortura continuaba.

Temblando y con el vestido manchado de orina, la niña abandonó el escondite para colocarse delante de su padre. Sin palabras, Kaliche soltó la mano derecha hasta impactar con el rostro lleno de lágrimas y mocos que le miraba aterrado. El sonido sordo del cuerpecito al caer ahogó los gritos de angustia de Mara.

—Fuera de mi vista las dos —ordenó el hombre—, idos arriba y no salgáis en todo el día, no quiero veros más.

A pesar del dolor y la sangre que brotaba de su espalda, la mujer se apresuró a cumplir las órdenes. Con la pequeña en brazos se refugió en el cuarto de su hija. Cerró la puerta con llave y permanecieron el resto del día acurrucadas a los pies de la cama, atentas a los movimientos en la casa. Cerca del anochecer, el sonido de varias camionetas arrancando coincidió con el suave golpeteo de unos nudillos en la puerta.

—Soy yo —susurró una voz al otro lado—, se ha ido.

Dolorida, Mara dejó pasar a Xisseta y pudo refugiarse en su abrazo. Con cuidado, la mujer curó sus heridas mientras los ojos de la pequeña no dejaban de contemplarla, como si quisiera grabar en su recuerdo cada una de aquellas marcas.

14

Sin dejarse llevar por el cabreo que David Salgado le había producido, Rodrigo sacó el teléfono móvil del bolsillo del pantalón y llamó al último número utilizado.

—Hola, compañero, me alegro de que aún estés por ahí.

—Me voy en cinco minutos, ¿qué necesitas? —respondió Alejandro.

—Información sobre el socio de David Salgado.

—Lo que he descubierto no creo que nos pueda ayudar. Amado Fontal es ingeniero de telecomunicaciones y tiene un currículum que ya quisiera yo para mí. La empresa que él gestiona, ANsocial, parece legal. Ningún problema con la justicia ni con Hacienda. Una vida familiar sin nada que destacar, esposa y dos hijos, uno de veinticinco y otro de veintisiete años.

—¿Y su relación con David?

—Me parecía imposible que siendo de mundos laborales tan diferentes llegaran a encontrarse, así que escarbé por el tema de las relaciones familiares. Creo que acerté, la mujer de Fontal es prima segunda de David. Ella recurrió a Salgado cuando la familia se mudó desde Estados Unidos hace tres años. Unos meses después de empadronarse en Madrid crearon la empresa.

—En plena crisis... Salgado tenía razón, para montar el negocio se necesitaba dinero y contactos, que él tenía.

—Este tipo tiene los conocimientos y los medios para manipular los votos, pero nos quedaría encontrar un motivo que le impulsase a hacerlo —comentó Alejandro.

—Pásame la dirección del señor Fontal, mañana a primera hora le haré una visita —afirmó Rodrigo.

—Te mando la información a tu teléfono.

—¿Alguna novedad en los concursantes que investigan Vicenta y Manuel?

—Esta tarde les he pasado los datos que tengo sobre el amaño de las votaciones y se están centrando en descubrir a quiénes benefició ANsocial.

—Es muy importante saber si Valeria fue una de ellas.

—Les pediré que en cuanto sepan algo te lo digan.

—Gracias, Alejandro, has hecho un gran trabajo.

—De nada. Te dejo, que, si no, cuando llegue al hospital Sara me provocará un ingreso seguro —bromeó Alejandro.

Con una carcajada, Rodrigo se despidió de su amigo. Imaginar a la mujer de su compañero enfadada con él le parecía imposible, solo verlos juntos reflejaba la adoración que sentían el uno por el otro. Pensar en ellos atrajo el rostro de Alina a su mente, la necesidad de volver a verla pasó a convertirse en un deseo incontrolable. Sentimientos que le desconcertaban porque jamás había sido un hombre enamoradizo. Las parejas de su pasado siempre fueron primero amigas y luego amantes, necesitaba conocer muy bien a una mujer para enamorarse de ella; sin embargo, con Alina era diferente, algo en ella, en su forma de moverse, de mirar, de callar, le obligaba a querer permanecer a su lado y buscarla.

La llamaría después de entrevistarse con el socio de David Salgado, quizás ella le pudiese dar información. Si no, al menos era una buena excusa para volver a escuchar su voz.

Desde el luminoso recibidor, Rodrigo observó las oficinas

de ANsocial. En la sala a su izquierda trabajaban en esos momentos seis personas. La informalidad contrastaba con la sobriedad del mobiliario; nadie parecía superar los treinta años, una generación acostumbrada a moverse entre pantallas, redes sociales y una necesidad, casi enfermiza, de publicar cada pensamiento o, en la mayoría de los casos, la ausencia de los mismos, convirtiendo sus vidas en una mera repetición de frases hechas y copiadas de otros.

—Por aquí, por favor —una cálida voz femenina indicaba el camino hacia el despacho del socio de David Salgado.

—Disculpe la espera…, un problema que necesitaba solucionar de inmediato. —Amado Fontal rodeó el escritorio para recibir a su visitante con la mano derecha extendida—. ¿En qué puedo ayudar a la policía? —preguntó al tiempo que regresaba a la comodidad de su sillón.

El tono de su voz reflejaba una calma que Rodrigo presentía falsa; apostaría a que si revisaba la lista de las últimas llamadas de su móvil encontraba el número de David Salgado.

—Según creo, ¿su empresa se dedica a orquestar campañas de imagen en redes sociales?

—Bueno —respondió el hombre con una sonrisa de superioridad—, demasiado simple para lo que hacemos aquí. ANsocial gestiona, dentro de una serie de redes, contenidos multimedia que precisan de una privacidad…

—No necesito detalles técnicos. —Rodrigo interrumpió a su interlocutor. Reconocía su falta de conocimientos, pero le molestó que aquel tipo lo dejase en evidencia—. Seré más directo: ¿su empresa se ha encargado de la incorporación de los concursantes al programa *La cárcel*?

—Así es —respondió Amado.

—Bien, entonces podrá explicarme los motivos que le llevaron a falsear los datos para que personas a las que no les correspondía participar llegasen a entrar en el recinto.

En un gesto inconsciente, Amado llevó el dedo índice de la

123

mano derecha hacia la boca; la afirmación amenazaba con estropear una cuidada manicura.

—Lo que está usted sugiriendo es muy grave, supongo que tendrá pruebas. —En un intento por controlar de nuevo la situación, Amado decidió pasar al ataque.

En esta ocasión fue Rodrigo quien dejó escapar de entre los labios una sonrisa de triunfo antes de presionarle.

—La información en el mundo virtual, según creo, se mueve a gran velocidad, sobre todo la negativa. Hacer algo así podría suponer, además de la denuncia y pérdidas, el fin de toda credibilidad de cara a futuros clientes.

La idea de ver su nombre envuelto en una polémica de ese tipo aumentó la presión de los dientes sobre sus uñas.

—Las decisiones de esta empresa no se toman de forma unilateral —respondió al fin Amado.

—¿Habla usted de su socio, el señor Salgado?

—Así es.

—Entiendo que fue él quien le pidió que manipulase los resultados —aclaró Rodrigo.

—Debo mucho a David. Mi familia —puntualizó— le debe mucho. Él necesitaba un favor, me dijo que significaría el resurgir de su carrera en la televisión.

—¿No le cuestionó el interés por esas personas, si las conocía o si quería que participasen por algún motivo?

—La verdad es que no, me limité a cumplir sus deseos y no quise saber nada más.

—¿Alguien fuera de la empresa está al corriente de esta manipulación?

Amado dudó unos segundos antes de contestar.

—Mi mujer.

—Dígale que mantenga todo este asunto en secreto, no queremos que la información llegue a la prensa, al menos por ahora —matizó el policía.

—No hablará con nadie —afirmó el hombre.

—Bien, ahora quiero que me dé los nombres de los concursantes para los que se compraron votos. —Unos segundos de silencio mostraron el miedo de Amado—. Si lo prefiere, utilizamos los cauces oficiales e informo al juez. Quizá no fuera considerado un caso de fraude, pero en el proceso de investigación ya sabe lo que sucedería…

Sin mirar al policía sacó un papel de uno de los cajones de la mesa, garabateó unas letras y se lo entregó doblado a su interlocutor.

—Si necesita algo más avíseme con tiempo para que mi abogado acuda a la reunión —las palabras de Amado cerraban una conversación que jamás deseó mantener.

Al abandonar el edificio, Rodrigo releyó los nombres anotados antes de doblar el papel y guardarlo en el bolsillo trasero de su pantalón. Estaba seguro de que en aquellas líneas se ocultaba la información que los conduciría a descubrir al asesino de Valeria.

125

15

$\mathcal{M}$e pones enferma. ¿Quién te crees que eres para mirarme así? ¿No te gusta mi pelo, ni mi ropa? Pues te jodes. Amargada. Eso es, gírate, sigue disfrutando de tu vino de setenta euros la botella. Según tu código, ya es hora de tomar un aperitivo, eso es lo que dices al servicio. Serás imbécil, no ves cómo cuchichean a tus espaldas.

Tan correcta, tan educada, tan formal y tan borracha. Sí, querida madre, eres una borracha. Tan enganchada a tu fina copa de cristal como los vagabundos a sus botellas baratas, vagabundos a los que ni siquiera miras en la calle.

¿Sabes por qué no soportaba tenerte cerca cuando era pequeña? Porque tu aliento apestaba. No aguantaba ni tu hedor, ni tu cara de víctima. ¿Estropeé tu cuerpo perfecto, tu delicada figura? Más lo jode esa mierda que tomas a todas horas. Además, no te engañes, papá no solo me prefería a mí, también a cualquiera de las muchachas de servicio, o de sus secretarias, y tú lo sabías. Pero jamás te atreviste a enfrentarte a él, no querías perder tu posición, tu dinero, esta casa, los coches, las fiestas, la ropa.

Elegiste pagarlo conmigo.

¿Recuerdas las marcas en la madera bajo mi cama? Una por cada noche que no me dejaste dormir con la luz encendida, sabiendo que me aterraba la oscuridad. Te maldecía mientras lloraba muerta de miedo.

Hay que reconocer que eres una hija de puta muy buena. Tus confusiones con mis regalos de cumpleaños engañaban a todo el mundo; menos a papá, él nunca te creyó, pero prefería no hablar contigo y a escondidas me compraba lo que yo quería.

El imbécil del taxista se ha girado para abroncarme por cerrar demasiado fuerte la puerta de su mierda de coche. Cabrón, espero que la respuesta de mi dedo le sirva para dejarme en paz el resto del viaje.

Qué cerdo, no deja de babear al mirarme las tetas.

Recogemos a mi chico, sin hablar me acerco para que me coma la boca. Mientras su mano se mete bajo mi falda separo un poco las piernas para que el mirón tenga un mejor ángulo de lo que se está perdiendo. Pienso en su bragueta a punto de estallar y yo también me excito.

128 *El espectáculo se acaba, tenemos una cita y no debemos hacer esperar a nuestros anfitriones.*

El taxista cambia el gesto al oír la dirección a la que debe llevarnos. Todo el mundo conoce ese barrio, allí solo van colgaos y camellos. Nos observa para calarnos, creo que tiene claro en qué grupo colocarnos y prefiere no meterse en líos. Ya no vuelve a mirarme por el espejo.

Si pudiese cegaría los cristales, no soporto ver tanta basura humana por la calle. Aún recuerdo el escozor en la cara y las palabras de mi padre, el gran Jesús Herrador, el gran productor, cuando descubrió mi secreto. Si no cambiaba terminaría como una de aquellas perdidas que se arrastran por las calles abriendo las piernas por una dosis.

Compararme con ellas, qué poco me conoce.

Dos lágrimas y la promesa de acudir a la terapia de un loquero amigo suyo me bastaron para que me dejase en paz. Cierto que desde ese día tengo que soportar a ese cretino con aires de intelectual; pero al final es como todos, busca lo mismo y se conforma con poco.

A la primera sesión me acompañó mi padre, mi pobre madre no podía, aturdida tras conocer que su hija consumía cocaína. Zorra, aturdida estaría por los lingotazos que se pega.

Al principio pensé que había sido ella la que le fue con el cuento a mi padre; no, imposible, es incapaz de enterarse de nada, aunque me metiese una raya delante de su jeta de borracha.

Durante esa primera sesión tuve que arrepentirme —lo fingí—, asumir mi debilidad y cargar con las culpas al ambiente en el que me movía. Mientras hablaba no dejé de fijarme en los ojos de mi loquero y en las partes de mi cuerpo que observaba babeante. Enseguida me di cuenta de lo fácil que sería manipularle. La idea de mi querido papaíto de someterme a controles cada semana, para saber si había consumido, complicaron un poco las cosas y tuve que ceder más de lo que pensaba; pero bueno, casi prefiero que sea así, me jode menos que me baje las bragas, por lo menos en eso tan solo tarda unos minutos. Si tengo que escucharle durante hora y media a la semana divagando sobre mi infancia creo que podría matarle. Por supuesto, mis análisis salen limpios cada semana. No es un mal trato para ambos, el gordo sudoroso ese folla más a menudo de lo que lo ha hecho en su vida y se lleva el dinero de mi terapia; y mientras, mi padre me deja en paz.

La cabrona de mi madre consiguió que me quitase las tarjetas de crédito, todo un peligro para alguien con mi problema. Malnacida, mejor se las quitaba a ella y así dejaba de gastar en esa ropa interior carísima que se compra no sé para qué, porque su marido ni la mira, y es tan poca cosa que resultaría casi un milagro que cualquier otro tipo se la quisiera llevar a la cama. Una vez la seguí hasta la tienda y la vi pasear medio desnuda en los probadores intentando que alguno de los dependientes se fijase en ella, patética.

Los amigos de Santos, mi chico, ya están aquí. Son gente importante, creo que vienen de Asia. Si hay trato, podremos conseguir mucho dinero moviendo su producto. Yo probé su shabú hace un par de días, una pasada, mucho mejor que la coca; estoy segura de que funcionará bien en la calle.

Hay mucha gente en la habitación, algunas caras me suenan, camellos conocidos de la zona norte. El rubio que está sentado bajo la ventana fue mi primer proveedor, le vendía también a David Salgado. Si mi padre supiese que él fue quien me dio mi primera raya cuando tenía trece años...; me gustaría ver su cara al descubrir cómo ese despojo al que tanto protege drogó a su niña para desvirgarla, aunque el muy inútil no fue capaz, demasiada mierda en el cuerpo para que se le levantase.

Será mejor que me aparte a un rincón, a Santos no le gusta que me deje ver demasiado en las reuniones de negocios. Empieza a ser hora de buscarme a alguien mejor, con más poder; creo que este puede ser el sitio indicado para encontrarlo.

16

Pasaban diez minutos de las doce de la mañana cuando el inspector Martínez ordenó a Manuel que acudiese a su despacho.

—Creía que mis órdenes habían sido claras respecto a la confidencialidad del caso.

—No comprendo qué quiere decir, jefe —mintió Manuel.

—Ayer le vieron tomando una copa con Enar Rivera; si no me equivoco, esa señora se gana la vida escribiendo para una revista de cotilleos.

—Cuando salí de la comisaría se me acercó y me invitó a una caña. No creo que tenga nada de malo, ya no estaba de servicio —intentó justificarse.

—¿Esa mujer es su prima, su amiga, su novia? ¿Se ha parado a pensar el motivo por el que quería tomar algo con usted? —Las manos del inspector, extendidas sobre el cristal de la mesa, se cerraron con fuerza mientras hablaba.

—Nos habíamos saludado alguna vez, nada más. —Con un físico que nadie miraría dos veces, rozando los cincuenta, cuántas oportunidades tenía de pasar tiempo con una chica como aquella. Conocía las intenciones de Enar, no era tonto, aunque pudiese parecerlo, pero le apetecía disfrutar de su compañía. Lástima que a la segunda cerveza se hubiese tenido que ir del bar, una más y no controlaría la lengua.

—¿Qué quería saber?

—Le llegó el rumor de que la policía había estado en las instalaciones de la cárcel y quería saber si sucedía algo que justificase la visita de un subinspector por allí. —Con la mirada baja, Manuel aceptó el tono de su jefe.

—¿Qué le dijo?

—Nada, ni siquiera le confirmé lo que ya sabía.

—¿Está seguro?

—Seguro, confíe en mí.

—No me queda más remedio que hacerlo, Fernández, no olvide que en este asunto hay mucha gente implicada, gente que tiene poder para retirarle su placa si, por culpa de una indiscreción, se revela la muerte de esa muchacha.

Consciente de su equivocación, Manuel asintió en silencio sin levantar la cabeza.

—Avise al resto de sus compañeros para comenzar la reunión.

132

Alejandro y Rodrigo miraron, sin comprender, el rostro enrojecido con el que Manuel se asomó a la puerta del despacho para indicarles que entrasen. Recogidos los documentos que necesitaba para la reunión, el subinspector Fernández lanzó una mirada a Vicenta, que enfrascada en una conversación telefónica le hizo un gesto para que se adelantase.

—¿Y Del Río? —preguntó el inspector.

—Siento el retraso —se justificó Vicenta cerrando la puerta—, una llamada de la científica.

—¿Alguna novedad? —inquirió su jefe.

—Creo que puede ser interesante, señor. Al registrar la celda de la chica, los técnicos no encontraron restos ni de herbicida ni de ningún líquido. Pero al salir, un miembro del equipo tropezó con la pata trasera de la cama y le resultó extraño el sonido del metal. Al desmontarla vieron que dentro estaba forrada con papeles de chocolatinas —dijo Vicenta.

—Escondía envoltorios de chocolate en el hierro hueco —apuntilló Rodrigo sin comprender la importancia.

—La alimentación en la cárcel está muy controlada, es uno de los retos más difíciles. Poca cantidad y de aspecto nada apetecible. En su vídeo de presentación, Valeria dijo no poder vivir sin chocolate y sin sexo —aclaró Alejandro.

—Alguien de dentro tenía que suministrarle el chocolate —apuntó Manuel con un guiño a Rodrigo que no obtuvo respuesta.

—En el informe de la autopsia se hacía referencia al contenido del estómago —comentó Rodrigo, al tiempo que rebuscaba entre la documentación del caso.

—Aparece un listado de alimentos que se corresponde con algunos de los servidos ese día en la fiesta. Y sí, hay restos de chocolate. Y mucho alcohol —resumió Vicenta.

—Si nuestro sospechoso quería matar a Valeria, no creo que pusiese el veneno en los platos que se sirvieron esa noche —afirmó Alejandro—. ¿Cómo podía saber que llegaría a consumirlos ella y no cualquier otro concursante?

—En cambio, si alguien le regalaba unos bombones y les inyectaba el paraquat, se aseguraba de que tan solo ella los tomaría —dijo Vicenta.

—Es una buena teoría; pero para probarla, ya que no contamos con ningún resto físico de esas chocolatinas que la científica pueda analizar, debemos centrarnos en encontrar a la persona que se las hacía llegar. —El resto del equipo asintió ante las palabras de Alejandro.

—En las grabaciones tienen que aparecer las personas que accedían a la celda, ¿las han comprobado?

—Aún no nos han enviado el material que solicitamos para su visionado —explicó Vicenta.

El inspector Martínez interrumpió la reunión para hacer una llamada telefónica, de la que obtuvo los resultados deseados.

—La productora nos pasará hoy mismo las horas de grabación de la celda. —Sin más explicaciones, continuó con la reunión—. ¿Conocemos el nombre de los concursantes que recibieron ayuda para entrar?

—Sí, la verdad es que hicieron un buen trabajo creando los perfiles falsos para los votantes. Nos hubiese llevado mucho tiempo comprobarlos, por suerte el socio de David Salgado nos lo ahorró —respondió Alejandro—. Los tres enchufados son Mar Sáenz, Miguel Ortiz y Sandra Tovar. Los dos primeros todavía permanecen en las instalaciones.

—¿Alguna relación con la víctima? —preguntó Rodrigo.

—No hemos encontrado nada ni en la vida real ni en el mundo de las redes sociales —aclaró Vicenta—, ni siquiera parecían tener demasiado en común dentro del concurso.

—Alguien se molestó mucho para que estuviesen dentro —reflexionó Rodrigo—, no es fácil conseguir algo así.

—Ni barato —apuntó Alejandro.

—Quizás el pago por hacerles entrar en el programa fuese matar a la chica —sugirió Manuel.

—La frase «mataría por entrar», que algunos repiten en sus vídeos de presentación, no creo que sea como para tomársela en serio. —El tono de Vicenta no mostraba tanta seguridad como sus palabras.

—Por desgracia no podemos descartar ninguna opción, los motivos más banales pueden llevar a cometer este tipo de actos —dijo el inspector—. Fernández y Del Río, busquen alguna relación entre la fallecida y los tres concursantes que entraron de forma ilegal en el programa. Yo contactaré con los abogados del señor Salgado, será mejor interrogarle en la comisaría para evitar filtraciones. Si se niegan, acudiré al juez. Ese hombre tiene que explicarnos quién le pidió que manipulase los resultados de las votaciones y por qué.

—Yo puedo ayudar, jefe —el ofrecimiento de Alejandro fue recibido con una sonrisa por parte de sus compañeros.

—Todos entendemos que estos días usted debe estar en casa, allí le necesitan —contestó el inspector.

—Creo que me vendría bien salir algunas horas; dos bebés, dos abuelas y una esposa con las hormonas descontroladas es un campo lleno de minas. Y con lo torpe que soy, mejor me alejo antes de que pise alguna y me explote —bromeó el muchacho.

Con un gesto de cabeza el inspector agradeció su ayuda.

El sonido de la puerta del despacho al cerrarse enmudeció el chirrido del primer cajón del escritorio. El rítmico movimiento de la tela sobre el cristal de sus gafas atrajo recuerdos de otros casos mediáticos en los que había participado antes de ser inspector. Recordaba las presiones, las veladas amenazas de sus superiores para obtener pronto un culpable que ofrecer a los medios de comunicación, las estúpidas preguntas con las que los periodistas trataban de jugar a adivinos, solo por no conceder el tiempo necesario para que la ciencia resolviese las incógnitas. Pero en ninguno de aquellos episodios se sintió tan sucio como en este. Podía llegar a comprender la necesidad de calmar a una población angustiada por sucesos de extrema violencia, o cometidos contra menores, donde la gente necesitaba que se resolviesen para sentirse segura. En esas ocasiones no dudaba en pedir sacrificios a sus hombres, turnos dobles, anulación de permisos. Pero en esta investigación, todo el esfuerzo, el trabajo extra, la falta de descanso, era tan solo para que una cadena de televisión ganase más dinero.

—Acaban de entregar las cintas, vamos a comenzar el visionado. —Sin esperar respuesta de su jefe, Alejandro cerró la puerta. «El dinero mueve montañas», murmuró el inspector Martínez tras consultar las manecillas del reloj y comprobar que solo había transcurrido media hora desde su llamada.

La jornada transcurrió lenta y pesada. Sin apenas despegar los ojos de las pantallas del ordenador ni los cuerpos de las sillas, el equipo trataba de encontrar alguna relación entre Valeria y los concursantes que David Salgado quería dentro del concurso.

—Creo que no volveré a encender mi televisor en meses, me duelen los ojos —se quejó Vicenta.

—Te pillé —gritó Alejandro poniéndose en pie.

—¿Qué pasa? —Vicenta se reclinó contra el respaldo.

—Que alguien avise al inspector, tengo algo —anunció Alejandro con una sonrisa de triunfo.

Segundos más tarde, con sus compañeros detrás, el policía fue pasando a velocidad lenta la imagen de Valeria al entrar en la celda.

—Es del día anterior a que Valeria fuese envenenada. Regresa del patio y al poco de sentarse en la cama busca algo bajo la almohada, ¿veis luego cómo mastica?

—Es cierto —confirmó Vicenta.

—Después se acerca a la pata de la cama —continúa Alejandro.

—Buen trabajo. —La felicitación fue acompañada por varias palmadas de sus compañeros.

—La verdad es que es muy fácil que pase desapercibido si no sabes lo que buscas. —Las palabras de Manuel recibieron el asentimiento del resto.

—Revisando días anteriores se puede apreciar el mismo gesto, siempre al regresar del patio —explicó Alejandro.

—¿Se ve alguna vez quién le da lo que come? —preguntó Rodrigo.

—No —aclaró Alejandro.

—Si alguien quisiera dejar un regalo a la chica, el momento menos arriesgado para ir a la celda —reflexionó Manuel— sería cuando los concursantes están en el patio. En esos instantes la atención está centrada en ellos y en sus interacciones.

—Necesitamos saber quién tenía acceso a la celda de la chica. Rodrigo —ordenó el inspector—, regrese a la cárcel y consiga esa información. Los demás, sigan analizando las imágenes. Según el informe forense, tenemos un margen de seis horas desde que el veneno entró en su organismo hasta su fallecimiento; centrémonos en ese espacio de tiempo y veamos qué personas tuvieron contacto con ella.

17

 ntes de cumplir las órdenes del inspector Martínez, Rodrigo decidió pasar por su apartamento a cambiarse de ropa. Un gesto que jamás se atrevería a verbalizar, pero que necesitaba para sentirse seguro ante la cercanía de Alina.

Ataviado con unos viejos vaqueros —casi diez años juntos convertían aquella prenda en todo un clásico dentro de su armario— y una camiseta negra con la silueta de una guitarra en el centro, se dirigió al cuarto de baño olvidando sobre la cama el pantalón de pinzas y la camisa azul claro, indumentaria demasiado formal para la imagen que deseaba transmitir. Dudó de si su pelo estaba largo y trató de recolocar parte de sus negros rizos; un intento inútil, por mucho que se esforzase crecían con personalidad propia. Había pensado cortárselos antes del viaje, pero no lo hizo.

Un vistazo en el espejo del recibidor le devolvió una imagen que logró convencerle. Cumplir los cuarenta le había hecho retomar las rutinas deportivas de su juventud, un poco olvidadas por falta de tiempo y pereza, algo que su cuerpo agradeció eliminando una pequeña lorza que se empeñaba en abrazarle la barriga. Gracias a ello ya no era necesario contener el aliento para abrocharse parte de su antigua ropa.

En el camino hacia la cárcel, la imagen de Valeria sobre la

mesa de autopsias hizo que se sintiese culpable al pensar en sus vacaciones. Sin maquillar, con el rostro limpio, la muchacha resultaba más atractiva que en las imágenes visionadas del concurso. Una lástima que no hubiese alguien en su vida para mostrarle lo innecesaria que resulta la búsqueda de una perfección imposible y artificial.

Una mirada de desaprobación del vigilante cuando abrió la barrera para darle paso a las instalaciones fue su bienvenida. Rodrigo lo entendía, el personal desconocía la gravedad de la situación y su presencia se consideraba innecesaria; pero él sospechaba que la seguridad del recinto era una farsa, cualquier adicto a este tipo de concursos podría colarse, incluso sin necesidad de burlar la vigilancia, tan solo con tener un amigo dentro que quisiese presumir de su lugar de trabajo. Nadie se encontraba a salvo allí hasta que no encontrasen al asesino de Valeria.

Esquivando cables, trozos de decorado, cartones y maderas a medio rematar, Rodrigo llegó al despacho de Antonio. Como director del programa, consideró que sería la persona con la que hablar. Su ausencia le permitía buscar a Alina. Una tarea más compleja, porque ella no tenía una ubicación fija en la que realizar sus funciones.

Media hora de deambular errático necesitó Rodrigo antes de percibir el sonido de una voz reconocible, a la que con un gesto de su brazo indicó su posición de náufrago en mitad de aquel caos.

—Hola, no sabía que vendría hoy. —Alina mantenía la mirada en una tablilla con gráficos que Claudia le mostraba.

—Necesitaba hablar con Antonio.

—Se marchó hace un rato con Vera a las oficinas de la productora. Jesús Herrador le llamó esta mañana, quería reunirse con ellos; la verdad es que no sé cuándo volverán. —El silencio del policía animó a la muchacha a continuar—. ¿Puedo ayudarte yo?

—Eso sería perfecto —por primera vez le tuteaba.

Alina consultó su reloj.

—Dispongo de algo menos de una hora. Si tienes hambre podíamos aprovechar para comer.

—Muy bien.

—Subamos al despacho de Antonio, pediré que nos acerquen algo del *catering*. La calidad no es como para dar palmas, pero se deja comer.

Antes de alcanzar el refugio situado en el piso superior, Rodrigo observó cómo varios trabajadores desplazaban por uno de los pasillos la réplica de una horca.

—¿Ese no será el castigo si pierden? —bromeó Rodrigo, mientras cerraba la puerta del despacho. Apenas la última palabra abandonó su boca, el policía comprendió lo ridículo del comentario.

—Tranquilo, no es de verdad, solo forma parte del atrezo de uno de los juegos —explicó Alina con una gran sonrisa—. Esta noche emitimos en directo una serie de pruebas en las que prima la fuerza y la agilidad y no la inteligencia, queremos que las completen —dejaba clara su opinión sobre los concursantes—. Necesitamos un pequeño repunte en la audiencia, el programa va por la mitad de su emisión y siempre se suele sufrir una pequeña bajada; los espectadores se cansan, el formato ya deja de ser original y hay que darles un extra.

—¿Y es así de fácil?

—Nada es fácil, se trata de motivar a mucha gente, de ofrecer algo que los entretenga, que los intrigue, que los lleve a comentarlo al día siguiente en el trabajo o cuando van a dejar a sus hijos al colegio.

—Vidas de otras personas que te evadan de la tuya.

—Ese puede ser un buen resumen. A mayor variedad de personalidades y de conflicto, mayor número de espectadores se sentirán identificados. Si colocamos en la pantalla a un físico nuclear con varios premios y menciones, la gente lo admirará, pero casi nadie empatizará con él porque se ven sepa-

139

rados por una gran distancia. Si mostramos un triángulo amoroso, con infidelidades, dudas y peleas, quién no ha pasado alguna vez por algo así.

—Un formato que no falla.

—No hay nada infalible, la cuota de pantalla depende de muchos factores: de los programas con los que compitas, de la franja horaria, de la época del año; la gente no consume televisión del mismo modo en verano que en invierno. Incluso un formato como este tiene que estar vivo y ser capaz de ir improvisando, dentro de unos parámetros, según las peticiones de los telespectadores. —Alina interrumpió la charla para agradecer a una muchacha la deferencia de subirles la comida al despacho.

Cuando la joven abandonó la habitación continuó.

—Me imagino que tu visita no tiene nada que ver con el funcionamiento del programa, a no ser que quieras cambiar de empleo —bromeó Alina.

—Este mundo en el que tú te mueves no me atrae nada, creo que por ahora me quedaré con mi trabajo —sonrió Rodrigo—. Necesito que hablemos de los trabajadores del programa. Hemos descubierto que alguien pasaba comida a Valeria y me gustaría que me comentases quién del equipo tenía más relación con ella.

—¿Le daban comida? —preguntó la mujer—. La verdad es que nadie se dio cuenta de eso.

—Si te parece, repasemos la lista del personal que la cadena nos hizo llegar a comisaría y me vas comentando lo que sepas de cada uno de ellos.

Alina consultó la hora en el móvil antes de contestar.

—Lo que me pides nos llevará más tiempo del previsto.

—Soy consciente de ello, pero es importante.

La oscuridad de unos ojos perfectos se clavó en el rostro del policía. Tres, cuatro, cinco segundos en los que el aire se detuvo. Luego, un pestañeo devolvió el ritmo al reloj.

—Comencemos. Mientras no me necesiten en la redacción te ayudaré.

Quizá la imaginación le engañase, pero Rodrigo creyó percibir un cambio de tono en la voz de Alina. De nuevo, distancia. «Complico su día, es normal que se enfade», pensó el policía.

Hora y media más tarde, la mesa del despacho aparecía cubierta con varios folios garabateados: resúmenes de vidas ajenas que poco tenían en común con la imagen de un asesino. Mientras Alina respondía a la sexta llamada de teléfono, Rodrigo, cansado, amontonó toda la información y la recogió.

—Lo siento, he de irme, abajo me necesitan —se justificó la mujer al tiempo que empujaba la silla y se ponía en pie.

—No te preocupes, perdona por robarte tanto tiempo.

—Tranquilo, nadie es imprescindible, aunque nos guste sentirnos así de vez en cuando. —Las palabras de Alina acompañaban a una sonrisa traviesa que provocó un efecto espejo en Rodrigo.

—Siento interrumpir, necesito que me acompañes. —La llegada de Claudia llenó la habitación de una nueva realidad.

—¿Qué sucede? —preguntó Alina.

—Cada vez soporto peor las tonterías de Andrés. El niñato no quiere hacer la prueba del barro, dice que así no le pueden ver en televisión. Será imbécil. —El cabreo de Claudia aumentaba con cada palabra.

—Siempre causando problemas —respondió Alina.

—¿Qué sucede en la sala de reuniones, a qué viene tanto jaleo? —El rostro congestionado de Antonio traspasó el quicio de la puerta siguiendo a sus palabras.

—Inspector Arrieta, ¿qué hace aquí?, ¿ha pasado algo? —Aunque las preguntas se dirigían a Rodrigo, con la mirada Antonio buscaba la seguridad de Alina.

—Subinspector, soy subinspector —matizó el policía sin conseguir la atención del resto de los presentes.

—Todo bien, tranquilo, Andrés se niega a meterse en el barro y es demasiado tarde para cambiar la prueba —explicó Alina con calma.

—¿Y nadie es capaz de controlar a esa hormona sin cerebro? —La voz de Vera Palacios y su perfume invadieron la habitación.

—Yo me encargo, hablaré con él y le propondré que al finalizar la prueba le dejaremos quitarse el mono y darse una ducha. Qué mejor oportunidad para lucir músculos y cuerpo. Estoy segura de que aceptará —propuso Alina.

—No lo dudo —apuntó Claudia.

—Es una buena opción. —El tono sereno de su ayudante devolvió la vida a la cara de Antonio.

—Hay que tener mucho cuidado al emitir las imágenes, que no salgan en directo, a ese elemento le gusta mucho exhibirse y no quiero que suba demasiado el tono, eso puede acarrearnos demasiadas críticas. —Vera sopesaba el resultado de cada acción en los índices de audiencia.

—No hay problema, cerraremos la conexión cuando entre en la ducha y usaremos ese momento como cebo en la publicidad; en ese tiempo grabamos y comprobamos qué se puede emitir —propuso Claudia.

—Si estamos de acuerdo, hablaré con él —sugirió Alina.

—Adelante —dijo Vera, apoyada por el movimiento de cabeza de Antonio.

—Voy contigo —replicó Claudia.

En un intento por hacerse visible de nuevo, Rodrigo se despidió de Alina.

—Gracias por tu tiempo.

Sus palabras quedaron sin respuesta, tan solo la espalda de las dos mujeres pareció recibir el mensaje.

—Si no he entendido mal es usted policía —comentó Vera mientras cerraba la puerta del despacho y encendía un cigarrillo—. ¿Y a qué debemos su visita?

—Subinspector Rodrigo Arrieta, le presento a Vera Palacio, productora delegada del programa. Está al tanto de todo lo sucedido —aclaró Antonio.

—Encantado. —Como respuesta, recibió una bocanada de humo y un rictus semejante a una sonrisa.

—¿Alguna novedad? —preguntó Antonio, sin dejar de dar vueltas al anillo de boda que llevaba en la mano derecha.

—Seguimos varias pistas, por ahora nada relevante. —El tono defensivo sorprendió al policía. Quizá la reunión en la productora tuviese algo que ver con su cambio de actitud y con la presencia de aquella mujer que no dejaba de observarlo.

—¿El señor Salgado les habló de nuestra conversación del otro día? —Su instinto reaccionaba tratando de enlazar puntos dispersos de la investigación. Quizás Antonio y Jesús Herrador estuviesen al tanto de las manipulaciones de David.

—Tanto la cadena como la productora tienen temas demasiado importantes que tratar en estos momentos como para perder el tiempo en conversaciones ajenas.

La velocidad con la que el anillo giraba aumentó tras las palabras de Vera. La vibración de su móvil detuvo el siguiente comentario. Sin dar explicaciones inmerecidas, Rodrigo abandonó el despacho. La voz de Vicenta al otro lado atrajo su atención.

—Hola, compañera, ¿alguna novedad?

—Unos días antes de la fiesta se ve a la mujer de la limpieza hablando con Valeria cuando vuelve a la celda.

—¿Esa imagen la recogen las cámaras? —preguntó el policía, sorprendido.

—Son tan solo unos segundos, parece que la muchacha regresa antes de tiempo y se encuentran. La cámara seguía a Valeria por el pasillo, no sé el motivo, y supongo que el encargado de visionar las imágenes no se percató de ese instante para borrarlo. Te envío una captura de pantalla en la que aparecen juntas.

—Gracias.

Un par de segundos más tarde, el sonido del teléfono le avisaba de la llegada de la foto. En la imagen aparecía una mujer de unos sesenta años, ataviada con un uniforme azul claro en el que se percibían serigrafiadas las letras de una empresa de servicios. Los rasgos del rostro no se veían con claridad, pero estaba seguro de que no resultaría difícil identificarla.

Antes de regresar al despacho Rodrigo inspiró con fuerza. Mejor olvidar el tema de David Salgado por el momento y centrarse en aquella mujer.

18

—*E*l uniforme es el de la empresa con la que tenemos contratados los servicios de mantenimiento y limpieza, pero no sé quién es. —Antonio devolvió el móvil a Rodrigo sin enseñarle la foto a Vera; de sobra sabía que ella jamás se fijaba en los trabajadores de las subcontratas.

—¿Quién se encarga de adecentar las celdas, los concursantes o personal externo? —preguntó Rodrigo.

—Se decidió que, para no dar una mala imagen, ante la posibilidad de que alguno de ellos no cumpliese con una higiene mínima, se dejaría entrar al equipo que limpia el resto de las instalaciones —explicó el hombre.

—Localiza a Alina y que busque al encargado —ordenó Vera sin apartar la vista de su tableta.

Sin cuestionar sus palabras, Antonio obedeció.

Poco después, unos golpes en la puerta interrumpieron el incómodo silencio.

—¿Me buscaba?

Un hombre menudo, de unos cincuenta y pocos años, entró en el despacho con una arruga de preocupación en el ceño. Sin esperar presentaciones, Rodrigo se dirigió a él.

—¿Conoce a esta mujer? —La pantalla del móvil mostraba la foto recibida desde la comisaría.

—Sí, claro, es Aurita, Aurita Jiménez, una de nuestras empleadas.

—¿Qué trabajo desempeña para ustedes?

—Se encarga de la limpieza de la zona de las celdas de las chicas y también del comedor y de los baños de los empleados —respondió el hombre sin mirarle a la cara.

—¿Cuánto tiempo lleva en la empresa?

—Unos dos años.

—¿Se encuentra en estos momentos en el edificio?

El hombre consultó la hora antes de responder.

—Debería estar en el comedor.

—¿Podría usted ir a buscarla y pedirle que venga?

—Sí, por supuesto.

Antes de retirarse, el hombre inclinó levemente la cabeza en dirección a Antonio, quien con un movimiento de mano aprobó su marcha.

Mientras esperaba la llegada de la mujer, Rodrigo contactó de nuevo con la comisaría.

—Hola, Alejandro, la limpiadora se llama Aurita Jiménez. Necesito que me busques toda la información que puedas sobre ella.

—Perfecto, en cuanto tenga algo te llamo.

—También necesito que me pases con el jefe.

Tres tonos de llamada más tarde.

—¿Qué sucede, Arrieta?

—He localizado a la limpiadora. ¿Qué prefiere que haga, la interrogo aquí o la llevo a comisaría?

—Mejor que nadie salga de las instalaciones. Sé que hay periodistas pendientes de todos los movimientos y no quiero que nadie los vea.

—Muy bien, jefe, así lo haré —respondió Rodrigo antes de colgar.

—Supongo que ahora nos dirá lo que sucede —exigió Vera. Tanto ella como Antonio se mantenían expectantes.

—Necesito hablar con esta mujer. —Rodrigo no estaba dispuesto a compartir ninguna información—. El inspector Mar-

146

tínez considera que es mejor que no salgamos del recinto para que la prensa no pueda vernos.

—Estoy de acuerdo con él —afirmó Vera.

Al comprobar que ninguno de sus interlocutores se movía, el policía insistió.

—Necesito hablar con ella, pero a solas.

—No hay problema —respondió Vera al tiempo que descruzaba sus morenas piernas y se levantaba—. Regreso a la oficina, mantenme informada.

Estas últimas palabras las dirigió a Antonio, pero sin desclavar los ojos del rostro de Rodrigo. Con una sonrisa de triunfo, el policía se despidió de ella. Al salir, Vera se encontró bajo el quicio de la puerta con una mujer que bajando la mirada le cedió el paso.

—Adelante.

La invitación del policía sirvió de despedida a Antonio. El hombre, con gesto serio, salió sin más comentarios.

—Por favor, siéntese. Mi nombre es Rodrigo Arrieta y pertenezco a la policía.

—¿A la policía? —El rostro de la mujer pasó del asombro a la preocupación—. ¿Le ha pasado algo a mi hija?

—Tranquila, mi visita no tiene nada que ver con su familia.

El movimiento de los dedos, acariciando una de las medallas de oro que le colgaban del cuello, obligó al policía a fijarse en el esmalte rojo brillante de sus uñas; un tono nada discreto, como el resto de la indumentaria.

—Gracias a Dios. —La mano derecha en el pecho y un profundo suspiro acompañaron la expresión.

Atrapada en una falda una talla menor, la mujer apenas tenía holgura para cruzar las piernas, que ceñidas en unas medias negras se embutían en unas botas de caña cuyo tacón producía vértigo con tan solo mirarlo. El aspecto del pelo, teñido de rubio blanquecino, cortado en algunas zonas de punta, recordaba el penacho de las abubillas.

Excesivo sería la mejor palabra para definirla.

—Veo que no lleva puesto el uniforme, ¿ha terminado ya su turno?

—Salgo a las nueve y media de la noche, pero es que hoy me toca médico.

—¿Está usted enferma?

—Nada importante, hace unos días me caí, perdía el tren y tropecé por querer alcanzarlo. Tanto correr para al final no llegar. Hoy me toca revisión.

—¿Tiene usted asignada la limpieza de las celdas de las chicas?

—Sí.

—Entonces conoce a Valeria.

—Claro, pobrecita, ayer pregunté por ella; me gustaría ir a visitarla al hospital, creo que no se puede.

—¿Alguna vez habló con ella?

—Está prohibido.

148

Una sombra roja apareció bajo la capa de maquillaje marrón que tapaba su piel.

—Sé que está prohibido, lo que le pregunto es si alguna vez lo hizo.

—Bueno, una vez, solo una. Tenía que haber terminado de limpiar el cuarto, pero calculé mal y cuando yo salía ella volvía del patio. Estaba llorando, me dio mucha pena. Se parece tanto a mi hija, ella también hipaba de pequeña al llorar.

—¿De qué hablaron?

—De nada, solo fue un segundo, me fui corriendo; si mi jefe se enterase me despediría, y necesito estas horas.

—No se preocupe, no se lo diré a nadie. Cuénteme de qué hablaron.

—Le dije que no llorase, solo eso, ella ni siquiera me contestó.

—¿Algo más?

La mujer jugueteó con las pulseras de su mano izquierda y con la mirada baja contestó.

—A mi niña cuando era pequeña y lloraba lo único que conseguía calmarla era el chocolate.

El policía se mantuvo en silencio mientras esperaba que continuase.

—Tengo el azúcar descompensado y siempre llevo algo dulce, por si me da una bajada. Ese día tenía una chocolatina en la bata del uniforme y se la di. Hizo lo mismo que mi hija, dejar de llorar.

—¿Se volvieron a ver en alguna otra ocasión?

—No, solo ese día. Bueno, yo la veía en la tele, soy seguidora del concurso.

—¿Hubo más regalos?

De nuevo el movimiento de pulsera.

—El resto de concursantes la trataban fatal, lloraba mucho, creo que se sentía sola.

—¿Y usted la intentaba consolar?

—Cuando limpiaba el cuarto, dejaba escondida una chocolatina dentro de la funda de la almohada.

—¿Todos los días?

—Sí. Menos el martes.

—¿Qué sucedió el martes?

—Ya se lo dije, fue cuando me caí, cerca de la estación de Fuenlabrada, por correr, y no pude venir a trabajar.

—Bien, no la entretengo más —dijo Rodrigo mientras caminaba en dirección a la puerta—, será mejor que se vaya o llegará tarde al médico.

—Espero no haber hecho nada malo —se justificó la mujer al tiempo que se alisaba la falda al levantarse.

—No se preocupe, todo está bien.

A solas de nuevo en el despacho, Rodrigo marcó el número de la comisaría.

—Hola, Alejandro, ¿qué has encontrado sobre la mujer de la limpieza?

—Aurita Jiménez, sesenta y tres años, viuda desde hace

149

algo más de dos. Su marido era representante de joyería; hace unos años que enfermó, cáncer de pulmón. Se pudo jubilar, pero con una pensión muy pequeña. Tiene una hija. He pedido sus datos bancarios para comprobar algún ingreso extraño. Por ahora nada más, sigo investigando. ¿Crees que pudo ser ella?

—No lo sé. Me confesó que le regalaba chocolate a escondidas; según ella, porque le daba pena. Es una mujer extraña —reflexionó Rodrigo—. Una cosa más. Según me cuenta, el martes pasado no vino a trabajar porque se cayó y pasó la mañana en urgencias. Compruébalo.

—El día del asesinato de Valeria —calculó Alejandro.

—Así es.

—Me encargo.

—Necesito también que me envíes la imagen de la persona que ocupó su lugar en la limpieza de las celdas.

150

—Eso no será posible, no existen más imágenes de las limpiadoras dentro de los cuartos, ni en pasillos interiores.

—¿Y eso?

—No lo sé.

—Confirma su ausencia del recinto esa mañana y continúa con el extracto de sus cuentas; yo me quedaré un rato por aquí, intentaré averiguar más cosas de ella.

—Seguimos en contacto. —Las palabras de Alejandro cerraron la comunicación.

Cansado y de mal humor por la falta de avances, Rodrigo abandonó el despacho para buscar al encargado de mantenimiento. Por lo que oía a su paso, los concursantes comenzarían las pruebas en pocos minutos. Los retoques de última hora obligaban a una actividad desenfrenada. Siguiendo una de las hileras de cables que se amontonaban en los laterales del pasillo, descubrió a dos operarios de la misma empresa de Aurita. Uno de ellos se giró y pudo comprobar que se trataba del mismo hombre que un rato antes estaba en el despacho de Antonio.

—Disculpe. —Rodrigo se situó frente a él dejando la espalda cerca de la pared para no interrumpir el paso—, ¿podemos hablar un minuto?

—No es un buen momento —explicó.

—Lo sé, pero necesito hacerle unas preguntas, soy...

—El señor Llanos me habló de usted. Sea breve, por favor. —Acostumbrado a complacer caprichos ridículos y a trabajar bajo presión, el hombre no se alteró con su presencia.

—La señora Jiménez ha dicho que hace unos días no acudió a su puesto de trabajo al sufrir un pequeño accidente, necesito saber quién se encargó de sus tareas.

El rostro del hombre palideció.

—Somos una empresa pequeña y no contamos con mucho personal. Cuando alguien falta o coge vacaciones, nos cubrimos entre los compañeros.

—Bien, ¿y ese día quién hizo el trabajo de la señora Jiménez? —Rodrigo no comprendía su actitud.

—Ese día, además de Aurita falló otra de las chicas y no se hicieron todas las tareas.

—¿Las celdas?

—No dio tiempo. Solo se limpió el comedor y los baños, pensé que por un día no iba a pasar nada. ¿Hay algún problema? —El hombre parecía angustiado.

—Ninguno. —Rodrigo no quería preocuparlo—. Tranquilo.

—¿Qué puede contarme sobre la señora Jiménez? —En ese momento dos voces surgieron reclamando la presencia de su interlocutor.

—Es una buena mujer, pero este no es su mundo. Su vida giraba en torno a su marido. Por lo que cuenta, él la trataba como a una niña, la cuidaba y protegía, y ella vivía para arreglarse, salir a tomar algo y complacerlo. Cuando él enfermó y se tuvo que encargar de todo, creo que no pudo, no sabía, ni sabe, administrar el dinero. Gastó todos sus ahorros y tuvo que buscarse algún ingreso para sobrevivir. Tal y como

151

está el mundo laboral, sin experiencia, solo encontró trabajo de limpiadora.

—¿Tiene una hija?

Una nueva voz reclamaba a su jefe.

—Sí, habla mucho de ella. El padre la malcrió; colegios caros, caprichos. Está casada con un tipo que creo que es arquitecto y tiene pasta, pero me da la impresión de que se avergüenza de su madre. No deja que vaya a su casa y ella rara vez la visita. A mí me da pena.

—Una última cosa, ¿por qué se deja de grabar cuando el personal entra en las celdas?

—Una de las operarias se quejó, dijo que se sentía vigilada y amenazó con denunciarlo en el sindicato. Para evitar problemas, la productora pactó con los trabajadores apagar las cámaras mientras ellos realizaban sus tareas. La verdad es que a nadie le gusta que le espíen, y esas imágenes carecen de interés para el programa.

Las llamadas volvieron a interrumpir.

—Será mejor que se vaya. Gracias por todo.

—Sobre el tema de la limpieza del otro día…

—No se preocupe, no es importante, nadie tiene que saberlo.

Con una leve sonrisa, el hombre agradeció su silencio y se alejó.

Sentado en el coche, Rodrigo disfrutó del silencio y ordenó sus pensamientos antes de regresar a la comisaría. La información que Alejandro obtuviese de las cuentas de Aurita Jiménez sería clave. El dinero es un buen móvil para cualquier asesinato.

19

Con la luz del despacho tamizada por la cortina, Antonio trataba de controlar el dolor generado por el partido de frontón que parecía celebrarse dentro de su cabeza. La presión de una nueva palpitación contra la sien derecha lo obligó a soltar los documentos que mantenía frente a los ojos, en un intento inútil por concentrarse en la planificación de la jornada siguiente. En aquel estado, su presencia no servía de mucho en los estudios; decidió alejarse del barullo y buscar refugio durante unas horas. Quizá, si lograba descansar, el malestar cesaría.

Al cruzar el perímetro de seguridad de la cárcel, el conductor del coche de producción solicitó la dirección a la que deseaba que lo llevase. Por un instante Antonio dudó, sabía dónde quería ir, en qué brazos deseaba refugiarse y olvidar, pero era demasiado cobarde para afrontar las consecuencias de esa decisión.

—A casa —respondió en un susurro mientras sentía como cada sílaba pronunciada retumbaba en su interior.

El sonido desquiciante del teléfono móvil incrementó el dolor. Sin mirar, rechazó la llamada.

Recuperado el silencio, un mensaje apareció en la pantalla: «Quiero hablar contigo».

«Pero yo no», susurró Antonio mientras borraba el texto.

Estaba harto de las tonterías de su hijo, se negaba a escuchar una sola palabra más. Durante los últimos meses, Nando se había convertido en un entusiasta de la escalada; vestía, hablaba, leía y pasaba todo su tiempo soñando con cimas y cordadas, igual que antes lo fue del esquí, de la música, de la informática y de un sinfín de caprichos que llenaban la casa de trastos y su cuenta corriente de gastos. Pero en esta ocasión se mantendría firme, estaba dispuesto a pagar los caprichos de su hijo, esta batalla hacía años que la había perdido, pero se negaba a financiar la expedición a una pandilla de vagos y parásitos que debían pensar que por trabajar en televisión le sobraba el dinero.

La primera vez que Nando le habló del proyecto de viajar con un grupo de seis amigos al sur de Perú para realizar una ruta de montaña a más de seis mil metros y ascender el volcán Chachani, pensó que se había vuelto loco, pero tampoco le concedió mucha importancia; a su hijo los caprichos no le duraban mucho tiempo. Sin embargo, este parecía que sí, llevaba ya más de un mes agobiándolo, incluso su madre parecía estar dispuesta a apoyarlo en esta nueva estupidez.

Nuevo mensaje: «Antes de acabar el día, hablaremos».

¿Qué significaba aquella frase? ¿Una amenaza?

Inmóvil en la entrada de la casa, Antonio agradeció el silencio y la soledad del recibimiento.

En penumbra, avanzó hasta el cuarto que utilizaba como despacho, decidido a recostarse en el pequeño sofá de la sala. Sobre un acogedor almohadón rememoró la insistencia de su esposa, días atrás, para confirmar la participación de ambos en el acto benéfico que se celebraba aquella noche. Los años de convivencia evitaron que se ilusionase ante la petición. Conocedor como nadie de sus sentimientos, comprendió que el interés por aparecer en público juntos se debía a su trabajo como director de un programa de éxito en la televisión. Era importante no confundir el deseo de Amelia por aumentar su prestigio en cada evento social, fuese de la manera que fuese, con un verdadero deseo de pasar tiempo al lado de su pareja.

Él no soportaba la mentira, la falsedad, la envidia que llenaba aquellas reuniones plagadas de tanto arribista como de joyas falsas. Gente sin estómago, capaz de lamer el suelo, si fuera necesario, para tener un momento de falsa sensación de pertenencia a un grupo cerrado, de elitistas presuntuosos centrados en poseer y aparentar.

La negativa añadiría un motivo más a la larga lista que Amelia atesoraba para avergonzarse de su marido; un director prometedor cuando se fijó en él, y un fracaso, a sus ojos, desde hacía ya demasiado tiempo.

Sentimiento que, por desgracia, su hijo sentía también como propio.

La presión sobre la nuca comenzaba a aliviar la zona cervical, permitiendo una leve mejoría. Con los ojos cerrados y las manos agarradas con fuerza sobre la frente, repasó la reunión mantenida aquella mañana en el despacho de Jesús Herrador, en la que ambos confesaron sus secretos. Los silencios resonaron de nuevo provocando que todo su cuerpo se contrajese en una reacción de protección que arqueaba su espalda. Si se descubría su error, Amelia no dudaría en alejarlo de su vida y de la de su hijo, lo perdería todo y se quedaría solo. Temía el vacío que acompaña a la soledad, le aterraba tanto que por ese miedo dejó escapar la posibilidad de volver a ser feliz, de sonreír, de sentir el contacto dulce y cálido de una piel entregada. Prefirió pensar en ello como un error antes de enfrentarse a los miedos de un posible futuro.

Ninguno de los presentes en el despacho de Jesús se atrevió a sugerirlo; pero ahora, a solas en la oscuridad, Antonio se preguntaba si aquel sobre oculto en la mesa del despacho tendría algo que ver con la muerte de Valeria. La pobre muchacha atormentaba sus sueños.

¿Acudiría a la policía? ¿Se atrevería a contar lo que sabía? Pensar en el escándalo de una confesión aumentó la presión en la sien.

155

No podía, no hablaría. Debía relajarse, olvidar, dejar de pensar, o aquel dolor no cesaría. Quizá tan solo fuese su imaginación, y el asesino de la mujer no tuviese nada que ver con él ni con Jesús. Un nuevo calambre cruzó su frente.

Apoyado en el mobiliario del cuarto, se desplazó hasta la mesa, seguro de que en uno de los cajones de la derecha guardaba una caja de calmantes. Necesitaba aumentar la dosis que pocas horas antes había tomado.

Desde su nueva ubicación, Antonio reconoció los garabatos ilegibles que emborronaban una hoja de papel colocada sobre el escritorio. Dispuesto a rechazar los requerimientos de su hijo, agarró el folio para convertirlo en una pelota y lanzarlo a la papelera, pero la última frase detuvo la presión de los dedos.

«¡Seguro que no quieres que nadie más las vea!»

Sin dejar de temblar, extrajo una llave de su cartera y abrió la cerradura del pequeño cajón, que disimulado tras un panel móvil cerraba la esquina izquierda del mueble.

El sobre estaba vacío.

Sabía que era un error guardarlas en casa; debió quemarlas, destruirlas, pero temía que al hacerlo también los recuerdos desapareciesen.

La posibilidad de un desenlace sin daños había desaparecido.

20

—Tú hijo se ha salvado, se ha salvado.

Abstraído en los papeles que plagaban la mesa del despacho, Luis Ortiz elevó el rostro hacia su mujer, sin comprender la sonrisa que iluminaba su rostro.

—Sabía que lo conseguiría. Ese Fran es un maleducado, un grosero que se pasa el día maldiciendo. Además es un vago, jamás se esfuerza en las pruebas.

La retahíla de palabras continuó durante unos minutos, hasta que la mujer se percató de que su marido había vuelto a fijar los ojos en los documentos que sostenía en la mano derecha.

—¿Me estás escuchando? —preguntó en voz alta, aunque sabía la respuesta.

—Ojalá le hubiesen echado de una vez, así dejaría de perder el tiempo y de humillar a la familia.

—¿Humillar? Andrés se está comportando como un caballero, como lo que es.

—Basta ya —gritó el hombre, golpeando la mesa con el puño—. Sabes que no apruebo la participación de tu hijo en ese absurdo concurso. No comprendo la necesidad que tiene de ponerse en evidencia delante de todo el mundo.

Con los brazos cruzados sobre el pecho, la mujer giró el rostro hacia la ventana conteniendo las lágrimas.

—Quizá lo hace para que tú le mires. —El murmullo de

su voz se perdió en el silencio de la habitación sin obtener respuesta.

Con movimientos lentos, Luis Ortiz apartó la silla y se acercó a su esposa. El dulce aroma de su piel, desprovista de cualquier perfume artificial, aplacó su mal humor. Adoraba a aquella mujer, su piel blanca y perfecta, sus piernas largas, firmes, insinuantes, su pecho, su vientre. Todo en ella le excitaba. Al contrario de lo que le sucedía con sus muchas amantes, la pasión se mantenía en el tiempo. No se cansaba de ella, a pesar de visitar otras camas, era con ella con quien quería dormir y despertar.

Nunca salió una exigencia o un reproche de sus labios. Ella conocía su lugar en la casa, era la dueña, la señora de su hogar. El resto, meros entretenimientos para elevar su ego de hombre. Insignificantes aventuras que ella fingía no conocer, pero que no olvidaba controlar.

158

Si alguna de las muchachas que pasaban por su cama soñaba siquiera con desbancarla, ella se encargaba de colocarlas en su lugar.

A los dos años de vivir en Madrid, Luis comenzó una relación con la secretaria de uno de sus socios. La muchacha era espectacular. Bella, inteligente, culta. Luis disfrutaba de su compañía, tanto fuera como dentro de la cama, algo que no solía sucederle con otras amantes. La atracción le llevó a dejarse ver con la joven en algunos locales de moda de la capital; le gustaba contemplar la envidia en los ojos del resto de los hombres al pasear con ella a su lado.

Las navidades de ese año, durante la fiesta que organizaba su esposa en la casa familiar, la muchacha acudió acompañando a su jefe. En el dedo lucía un anillo de oro con dos diamantes engarzados, regalo de su amante. Luis se sorprendió por la osadía de la muchacha, pero en el fondo disfrutó al verla junto a su esposa.

La cena transcurrió en un ambiente de cordialidad propio

de unas fechas tan señaladas. Al terminar la velada, su esposa se mostró encantada con los invitados y con el desarrollo de la noche. Ni un solo comentario sobre la muchacha.

Los días transcurrieron sin que ninguno de los dos volviese a mencionar la fiesta, hasta la mañana de Reyes. Ese amanecer, al abrir uno de los paquetes que su esposa había colocado bajo el árbol de Navidad, Luis descubrió el anillo que le había regalado a su amante junto al dedo en que lo lucía.

—Menos mal que era un anillo y no un collar.

Esas fueron las únicas palabras que la mujer pronunció sobre el asunto.

Luis Ortiz jamás volvió a ver a la chica.

A partir de ese día no volvió a mostrarse en público con ninguna de sus amantes.

Ella era valiente, decidida y fuerte con él, capaz de luchar por lo que consideraba suyo. Actuaba con contundencia, sin remordimientos, ni piedad.

¿Qué había fallado entonces con su hijo? Un inútil, vacío de aspiraciones, desprovisto de coraje.

No soportaba su presencia. Su rostro lánguido le producía dolor de estómago.

Si no fuera por su esposa, haría años que se habría librado de él, pero ella le adoraba y jamás le perdonaría que le hiciese daño.

—Sabes que le quiero —mintió Luis mientras abrazaba a su mujer—, pero no me gusta que se exponga a las críticas.

Lo que no le gustaba era que pudieran relacionarle con él. Se negaba a que el mundo supiese la clase de hijo que había engendrado.

Con una sonrisa y un largo y húmedo beso, Luis trató de convencer a su mujer.

La llegada del chófer interrumpió la reconciliación.

—El coche está preparado, señor.

Con un golpe en el trasero, Luis Ortiz despidió a su mujer.

159

El suave chasquido de la puerta al cerrarse inició la conversación entre los dos hombres.

—Todo ha salido bien, el chico sigue en el concurso —anunció el chófer—. La señora parece contenta.

—¿Cuánto ha costado? —preguntó Luis Ortiz con el ceño fruncido.

—¿Realmente quieres saberlo? —La sonrisa irónica del hombre anunció la respuesta de su jefe.

—No importa. Dinero bien empleado.

—¿Nos vamos?

Con un movimiento de cabeza, Luis Ortiz alejó la imagen de su hijo de la mente. Durante el tiempo que pasase encerrado en aquel lugar no tendría que verlo deambulando por la casa. Si para ello tenía que comprar votos, lo haría, seguro que aquella noche su mujer se lo agradecería en la cama.

21

*L*a pantalla de su teléfono marcaba las ocho menos veinte de la mañana cuando Rodrigo traspasó el umbral de la comisaría. Con una reconfortante taza de café cargado, se sentó tras su mesa dispuesto a comenzar la jornada.

—Muy buenos días —saludó Vicenta—. ¿Sabes algo de nuestro presentador favorito?, ¿se dignará hoy a pasar por aquí?

El día se presentaba incierto. Los abogados de David Salgado, parapetados en formalismos legales, se negaban a que su cliente fuese interrogado. Los requerimientos para presentarse en comisaría habían sido incumplidos.

—Está citado a las diez —respondió Rodrigo al tiempo que apoyaba la espalda contra la silla—. Es lo único que sé.

—¿Ha llegado algún fax? —las palabras de Vicenta se dirigían al subinspector Fernández, que absorto en unos documentos se alejaba de la fotocopiadora.

—Manuel —gritó la mujer. El reclamo de atención surtió efecto.

—Perdona, no te he oído —respondió el hombre mientras depositaba la documentación encima de la mesa.

—Preguntaba si ha llegado alguna comunicación de los abogados de David Salgado.

—Por ahora, no, todo esto —las palabras acompañaron el movimiento de las manos sobre un montón de hojas—

son datos personales de concursantes de ese maldito programa. Es imposible contrastar tanta información en unas semanas.

—¿No sería mejor que el jefe pidiese refuerzos? Más ojos y más oídos nos vendrían bien —sugirió Vicenta.

—Lo siento —la voz del inspector Martínez avanzó por la sala junto a sus pasos—. Soy consciente del esfuerzo que todos ustedes realizan, pero ya conocen la situación de confidencialidad que marca la investigación; incluir nuevos elementos supondría añadir opciones a una posible fuga de información, y no es algo que nos podamos permitir... Acabo de recibir un burofax —continuó— del bufete que representa a David Salgado, comunicando su presencia en la comisaría para esta tarde a las cuatro y media.

—Por fin han cedido —celebró Vicenta.

162 —¿El cambio de hora es para quedarse con parte de razón? —apuntó Rodrigo.

—Una manera de reafirmar su autoridad —confirmó el inspector—. En el interrogatorio estaremos Arrieta y yo. Preparen todo lo que tenemos sobre el fraude cometido por la empresa propiedad del señor Salgado. No quiero imprecisiones, sus abogados vienen dispuestos a mirar con lupa cada detalle.

—Yo me encargo, si le parece bien, jefe —propuso Alejandro.

—Sí, hágalo usted, es el que mejor conoce los detalles. Del Río y Fernández, sigan investigando a los concursantes que fueron beneficiados por ANsocial, intenten encontrar alguna relación entre ellos y la víctima.

—¿Quiere que les eche una mano? —preguntó Arrieta.

—Usted céntrese en la señora de la limpieza, acaban de llegar los movimientos de sus cuentas bancarias —respondió el inspector al tiempo que le entregaba una carpeta.

Absortos cada uno en su trabajo, solo el sonido de las

teclas de los ordenadores y el pitido de la impresora rompía el silencio de la sala.

Los años previos a la muerte de su marido, los movimientos de las cuentas de Aurita Jiménez mostraban un nivel de vida bueno, incluso se apreciaban ciertos caprichos en viajes. Fallecido este, la pensión de viudedad condenó a la mujer a una vida de subsistencia en la que se apreciaba cómo sus ahorros comenzaron a desaparecer. Una suerte, pensó Rodrigo, que figurase como propietaria del piso en el que vivía; eso al menos le garantizaba un lugar en el que refugiarse, aunque algunos meses tuviese que posponer el pago de unos recibos para atender otros.

En los últimos meses, el único ingreso periódico consistía en su nómina como limpiadora, poco más de trescientos cincuenta euros, con los que hacer frente a su manutención.

—¿Algo sobre la limpiadora? —interrogó Manuel.

—Nada, si participó en la muerte de Valeria, el dinero no fue la motivación para ello.

—No estés tan seguro —respondió su compañero. Se acercó con dos folios en la mano.

—¿Qué tienes?

—Nos acaba de llegar la información que Vicenta había solicitado a la Seguridad Social y a Hacienda sobre los trabajadores que forman parte de la plantilla del concurso. Repasando los datos de la señora Aurita Jiménez, resulta que su marido tenía una deuda con la Hacienda Pública que no solventó antes de morir. Motivo por el cual la parte que le correspondía de la vivienda, que tenían en régimen de gananciales, estaba embargada y a punto de ser ejecutada, hasta que hace cuatro meses alguien saldó ese impago.

—¿Cuánto debía?

—Casi quince mil euros.

—Una pasta.

—Yo hay días que no lo gano —dijo Manuel con sorna.

—¿Se sabe quién facilitó el dinero? En la cuenta de Aurita no figura ningún ingreso de ese importe, ni nada parecido.

—El pago se hizo a través de una transferencia, acabo de solicitar que nos manden los datos del ordenante.

—No perder tu casa... ¿puede ser un motivo para asesinar a alguien? —reflexionó Rodrigo

—Hemos visto hacerlo por mucho menos —replicó su compañero.

—No me extraña que la productora y la cadena protejan el concurso, está arrasando en audiencia —la voz de Vicenta interrumpió la conversación—. La gala de ayer registró un 29 por ciento de *share*.

—¿Eso es mucho? —preguntó Rodrigo, consciente de su ignorancia en estos temas.

—Sí, la verdad, incluso para una final sería un porcentaje muy alto —respondió su compañera.

—No hay nada como sacar a un musculitos luciendo palmito —apuntó Alejandro—, seguro que ese fue el minuto más visto.

—La recaudación en publicidad tiene que estar subiendo —reflexionó Rodrigo.

El sonido del móvil interrumpió la conversación.

—Hola, Rodrigo, soy Alina.

—Hola. —Sorprendido por la llamada, el policía no reaccionó.

—¿Te pillo en un mal momento? —preguntó la mujer ante su silencio.

—No, no, para nada. Enhorabuena por los resultados del programa de ayer, al final tu idea funcionó. —Rodrigo aprovechó la información aportada por Vicenta para iniciar la conversación.

—Gracias, el equipo trabajó muy bien y el resultado gustó a la audiencia.

Rodrigo sonrió al escucharla; como siempre, alejaba el mérito y lo repartía entre sus compañeros.

—Antonio me comentó lo sucedido ayer con Aurita —continuó.

—¿La conoces? —El policía se sintió un poco decepcionado, Alina llamaba para interesarse por la trabajadora. Por un instante había fantaseado con otros motivos más personales.

—Sí, solemos llegar a la misma hora y siempre pasa a saludarme antes de cambiarse.

—¿Qué opinas de ella?

—Es una pobre mujer que intenta sobrevivir en un mundo hostil.

—Esa es también mi opinión. —Rodrigo se sorprendió al escuchar sus propias palabras, él jamás comentaba la investigación de un caso con nadie ajeno.

—¿Estás muy ocupado esta mañana?

—Como siempre. —La pregunta le sorprendió y prefirió usar una respuesta ambigua.

—He de acercarme a la oficina de la productora y me preguntaba si te apetecería que te invitase a comer. —Ante su silencio, la mujer bromeó—. Para compensar el menú de colegio de ayer.

—Me encantaría. Si te parece bien, podemos quedar sobre las dos. —Rodrigo intentaba controlar su entusiasmo—. Tengo un compromiso por la tarde.

—Por mí, perfecto.

Elegido el restaurante, la comunicación cesó.

—¿Tienes una cita? —Los ojos de Vicenta interrogaban más que sus palabras.

—Sí… Bueno, no, no es una cita. —Rodrigo vacilaba en su respuesta—. He quedado con Alina, la ayudante de dirección para hablar de Aurita, la limpiadora. Ella la conoce y puede aportar datos.

La justificación parecía creíble, lástima que el tono de voz delatase su nerviosismo.

—Bien, tú sabrás —sentenció Vicenta de regreso a la pan-

165

talla del ordenador. Como un niño pequeño pillado en una falta, quiso protestar, pero comprendió que por mucho que lo intentase sus argumentos no sonarían sinceros.

Veinte minutos antes de la hora acordada, Rodrigo traspasó la puerta del restaurante. Un vistazo general lo llevó a la barra dispuesto a esperar. Apenas la consumición alcanzó su mano, un aroma inconfundible le obligó a girar el rostro.

—Hola —saludó Alina sin despegar el móvil de la oreja—. Un segundo…

Mientras se acercaban juntos a una mesa vacía, Rodrigo comprobó una vez más la templanza de la mujer para lidiar con las exigencias de cada minuto.

—Perdona —se disculpó al colgar—, uno de los cámaras ha sido padre y necesitaba localizar a alguien para cubrir…

Antes de finalizar la frase, una nueva llamada resonó en el local. Con desgana, la mujer contestó. En esta ocasión el tono de su voz se mostró más serio y distante.

—Te dije que iré; no prometo nada, tengo mucho trabajo —con esta frase, la conversación de apenas unos segundos cesó.

—¿Todo bien? —preguntó Rodrigo. El breve intercambio de palabras no parecía tener nada que ver con el trabajo.

—Sí —mintió ella.

De nuevo la música infernal atronó el aire atrayendo la mirada de reproche de otros comensales. Comprobado el número, Alina rechazó la llamada y accionó el modo silencio en el aparato.

—Creo que el mundo no se va a detener si desaparezco un rato —afirmó con gesto cansado.

—¿Cómo lo soportas? —preguntó Rodrigo. El silencio de la mujer le animó a continuar—. Me refiero al grado de dependencia de toda esa gente, al barullo, a las exigencias.

—Eres hijo único —afirmó Alina.

—Sí —dijo el policía, sorprendido—. ¿Cómo lo sabes?

—Cuando te pasas la infancia rodeada de gente, te acostumbras a pensar con ruido —bromeó ella.

—Así que eres el resultado de una familia numerosa.

—Pues no, soy hija única como tú. —Una sonrisa acompañó la sorpresa de Rodrigo.

—Mis padres tenían mucho trabajo —explicó Alina—, y poco tiempo para mí. Con nueve años decidieron que lo mejor para mi educación sería estudiar interna. Así que me pasé la infancia compartiendo cuarto, mesa y ocio, sin un espacio propio. Las monjas no lo consideraban importante.

—Los fines de semana supongo que irías a casa.

—En los diez años que estuve en ese centro, recuerdo que salí en dos ocasiones. Dos actos públicos de mis padres, en los que quedaba bien mi presencia. —Mientras hablaba, la mirada de Alina se alejó recordando el pasado.

—¿Al terminar tus estudios regresaste a casa?

—No. Al acabar el instituto no sabía qué hacer con mi vida y pasé un año viajando.

—Me encanta viajar. Si algún día amaneciese podrido de dinero, me pasaría los meses de un lugar a otro.

—Mis padres financiaron mi aventura.

—Qué generosos.

—Supongo que preferían eso a tropezarse con una desconocida cada mañana al salir del baño, ¿te imaginas el susto? —afirmó al tiempo que acariciaba el teléfono. A pesar del intento, la ironía no logró ocultar su tristeza.

La llegada de la camarera con los menús silenció la conversación.

—¿Cómo llegaste a la locura de la televisión? —Rodrigo decidió reconducir la charla en un intento por borrar la sombra de amargura del rostro de la mujer.

—En Francia conocí a un chico que trabajaba como redactor independiente para una televisión local. Él me descubrió este mundo. Al regresar a España me matriculé en un curso de realización y al poco de terminar empecé a trabajar en diferentes proyectos.

—¿Y todos son tan locos como este? —El móvil de Alina no dejaba de parpadear en silencio con cada nueva llamada.

—Tanto no. —El brillo regresaba a sus ojos—. La verdad es que jamás trabajé en un programa con este presupuesto, ni con este nivel de exigencia. El directo da vida a cada secuencia y te obliga a mantenerte alerta para detectar fallos y corregirlos antes de que lleguen al público.

—Menos mal que son tan solo unas semanas.

—Sí —sonrió la mujer—. De lo contrario me volvería loca.

—Cuando estoy en esa cárcel y te veo responder tres peticiones a la vez, me pregunto cómo lo haces. —Las palabras de Rodrigo mostraban una admiración verdadera.

168

—Respiro hondo y trato de hablar con rapidez antes de que me pidan más cosas —bromeó la mujer.

Las anécdotas del trabajo de Alina centraron el resto de la comida. Por suerte, los miedos de Rodrigo se evaporaron, ni un solo comentario sobre la investigación, ni una referencia que pusiese en entredicho la norma establecida sobre la confidencialidad del caso. Las insinuaciones de Vicenta dejaron de resonar en su cabeza.

Con rapidez, con demasiada rapidez, transcurrió el tiempo del que Rodrigo disponía para el encuentro. Con desgana se despidió de Alina.

—No sé si desearte que tengas una buena jornada o no, porque parece que cuando se tuercen los planes es cuando más audiencia tenéis —afirmó el policía en referencia a lo sucedido con Andrés.

—Cada día, cada hora, una nueva aventura. Es un mundo peculiar, pero divertido —contestó ella con una sonrisa al tiempo que activaba el volumen del teléfono.

El sonido del móvil irrumpió de nuevo entre ellos. Con el aparato pegado a la oreja, al igual que la vio al entrar, Alina se alejó elevando la mano izquierda en señal de despedida. Incapaz de controlar la sensación de vacío que le producía separarse de ella, Rodrigo comprobó que su reloj marcaba ya las tres y veinte. Debía darse prisa si no quería llegar tarde al interrogatorio.

22

—*D*avid Salgado y su abogado acaban de llegar. —Las palabras del policía encargado de vigilar los accesos a la comisaría movilizaron a todo el equipo.

—Diles que me esperen ahí —ordenó Rodrigo.

—Bajo a por él, avisa al jefe —pidió Rodrigo a Vicenta—, me lo llevo a la sala 3.

Acompañado por un individuo cuyo estilismo reflejaba lo que una buena nómina puede obtener, David Salgado y su incontinencia verbal esperaban en la entrada.

—¿Empezamos? —gritó—. Tengo una cita en una hora y no pienso llegar tarde.

—Acompáñenme —ordenó Rodrigo sin responder.

Escoltado por David y su representante legal, el policía los guio hasta la planta baja por uno de los ascensores destinados al personal. Mejor alejar el rostro de aquel hombre de las miradas del público, la audiencia del concurso no dejaba de subir y no sería raro que le reconociesen. La foto de su presencia en las instalaciones policiales dispararía las suspicacias en los medios de comunicación.

—Por favor, tomen asiento —ofreció Rodrigo tras abrir la puerta que daba acceso a una sala de interrogatorios.

—Me tratan como a un delincuente de mierda —protestó David al traspasar el umbral.

Dispuesto a no entrar en el juego, el policía acercó una de

las sillas y se situó frente a ellos. Dejó un hueco libre a su derecha para el inspector Martínez.

—Buenas tardes. —La llegada del inspector reanimó la verborrea de David.

—Llevamos un rato esperando; igual los funcionarios como ustedes no tienen nada que hacer y pueden perder el tiempo, pero yo no.

La mano del abogado sujetó con firmeza el brazo de su cliente para hacerle callar.

—Disculpen, estos días el señor Salgado está sometido a mucha presión. —Acostumbrado a negociar, el hombre trataba de aliviar la tensión de la sala, más que evidente.

Ignorando la actitud de ambos, Rodrigo desplegó la documentación sobre la mesa.

—Tenemos pruebas que confirman cómo usted y su socio Amado Fontal, a través de ANsocial, manipularon y compraron votos para facilitar la entrada de Mar Sáenz, Miguel Ortiz y Sandra Tovar en el concurso *La cárcel*.

—Ya le dije el otro día que yo no me ocupo de nada de eso —gritó David.

—Lo que mi cliente quiere decir —aclaró el abogado— es que el trabajo que él desarrolla para ANsocial es de socio capitalista y de imagen pública de la empresa.

—¿Insinúa entonces que el señor Fontal actúa y toma decisiones con los clientes a sus espaldas? —sugirió Rodrigo evitando dirigirse al representante legal de David.

—Ese imbécil qué decisiones va a tomar, para eso hay que tener algo de sangre en las venas.

—Por favor, David —interrumpió el hombre sentado a su lado.

—Quizá sea más inteligente de lo que usted se cree y trate con los clientes a sus espaldas. —El policía intentó presionar un poco más.

—Mi cliente desconoce las actividades fraudulentas que su

socio o cualquier otro miembro de la empresa puedan haber realizado parapetados tras las siglas de ANsocial. —El abogado decidió evitar más salidas de tono.

—No sé nada —concluyó David con la cara enrojecida y los puños apretados—. Yo no debería estar aquí.

Rodrigo necesitaba que la rabia contenida explotase.

—Se equivoca, la empresa de la que es propietario ha cometido un delito. Cuando el juez dicte sentencia, su sitio será este lugar y otros mucho peores. —El policía sabía que era imposible condenar a nadie con las pruebas que tenían, y menos que por algo así llegase a ingresar en prisión, pero decidió lanzar un farol.

El rostro de David palideció al escucharle. Sin embargo, su abogado no se dejó impresionar.

—Usted sabe que no existen motivos suficientes para encausar a mi cliente —el ritmo pausado mostraba la total confianza en sus afirmaciones—. Él ha mostrado interés por colaborar con la policía acudiendo a esta reunión. No pueden pedirle que juegue a ser adivino y señale a alguno de sus empleados, porque desconoce quién, dentro de la empresa, manipuló esos datos.

—No creo que nadie tome decisiones de esa índole en ANsocial sin contar con su aprobación. —Aunque las palabras se dirigían a su acompañante, los ojos del policía se clavaban en David.

—Si no le quedan más preguntas, tenemos otra cita pendiente a la que no deseamos llegar tarde —dijo el abogado al tiempo que apartaba la silla y animaba a su cliente a que fuera tras él.

—Por favor, ¡siéntense! —ordenó el inspector Martínez, mero observador hasta ese momento. La sorpresa se convirtió en obediencia—. Como abogado suyo, confío que asesore bien al señor Salgado, porque si en el plazo de veinticuatro horas no recupera la memoria y nos dice quién le pidió que manipulase las votaciones, ordenaré a mi equipo que revise todas y cada una de sus transacciones económicas; cada factura, cada desgravación fiscal y, por supuesto, que coteje los datos obtenidos con el Ministerio de Hacienda. Quizá por ese lado el juez sí que encuentre motivos para iniciar una causa.

Con los ojos fijos en la documentación situada sobre la mesa, Rodrigo ocultó la sorpresa. Jamás había visto a su jefe amenazar a un sospechoso para obtener información.

—Lo que usted acaba de insinuar suena a...

Las palabras del abogado quedaron apagadas por el inspector.

—Veinticuatro horas —repitió, mientras abandonaba la sala.

La tensión en el cuerpo de David resultaba evidente. Sin dejar de mover las manos, sorprendido por la reacción del policía, el hombre miró a la derecha buscando el consejo de su abogado.

—¿Qué coño está pasando? —preguntó al fin.

—Aquí no, hablaremos fuera —propuso el asesor.

Las palabras del inspector tocaron la parte más sensible de aquel tipo: el bolsillo, y la única que parecía hacerle reaccionar.

En silencio, Rodrigo acompañó a los hombres de regreso hasta la entrada del edificio para verlos alejarse inmersos en una discusión en susurros.

23

*D*ónde estás. Maldito imbécil, necesito verte. Ese coche. Sí, es él, es David. Deja de discutir y acércate·de una vez. No gritas, toda la calle te mira.

El trajeado se va. Deja el puto móvil. Entra en el portal de una vez. Tengo que hablar contigo.

Se me acaba el tiempo. No puedo seguir en la calle, Santos me encontrará.

Ese hijo de puta me la jugó.

Cómo fui tan estúpida.

Mierda, David, cuelga el teléfono de una vez.

Debí ducharme. Apesto, tres días durmiendo en ese asqueroso edificio y parezco una jodida yonqui.

Si la zorra de mi madre no me hubiese anulado las tarjetas. Me encantaría abrirle la cabeza con una de sus exquisitas botellas de vino. No puedo acercarme, seguro que Santos vigila la casa.

Al fin, la puerta se abre.

Me mira con asco. Se aparta.

Le escupo, grito, exijo.

No le importa.

Necesito dinero. Deja de reírte, ¿cuánto crees que durarías como presentador del momento si hablo con mi padre y le cuento nuestro secreto?

Sigue riéndose el muy cabrón.

Santos me despellejará viva, me entregará a sus hombres para que hagan conmigo lo que quieran, me usará como escarmiento.

No le importa.

Suplico, me humillo, me acerco a su bragueta. No quiere que le toque.

El aire se vuelve denso. Mis puños se cierran. Golpeo. Apenas se mueve. No tengo fuerzas.

Abre la cartera y me arroja veinte euros. «El precio de una puta como tú», grita.

Arrugo el billete, quiero romperlo, arrojarle los pedazos, pero es mi comida de hoy.

Suelto mi lengua, escupo el veneno, me recreo en los llantos de su mujer cuando le hablo de los jadeos que salían del camerino cada noche.

Mi sonrisa desaparece bajo su puño. Caigo al suelo, su zapato de piel contrae mi estómago. Va a matarme.

Un vecino entra.

Huyo.

No puedo enderezarme. Me limpio la nariz, la mano se tiñe de rojo.

Aprieto el billete.

No dejo de correr.

176

24

Asqueado por la pérdida del espacio vital, Rodrigo esquivó la entrada de un grupo de clientes que trataban de ampliar un hueco inexistente en la barra. Tras abonar su consumición, se alejó en dirección a la cristalera que cubría la parte izquierda de la cafetería.

Envuelto en conversaciones ajenas, el policía observó la extraña mezcla de ambientes que llenaba las calles. El barrio de Malasaña, convertido desde hacía unos años en refugio para tiendas alternativas, entremezclaba las nuevas tendencias con los vecinos de toda la vida. Y por lo que parecía, con buenos resultados.

Un último trago apuró el final del café y encaminó sus pasos a un antiguo edificio remodelado, situado enfrente del local. En su portal, al lado de los timbres, lucía la placa publicitaria de Tuespacio S. L. Según la información recibida de Hacienda, de allí provenía el dinero con el que Aurita Jiménez saldó su deuda.

La puerta de entrada se abrió. Decorado con elegancia, el espacio mostraba todas las ventajas de las construcciones antiguas, con amplitud de techos, sensación de libertad y enormes ventanales a través de los que se colaba la luz natural.

—¿Buenos días, tiene usted cita? —la voz cadenciosa y sensual provenía del rostro más perfecto e impecable que jamás había contemplado, la belleza de aquella muchacha parecía sacada de una pintura.

—Mi nombre es Rodrigo Arrieta, soy subinspector de policía y me gustaría hablar con el responsable de la sociedad Tuespacio.

La expresión de asombro en la mujer mostraba lo poco acostumbrados que estaban a visitas de ese tipo.

—La empresa pertenece a dos socios, los señores Maxi Artidiello y Paulo Ripoll. Ahora mismo están reunidos, si me acompaña le guiaré hasta ellos.

El sonido de los tacones sobre las baldosas marcó el recorrido.

Hechas las presentaciones, la mujer cerró la puerta del despacho y desapareció.

—¿A qué debemos su visita? —el hombre presentado como Maxi inició la conversación. De unos cincuenta años, mostraba el aspecto de alguien que dedica más de media hora cada mañana solo a la elección de los complementos de su indumentaria.

178.
—Hace unos meses, desde el número de cuenta de esta empresa, se hizo un pago para saldar la deuda que la señora Aurita Jiménez tenía contraída con Hacienda.

Antes de que Rodrigo continuase, Paulo se dirigió a su socio.

—¿Quieres que me vaya?

—No es necesario —respondió Maxi con un suspiro, al tiempo que sacaba una carpeta del cajón de la mesa y se la entregaba a Rodrigo.

—Aquí está el justificante de la transferencia, todo en orden y todo legal.

—No comprendo el interés de la policía —objetó Paulo mientras impulsaba el cuerpo contra el respaldo de la silla y cruzaba las piernas. De una edad similar a su compañero, parecía molesto con la visita.

El policía ignoró el comentario y prosiguió.

—¿Puede decirme el motivo del pago de esa deuda?

—Aurita Jiménez es mi suegra.

—Según tengo entendido, la relación entre su familia y la

señora Jiménez no es muy estrecha. —Rodrigo recordó los comentarios del jefe de mantenimiento de la cárcel.

—Al morir su marido, Aurita se volvió muy dependiente de mi esposa. No sabía ni quería estar sola. Comenzó a ser una fuente de discusiones en nuestra vida de pareja, ella consentía en exceso a los niños, juzgaba nuestra forma de educarlos, se atrevía incluso a llevarles chucherías cuando se las tenemos prohibidas —explicó Maxi.

—Esa mujer es imposible —añadió Paulo, alisando una arruga de la parte frontal de su camiseta, bajo la que se marcaban músculos de gimnasio y dieta—. Se presentaba en casa de Maxi, en el despacho, en cualquier acto, sin avisar, con su verborrea, con esas maneras. Insufrible.

La voz de Paulo comenzaba a irritarle, quién se creía que era para juzgar así a nadie.

—Ella tenía un problema y se ofreció a solucionarlo. ¿A cambio de qué? —preguntó Rodrigo… Como nadie rompía el silencio, el policía continuó—. Usted pagaba la deuda y ella se alejaba de su vida, ¿ese fue el trato?

—Hace unos meses, al recibir los ingresos de dos buenos proyectos, mi socio me planteó la idea, la verdad es que le agradezco que renunciase a su comisión para ayudarme —confirmó el hombre.

—No se imagina lo bien que estamos sin ella rondando por aquí, nos espantaba a los clientes con esos estilismos imposibles. Un dinero muy bien empleado —confirmó Paulo.

La pista de Aurita Jiménez se evaporaba con cada nuevo dato recibido. La mujer tan solo parecía culpable de necesitar dar un cariño que le sobraba y que le impedían repartir entre los suyos.

Incapaz de comprender la necedad de aquellos dos elementos, Rodrigo abandonó el edificio.

179

ϒ

A su llegada a la comisaría, el movimiento en la puerta era incesante. La gente entraba y salía absorta en papeles o teléfonos móviles, sin prestar atención a lo que sucedía a su alrededor. La presencia de vehículos particulares y coches patrulla confería un aspecto de caos a toda la calle.

A pocos metros de él, descendieron dos hombres del interior de un taxi, a los que no podía ver el rostro. Sin embargo, la forma altiva de uno de ellos de manotear el aire al hablar le permitió conocer su identidad.

—No esperaba verlo tan pronto. —Rodrigo se colocó a la altura de ambos en apenas unos segundos.

—Que te jodan.

—Parece que su socio no tiene un buen día —las palabras del policía no ayudaron a relajar la tensión.

—Queremos hablar con el inspector Martínez. —Amado Fontal decidió intervenir.

—Bien, podemos usar otra entrada para llegar a su despacho.

—Gracias —respondió Amado sin mirar al policía. Sus ojos, fijos en el entorno, gritaban por alejarse de allí.

Al igual que pocas horas antes, el recorrido por las instalaciones de la comisaría se produjo en silencio.

—Esperen aquí, voy a avisar al inspector. —Las paredes desnudas del cuarto de interrogatorios recibieron a los tres hombres.

—Joder, ¿no merezco que me reciba directamente el inspector en persona? —gritó David.

Su socio, más prudente, o más acobardado, bajó la mirada y mantuvo su opinión en silencio. Sin molestarse en responder, Rodrigo cerró la puerta y se alejó.

Minutos más tarde regresó acompañado de su jefe y de Alejandro.

—Buenas tardes, ya conoce al subinspector Arrieta; él es el subinspector Suárez —las palabras del inspector resonaron en el cuarto—. Me alegro de que haya decidido colaborar con nosotros, señor Salgado. ¿Su abogado no estará presente en la declaración?

—No necesito a ese inútil para nada. —Las manos de David se abrían y cerraban de forma compulsiva.

—Esa es su decisión —continuó el inspector.

—Acabemos con esto de una puta vez, ¿qué quieren saber? —El cuerpo de David se movía de forma compulsiva, incapaz de mantenerse quieto.

—Sabemos que su empresa ANsocial manipuló las votaciones en el concurso que usted presenta y queremos saber por qué —preguntó Rodrigo.

—Hace meses alguien contactó conmigo por teléfono... Una voz que sonaba como si alguien hablara desde dentro de una lata, ni siquiera podría asegurar si era voz de hombre o de mujer.

—Es fácil de hacer, no se requiere ser un experto, hay programas informáticos muy sencillos para modificar la voz —apuntó Alejandro.

—Me preguntó si quería ser el presentador del *reality La cárcel*. Pensé que se trataba de una broma, el tema de las votaciones para la entrada de concursantes y la campaña de publicidad en medios ya se había iniciado. Además, una putita hinchada de silicona ya había firmado el contrato para ese puesto. En otro momento hubiese colgado, pero llevaba tiempo sin trabajar y necesitaba el dinero, así que seguí escuchando. Me dio tres nombres y me aseguró que, si hacía que entrasen en el concurso, yo sería el presentador.

—De esa parte se encargó usted —afirmó Rodrigo dirigiendo la mirada a Amado, que apenas murmuró.

—Sí.

Alejandro tomó el relevo de su compañero en el interroga-

181

torio. Al responder a las preguntas del policía, el rostro de Amado pareció cobrar vida. El proceso realizado requería de una gran habilidad y pericia, y el hombre no podía evitar sentirse orgulloso del trabajo realizado. Confirmados los datos, Rodrigo continuó hablando.

—¿Qué pasó al conocerse el nombre de los concursantes?

—Esa misma noche, al regresar de tomar unas copas con unos amigos, me encontré con dos sobres dentro del buzón, uno a nombre de Jesús Herrador y otro era para Antonio Llanos.

—¿Los abrió? —preguntó el inspector.

—Sí, joder, claro que los abrí.

—¿Qué contenían? —continuó el policía.

—El de Jesús, fotos de la zorra de su hijita follando con dos tíos y consumiendo droga.

—¿Algo más? —Rodrigo prefirió ignorar la agresividad de sus palabras.

—Una nota.

—¿Qué ponía?

—Era muy breve, exigía mi contrato como presentador si no quería que las fotos llegasen a los medios.

—¿Cómo reaccionó el señor Herrador cuando usted le entregó esa documentación?

—Me echó de su despacho. Que se joda, que se joda él y ese demonio que tiene por hija.

—Pero cambió de opinión… —afirmó Rodrigo.

—Dos días después me llamó y firmé el contrato. Nunca volvimos a hablar sobre el asunto.

—¿Qué contenía el sobre del señor Llanos? —inquirió el inspector.

—Varias fotos de Antonio con una putita en la cama.

—¿Sabe quién era la mujer que estaba con él? —Rodrigo se interesaba por el nuevo dato de la investigación.

—No, pero conozco a su legítima y no era ella. Si esa

arpía se entera de que su marido la mete en otro chochito, se muere. Bueno, si se entera, no; pero si se llega a hacer público, se los corta.

—¿La persona que contactó con usted le dio alguna información más? —Rodrigo no soportaba la forma de hablar de aquel tipo.

—No, yo cumplí con mi parte y él con la suya.

—¿Él o ella? —sugirió Amado, que se había mantenido en silencio.

—Quien sea, joder. Me da igual. Ojalá que toda esta mierda reviente, así podré disfrutar empapelando la ciudad con las fotos de esa hija de puta.

El inspector Martínez miró a sus subordinados. Se puso en pie y dio por finalizado el interrogatorio.

—Quiero que anote en un papel los días y las horas en las que se produjeron esas llamadas.

Sus palabras se acompañaron del gesto de Alejandro, que con premura acercó una hoja y un bolígrafo a David.

—Cuando terminen, esperen aquí hasta que un policía los acompañe a la puerta. No olviden que los próximos días deben estar localizables.

—Es evidente que estoy localizable, salgo cada semana en la jodida televisión, ya sabe dónde encontrarme.

Las palabras de David Salgado se quedaron aisladas al cerrarse la puerta.

—Quiero que hablen con los dos implicados, que Jesús Herrador y Antonio Llanos confirmen o desmientan lo que nos ha dicho. —El inspector caminaba por los pasillos seguido de sus hombres—. Que el señor Llanos nos informe sobre la señorita que aparece en las fotos, por si pudiera tener relación con toda esta historia.

—Yo me encargo —propuso Rodrigo.

—Usted pida el registro de llamadas del señor Salgado, a ver si puede obtener alguna información del número desde el que se le hizo el contacto. —Las palabras se dirigían a Alejandro.

—Me pongo con ello.

—Señor, creo que Del Río y Fernández deberían hablar con Sandra Tovar, es la única de los tres concursantes que se beneficiaron de la compra de votos que está ya fuera del concurso. Tal vez sepa algo. También sería interesante hablar con los dos que aún continúan dentro —sugirió Rodrigo.

—Estoy contigo —afirmó su compañero.

—De acuerdo, hablen con sus compañeros y los ponen al día de los nuevos datos. Por ahora que se centren en la concursante que está fuera, no creo que la productora ni la cadena nos faciliten hablar con los que aún participan en el concurso. Díganles que mantengan en secreto la compra de votos; si la chica no sabe nada, no podemos prever su reacción ni la información que podría lanzar a los medios, hemos de ser prudentes —ordenó el inspector—. Necesitamos respuestas, y las necesitamos pronto. El programa finaliza en tres semanas y aún no tenemos nada.

Tras despedirse de su jefe, Rodrigo y Alejandro se dirigieron al encuentro de Manuel y Vicenta. La investigación encontraba, por fin, una dirección que seguir.

25

Colombia

Ayudada por Xisseta, que ejercía como intermediaria entre la dueña de la casa y el resto del personal, Mara envolvía el día a día en una normalidad compleja, sobre todo para su hija. Los horarios, las actividades, incluso las risas variaban si Kaliche estaba en casa o no.

La frustración de su marido por el nacimiento de una niña y la ausencia de un nuevo embarazo lo llevó a buscar el calor de otros cuerpos.

Aventuras conocidas por todos sus subordinados que llegaban con rapidez a oídos de Mara.

La muchacha, herida en su orgullo, lloraba sin consuelo incapaz de reaccionar.

Por suerte contaba con los expertos consejos de Xisseta. La mujer la quería y cuidaba de ella como si se tratase de su nieta. Conocedora del violento carácter del patrón, disuadió a la muchacha de enfrentarse a él.

—Todos los hombres son así, mi niña. Caprichosos, geniudos, necesitan hembras nuevas para demostrar que son muy machos —murmuraba la anciana, mientras mecía a la niña entre sus brazos—. Tú eres la dueña de la casa, la señora y has parido a su hija. No hagas caso a las habladurías. Si regresa a la casa y vuelve solo, todo irá bien.

Υ

Los años pasaron en una vida irreal que Mara aceptó y se encargó de mantener. Atenta a cada capricho de su marido y dispuesta siempre a representar el papel de mujer perfecta para que su hija viviese feliz y tranquila.

Kaliche, ajeno a la vida de la casa y centrado en sus negocios, pasaba semanas alejado de la plantación, lo que le permitía disfrutar del contacto de la pequeña abrazada a ella toda la noche.

Así hubiese permanecido el resto de sus días.

Lástima que el destino tuviese otros planes reservados para ella.

186 Una noche de verano en la que la humedad y el calor habían convertido la habitación en un agobiante espacio que le impedía permanecer acostada, Mara decidió salir a pasear por la plantación.

Sabía que a su marido no le gustaba que se alejase del edificio principal, pero hacía varios días que no sabía nada de él ni de sus perros guardianes. Sin la presencia del amo, ella era libre de marcar sus normas.

Vestida con un fino camisón, la muchacha caminó descalza sobre la hierba que rodeaba la vivienda. Con los ojos cerrados, Mara alejó su mente para regresar a los campos por los que había corrido siendo una niña.

Añoraba a su familia. El amor de su madre, la sonrisa de su padre, los cuidados de sus hermanas. Se sentía sola.

Al pensar en los suyos, un pequeño suspiro ascendió hacia su garganta. Deseaba regresar a su casa. Quería que su hija creciese rodeada del mismo amor que ella había recibido y no de los silencios, las mentiras y los miedos que Kaliche esparcía a su paso. Todo con lo que soñaba se encontraba a muchos kilómetros de distancia. Pertenecía a otro mundo. Tan inalcanzable como la Luna.

Se sintió cansada, como si cada año cumplido se hubiese multiplicado por diez. Mara necesitaba oír una voz familiar entre aquellas impersonales piedras, pero sabía que Xisseta se levantaba temprano y no quería modificar sus rutinas y despertarla para nada.

Envuelta en sus pensamientos, la muchacha caminó alrededor de la casa sin prestar atención a los sonidos que de ella salían.

Durante los últimos meses, cuando sentía que el mundo a su alrededor se descontrolaba, Mara buscaba refugio en el pequeño jardín que había mandado construir en la parte trasera de la vivienda. Rodeada del aroma de sus flores favoritas, envuelta en vainilla y lavanda, deambulaba en soledad mientras recuperaba la calma que necesitaba para no dejarse vencer por la tristeza y seguir luchando por su pequeña.

Recostada contra el muro de piedra, la muchacha cerró los ojos agradecida por el frescor que le regalaba la pared.

187

Se dejó mecer por el silencio, relajó el cuerpo y liberó la mente de las funestas imágenes con las que llevaba semanas soñando.

De repente, un olor tensó su piel. Un intenso aroma invadió su espacio. Hacía tiempo que lo percibía en la casa sin lograr descubrir su origen. Interrogado el servicio, todas las mujeres negaron haber cambiado los jabones que se usaban en la limpieza.

Decidida a descubrir la procedencia de aquel perfume, Mara miró a su alrededor. A la derecha de su escondite observó una ventana abierta. El cuarto de Chako.

Pensar en el guardaespaldas de su marido hizo que el vello de su cuerpo se erizase.

Incapaz de controlar su curiosidad, Mara avanzó con sigilo hasta situarse a pocos metros de la oquedad de la que escapaban murmullos. Cada paso intensificaba el olor.

Con desagrado, la muchacha arrugó la nariz al tiempo que se asomaba con cautela; no dudaba de que la respuesta a su búsqueda se encontraba en aquel cuarto.

La escena que contempló paralizó su cuerpo.

Unidos en un engranaje de piernas y brazos, Mara observó a su marido, desnudo sobre la cama, acariciando el cuerpo de una mujer mientras le susurraba al oído.

Liberado del pantalón, el miembro erecto de Kaliche crecía entre las manos de la desconocida mientras ella sonreía satisfecha. Se sentía poderosa, su cuerpo era el causante de aquella excitación.

Dispuesta a satisfacer el placer que parecía estallar dentro de Kaliche, la mujer separó sus piernas y le animó a entrar en ella. Acostumbrada a la rapidez con la que su marido satisfacía su pasión las pocas veces que acudía a su cama, Mara se sorprendió por la actitud pausada de Kaliche. La delicadeza de sus movimientos firmes, la suavidad con la que recorría el cuerpo de su amante saboreándolo, acariciando cada resquicio de su piel provocó en la mujer una excitación desconocida para ella.

Cuando Kaliche se introdujo en su compañera de pasión, un gemido de placer escapó de lo más profundo de su garganta. Su cuerpo agradecía el contacto estallando en un orgasmo a la vez que arqueaba la espalda en busca de un acople perfecto. Quería más. Y el hombre estaba dispuesto a satisfacerla.

Con las piernas enroscadas sobre la espalda de Kaliche, la mujer sujetaba su cuerpo contra el del hombre, acompasando los movimientos para incrementar el empuje. Cada embestida aumentaba su deseo. Un nuevo orgasmo aceleró el ritmo de sus cuerpos hasta que ambos lograron estallar de placer.

Mara no podía apartar la mirada.

Conocía a aquella mujer. Su marido se la había presentado en una fiesta hacía casi un año. La recordaba, y la odiaba.

Mara odiaba su pelo, rubio y liso, con una textura natural al que seguro no necesitaba dedicar media hora al día para

parecer siempre bien peinada. Odiaba los hoyuelos que en-
marcaban su boca carnosa. Odiaba sus ojos verdes llenos de
brillos que atraían a quien los contemplase. Y por supuesto
odiaba la seguridad que fluía en sus movimientos. Casi más
que su belleza perfecta.

Incapaz de reaccionar, Mara permaneció frente a la ventana, hasta que el rostro de Kaliche reparó en ella. Con orgullo
y sin pudor, el hombre despreció su presencia y devolvió la
boca al cuerpo de su amante.

Aterrada, Mara regresó al jardín mientras recordaba las
palabras de Xisseta. Kaliche no había regresado solo, su
amante estaba con él y mucho se temía que dispuesta para
arrebatarle su lugar.

Si quería salvar a su hija debía cambiar su destino.

26

$\mathcal{A}$bsorto en la pantalla del móvil, Rodrigo recorrió las calles cercanas a su trabajo sin atender a los viandantes. Aquella mañana, la falta de aparcamiento le obligó a alejarse de la comisaría; mejor caminar un rato y despejarse que seguir dando vueltas sin sentido.

—Vas a chocar con una farola.

—Qué sorpresa —el rostro del policía confirmaba sus palabras—, ¿cómo tú por este barrio?

—Necesitaba entregar unas facturas y como terminé pronto, pensé en invitarte a desayunar.

—Cuánto honor —con ironía, Rodrigo trataba de ocultar su entusiasmo.

—Si te viene bien… —continuó ella.

—Claro —respondió al tiempo que consultaba el reloj.

La barra del bar en la que Rodrigo solía detenerse cada mañana mostraba un espectáculo deprimente; caras largas, bostezos y prisas se empujaban para paliar el madrugón. Varios quiebros y algún codazo permitieron que disfrutaran de un pequeño hueco en el fondo del local.

—Anoche no te contesté porque cuando vi tus llamadas era muy tarde, espero que no fuese urgente —comentó la mujer al tiempo que se acercaba la humeante taza a los labios.

Celoso de la cerámica, el policía se disculpó.

—No te preocupes, me imaginé que tendrías mucho lío.

Intentaba localizar a Antonio, nadie sabía dónde estaba y por eso te llamé.

—Tenía migraña y se fue a casa, supongo que apagaría el móvil para descansar. Hoy todavía no hemos hablado.

Separados por eternos centímetros, el ruido los envolvió mientras saboreaban un ligero desayuno. Rodrigo ansiaba un leve roce de piel, sin atreverse a propiciar el acercamiento. El encuentro apenas duró veinte minutos, Alina debía regresar a la cárcel, problemas relacionados con la edición de varias escenas requerían su supervisión.

—Mañana y pasado no tendré ni un minuto libre preparando la siguiente expulsión, pero después podemos volver a comer juntos. —La naturalidad en la propuesta de la mujer desconcertó a Rodrigo.

—Sí, claro, perfecto —las palabras se atropellaban por salir—, cuando tú puedas.

—Bien, te llamo y… —El sonido del teléfono que sujetaba con la mano derecha interrumpió la frase.

Con una sonrisa de disculpa respondió mientras se alejaba, mostrando toda la delicadeza de sus formas al caminar. Absorto, Rodrigo no dejó de contemplar aquel movimiento rítmico de sus caderas hasta que una maldita esquina se la robó.

—Para conseguir una sonrisita como esa hay que dormir bien acompañado. —Las palabras de Manuel saludaron su entrada en la oficina.

Poco dispuesto a continuar la conversación, Rodrigo ignoró el comentario y se parapetó tras la mesa para retomar el trabajo de la tarde anterior.

—Buenos días, Antonio, soy el subinspector Arrieta. —En esta ocasión la respuesta se produjo al tercer tono.

—Buenos días, ¿en qué puedo ayudarle?

Acostumbrado a un trato más afable, Rodrigo se sorprendió por la respuesta.

—Ayer estuvo en las dependencias de la comisaría David Salgado. —El silencio al otro lado de la línea le obligó a continuar—. Me gustaría confirmar algunos datos recibidos en ese encuentro.

—Usted dirá…

La tensión en la voz de Antonio confirmaba las sospechas del policía.

—¿Conoce usted los motivos por los que se contrató a David Salgado como presentador del *reality*?

Un par de segundos de espera fueron suficientes.

—Sí —una pequeña pausa antes de seguir—, hace unos días, Jesús Herrador nos citó a Vera Palacios y a mí en su despacho para ponernos al corriente de la situación.

—Supongo que después de mi visita a Salgado. —Sus palabras aclaraban el cambio de actitud de Antonio en los últimos días.

193

—Así es. Jesús sabía que antes o después él se lo contaría y prefirió adelantarnos la información. Sobre todo quería que Vera estuviese al tanto, ella es una experta manejando ese tipo de situaciones.

Confirmada parte de la confesión, Rodrigo decidió conocer la verdad sobre el resto.

—El señor Salgado también nos habló de usted.

—Se llama Susana —un suspiro acompañó el nombre de la mujer. Sorprendido, el policía permaneció en silencio—. Pertenecía al equipo de rodaje de mi anterior proyecto en Francia, un cortometraje sobre el cambio climático. No sé cómo pasó, pero pasó.

—¿Quién conocía esa relación?

—Por mi parte nadie, y creo que por la suya tampoco.

—¿Siguen en contacto?

—No, estuvimos juntos las dos semanas últimas de rodaje

y luego otra más, tuve un pequeño accidente en una pierna y no podía viajar. Ella se quedó conmigo.

—¿Y luego?

—Me pidió que fuese con ella, que regresásemos juntos a casa de su familia en Alemania. No me atreví. Se fue sola.

—¿Cómo pudieron llegar las fotos a manos del señor Salgado?

—No tengo ni idea.

—Aparte de las fotos, ¿qué más documentos le fueron entregados?

—Tan solo una breve nota en la que se me exigía aceptar la propuesta para dirigir el concurso.

—¿Conserva el sobre y su contenido? Necesitamos que la científica lo analice.

—Solo tengo el sobre. —Una pausa, Antonio continuó—. El contenido ha desaparecido.

—¿Sabe en manos de quién puede estar?

—Sí, de mi hijo.

—¿Está al corriente de su aventura?

—Creo que desde hace muy poco. Las fotos estaban escondidas, pero…, ahora ya no le servirán de nada.

Sin comprender esta última afirmación. Rodrigo siguió.

—Si está usted ahora en el domicilio, enviaré un coche patrulla a recoger el sobre, necesitamos analizarlo.

—Todo esto ¿llegará a los medios? —La voz del hombre mostraba preocupación.

—Si no tiene relación con el caso, no es necesario.

—¿Relación? ¿Con la muerte de Valeria?

Antonio temblaba al pensar en ello. Alegando al secreto de la investigación, Rodrigo respondió.

—Por ahora no puedo darle más información…

Un par de minutos más tarde, la llamada finalizó. Con el móvil sobre la mesa, Antonio presionó los dedos índice y pulgar contra el tabique nasal tratando, sin resultados, de aliviar la tensión acumulada. Sentía la confesión realizada como una liberación. Sin pensar, de hacerlo seguro que no reuniría fuerzas suficientes, marcó el número de su mujer y se citó con ella en casa una hora más tarde. Las decisiones tomadas en los últimos meses sumaban un sinfín de errores. Ya no lo podría cambiar, pero al menos encararía el futuro con cierta dignidad, sería él quien le contase lo sucedido; después de tantos años juntos, Amelia no se merecía conocer su engaño por cotilleos mal intencionados. Antes de abandonar el despacho, Antonio realizó una última llamada. Esta vez, el sonido del contestador fue la única respuesta.

—No pagaré tu viaje, ni ninguno más de tus absurdos caprichos, puedes hacer lo que quieras con las fotos, pero no olvides que cada acción tiene su consecuencia, y algunas pueden dañar a las personas que más quieres.

Sin una palabra más, apagó el teléfono y abandonó el cuarto dispuesto a asumir las secuelas de sus propios errores.

195

27

*R*odrigo garabateaba su libreta de notas mientras esperaba al teléfono una comunicación que no llegó. Sin respuesta, se dirigió al despacho de su jefe.

—Antonio Llanos ha confirmado la versión de David Salgado.

—¿Algo sobre la chica de las fotos?

—Quedó en enviarme sus datos, debo comprobarlos.

—¿Algo más? —preguntó el inspector.

—No logro localizar a Jesús Herrador. El personal de servicio de su casa no sabe nada, ni la productora tampoco.

—Deme un momento, lo intentaré yo.

Mientras esperaba, Rodrigo fue hasta la mesa de Alejandro.

—¿Algo nuevo entre las llamadas de David Salgado?

—Contactaron con nuestro querido presentador con un móvil de tarjeta. Estoy comprobando los datos que dieron a la compañía telefónica.

Antes de que Rodrigo pudiese contestar, la voz de su jefe se acercó a ellos.

—Jesús Herrador está en el Hospital Universitario, ayer su hija participó en el intento de atraco a un banco. Una chapuza que terminó a tiros. La muchacha está muy grave.

—¿Quiere que me acerque para hablar con él, o no será buen momento? —preguntó Rodrigo.

—Vaya y que Alejandro le acompañe. Las órdenes son claras y este caso debe resolverse lo antes posible. Eso incluye sacrificios para todos.

Rodrigo apostaría el sueldo de medio año a que aquellas palabras se las habían repetido más una vez a su jefe durante los últimos días.

—Vamos allá —respondió Rodrigo—, le mantendremos informado.

Durante el trayecto hasta las inmediaciones del hospital, los dedos de Alejandro no dejaron de moverse sobre la pantalla del móvil. Sin descanso, el odioso sonido de los envíos de Whatsapp no cesaba.

—¿Todo bien? —Rodrigo oía resoplar a su compañero con desesperación.

—Sí, creo… Bueno, no, no sé —trataba de responder sin apartar los ojos de la pantalla.

—Veo que lo tienes claro —bromeó su compañero.

—La verdad es que están a punto de volverme loco.

—¿Los pequeñajos?

—No, qué va, ellos son unos santos.

—¿Entonces?

—Es todo lo demás. Sara está agotada, irritable. Vamos, insoportable, y lo entiendo, no descansa ni un segundo, y encima tiene que soportar a mi madre, a la suya y una tía de mi madre que se han adueñado de nuestra casa. Son como una plaga, fagocitan hasta el aire. No puedo dar un paso sin tener un montón de ojos clavados en mí. Creo que no hago nada bien.

—No exageres, hombre.

—Lo digo en serio, siento que me persiguen para que vea que todo lo hago mal. Tengo pesadillas con ellas.

—Tipo Freddy Krueger —bromeó Rodrigo.

—Igual, igual. —Por fin su rostro se relajaba un poco.

—Quizá necesitabas unos días de permiso.

—¿Y quedarme en casa todo el tiempo a merced de esas

mandonas? No, gracias, prefiero ir a trabajar —afirmó Alejandro.

—¿Y Sara cómo lo lleva?

—Ayer echó a su madre de casa, no puede con la presión. No sirvió de mucho, a las dos horas volvió como si nada. Está un poco desbordada por la situación.

—Es un cambio de vida radical, necesitáis tiempo.

—Sí, tiempo y espacio para estar solos los cuatro.

La conversación derivó en anécdotas sobre los recién nacidos. Las palabras de Alejandro pasaron del cansancio a admirar la naturaleza por la perfección de sus creaciones. Sin dejar de gesticular, describía cada movimiento de los pequeños con la alegría de un padre primerizo emocionado al descubrir un sentimiento imposible de ocultar.

En la entrada del hospital, dos policías de uniforme hablaban con el vigilante de seguridad. Una vez se identificaron, Rodrigo y Alejandro se interesaron por lo sucedido la tarde anterior.

—Un robo a la desesperada. La muchacha, Jennifer Herrador, entró en una sucursal de La Caixa ayer a la hora del cierre. Con un cuchillo amenazó a una de las empleadas para que abriese la caja, no se dio cuenta de que el vigilante estaba en otra habitación. Al llegar los compañeros, la chica estaba en el suelo con un tiro en el estómago. El vigilante, un niñato de veintipocos temblando en una esquina, dice que se asustó y disparó. Los testigos comentan que la muchacha no dejaba de palmear el aire y gritar. Tenemos que esperar a los análisis de toxicología para saber qué se había metido, cuando la trajimos al hospital todavía estaba colocada.

—¿Hay pronóstico médico? —preguntó Alejandro.

—Estuvo cuatro horas en quirófano y ahora está en la UCI, no sabemos más.

Informados del estado de la muchacha, Rodrigo y su compañero recorrieron los pasillos laberínticos en busca de su padre. Veinte minutos más tarde localizaban a Jesús Herrador en uno de los huecos de la escalera que daba acceso a la zona de la cafetería. Apoyado en el quicio de la ventana abierta, consumía con ansia un cigarrillo rubio.

—Buenos días, señor Herrador.

El saludo de Rodrigo recibió la respuesta de un rostro serio, cuya palidez se acentuaba con la negrura de unas ojeras imposibles de ocultar. Su traje impecable combinaba con gusto camisa y corbata, como si de un anuncio de moda se tratase. El conjunto destacaba en aquel ambiente.

—¿Qué hacen aquí? —sus palabras denotaban pocas ganas de compañía.

—Necesitamos hacerle algunas preguntas —respondió Rodrigo.

—Ya he hablado con sus compañeros y les repito lo mismo, no sabía que mi hija traficaba, no sabía que había vuelto a consumir, no sabía nada. —Con rabia arrojó la colilla del cigarro por la ventana y la cerró.

—Disculpe, no estamos aquí por el asunto de su hija, sino por el caso de Valeria —apuntó Alejandro.

Durante unos segundos Jesús Herrador vaciló, como si no supiese de qué le hablaban.

—¿Y qué es tan urgente? —reaccionó al fin.

—Ayer estuvo en la comisaría David Salgado, hemos de saber los motivos que llevaron a que fuera contratado como presentador del concurso. —Rodrigo mantenía la mirada fija en el rostro de Jesús, atento a sus reacciones.

—Eso no tiene nada que ver con el caso —afirmó.

—Disculpe, nosotros juzgaremos eso —rebatió Alejandro.

Los ojos de Jesús se posaron con fuerza sobre el policía, sin contestar.

—Estoy seguro de que las copias de las fotos mencionadas

por el señor Salgado siguen en su poder y que confirmarían su versión —siguió Rodrigo—. ¿Usted conserva las suyas? Necesitamos analizarlas.

Durante unos instantes, Jesús Herrador valoró aquellas palabras. Él mejor que nadie conocía a David Salgado y sabía de lo que era capaz. Mejor no seguir mintiendo.

—No, las quemé.

—¿Tiene idea de quién conocía las adicciones de su hija? —interrogó Rodrigo.

—Menos yo, todo el mundo. —La rabia se mezclaba con la desesperación.

—¿Podría ser más concreto? —apremió Alejandro, molesto con la prepotencia del hombre.

—La televisión mueve equipos de trabajo muy concretos que van rotando por los diferentes proyectos. La interacción convierte las situaciones personales en fuente de cotilleo diario.

—¿Quiere decir que cualquiera que llevase un tiempo trabajando en los medios estaría al tanto de que su hija consumía droga? —apuntó Rodrigo.

—Así es.

La aparición de Vera Palacios interrumpió la charla. A pesar del maquillaje, su piel no podía ocultar la tensión acumulada durante las últimas horas.

—¿Todo bien? —preguntó sin mirar a los policías.

—Sí —respondió Jesús.

—Tengo que hablar contigo, es urgente. —La mujer se situó frente a su interlocutor ignorando a Rodrigo y Alejandro.

—Si necesitan algo más, por favor contacten con mis abogados. —Las palabras de Jesús zanjaron la conversación—. Espero que sepan controlar la información y que el caso de mi hija no se filtre a los medios, les recuerdo que es menor.

Alejandro no pudo protestar, Rodrigo se despidió.

ϒ

Ajenos a ellos, Jesús y Vera abandonaron el hueco de la escalera:

—He pedido algunos favores, creo que podré controlar a la prensa... —Las palabras de Vera se alejaban con ellos.

—Su hija a punto de palmar y el tipo preocupado por su imagen pública —protestó Alejando—, no lo puedo entender.

—Vive de ella, él mismo es un producto en venta para los anunciantes que firman contratos en sus programas, no se puede permitir este tipo de publicidad.

—Lo entiendo, pero, joder, es su hija. Si fuese uno de mis hijos el que peleara por sobrevivir, yo no podría ni respirar.

La reflexión se vio confirmada al observar como uno de los médicos de la UCI buscaba con asombro respuesta a la llamada para los familiares de Jennifer Herrador en un pasillo desierto.

202

Ambos policías se acercaron a él. Tras identificarse, el hombre accedió a darles información sobre la paciente.

—Hace algo menos de media hora ha entrado en coma.

Desconocedor de las consecuencias que esas palabras suponían para la vida de Jenny, Rodrigo preguntó.

—¿Es una situación irreversible?

—Imposible saberlo —respondió el médico—; la muchacha perdió mucha sangre antes de llegar y es imposible pronosticar su evolución.

—Si sobrevive ¿le quedarán secuelas? —dijo Alejandro, su rostro mostraba la lástima que sentía por ella.

—Me temo que sí.

Una voz desconocida reclamó la presencia del médico. Sin despedirse, el hombre se alejó con paso rápido:

—Informen a la familia y díganles que me busquen, tengo que hablar con ellos —gritó antes de desaparecer tras una puerta.

—No puedo entender a Jesús Herrador —sentenció Alejandro—; joder, es su hija, yo no me separaría de su cama ni un segundo, y este tipo se larga, sin más, como si no le importase que viva o muera.

—Tengo la impresión de que sus prioridades no son las mismas que las tuyas, compañero.

28

—*B*uenos días.

—Ahora mucho mejores.

Desenchufado el cargador, Rodrigo trató de continuar con la tarea de abrocharse la camisa apoyando el aparato contra el hombro derecho.

—¿Ya estás de camino?

—Todavía no, hoy se me han pegado las sábanas porque ayer estuve hasta muy tarde hablando con una chica pesada que no me dejaba dormir. —El tono de burla arrancó una carcajada al otro lado de la línea.

—Así que pesada… Te llamo en los únicos minutos que tendré libres en todo el día y lo que oigo es una crítica. Muy bonito, sí, señor.

—Está bien, está bien, cambio la frase: la chica no era pesada, solo tenía incontinencia verbal… —Las carcajadas ocultaron el resto de sus palabras.

Rodrigo y Alina se comunicaban a diario desde hacía dos semanas. Llamadas de teléfono se entremezclaban con breves encuentros que ambos propiciaban y que Rodrigo esperaba con ansia, tan solo escuchar su voz lograba acelerarle el pulso. Sin embargo, dudaba de que ella sintiese lo mismo, o al menos no parecía mostrar mayor deseo que el de compañía y charla. En más de un encuentro sus manos buscaron un contacto, deseaba tocar aquella piel sedosa que veía tan cerca y sentía tan alejada.

Pero siempre se contenía, temía el rechazo. Y más que eso, la ausencia. Si se equivocaba, la perdería.

—Veo que hoy te has levantado graciosillo —respondió la mujer.

—Y eso que todavía no he desayunado. Iba ahora, ¿te apetece acompañarme?

—Ojalá pudiese. Hoy va a ser un día complicado, no creo que logre escaparme en todo el día.

—¿Ha pasado algo? —preguntó el policía.

—Acumulación de hormonas, mucho tiempo libre, demasiados días encerrados. Al final pasa lo que pasa, la convivencia es imposible. Esta madrugada, Andrés se ha dedicado a destrozar la celda.

—¿Y eso?

—Quiere que les permitamos celebrar el cumpleaños de Raquel, su novia.

—Vamos, que quieren alcohol y un poco de relajo en las normas.

—Pues sí, pero Antonio se niega, después de lo que pasó con Valeria prefiere tenerlos más controlados.

—¿Qué tal se ha tomado la negativa?

—Mal, muy mal, los demás han apoyado la idea, sobre todo Fran.

—¿Por qué?

—El muchacho lleva toda esta semana intentando engatusar a Mar, sabe que en una fiesta sería más fácil conseguir algo.

—En lugar de un concurso parece una agencia de contactos —bromeó Rodrigo.

—Lo que quiere es llegar a la final, haría cualquier cosa para lograrlo. Ahora sus compañeros lo han nominado, junto a Miguel Ortiz. Es listo, sabe que una pareja recién formada suele ser respetada a la hora de votar para la expulsión de uno de los recién enamorados. Si puede acercarse a Mar, el público echará a Miguel, seguro.

Las palabras de Alina se entremezclaban con voces desconocidas en las que se reclamaba su presencia en la sala de producción.

—Tengo que dejarte, siento anular nuestra cita para comer.

—Vaya —la voz de Rodrigo no ocultaba su decepción.

—Si quieres —Alina vaciló antes de continuar—, podemos intentar vernos para cenar.

—Eso sería genial. ¿Dónde te apetece que reserve?

—Ese es el problema, no tengo ni idea de la hora a la que terminaré.

—¿Qué te parece si quedamos en mi casa y cocino para ti? —propuso Rodrigo.

—Pero ¿tú sabes cocinar?, ¿o es que me vas a invitar a un bocadillo? —bromeó Alina.

—La duda ofende. Debajo de mi casa hacen los mejores platos precocinados del mundo y yo manejo el microondas como nadie.

Sin dejar de reír, la mujer se despidió prometiendo llamar antes de salir hacia la casa del policía.

207

Una hora más tarde, Rodrigo llegaba a la comisaría. El inspector Martínez había citado al equipo a primera hora en su despacho. La mañana comenzaría con malas caras.

—Han pasado ya tres semanas desde que asesinaron a Valeria Román. ¿Y qué es lo que tenemos? Nada. —El rostro del inspector mostraba su enfado.

—Es un caso muy complejo —se justificó Manuel—, es muy difícil obtener información fiable de tantos implicados.

—Por favor, señor Fernández, dígame algo que no sepa —respondió el inspector.

—Señor —Rodrigo acudió al rescate de su compañero—, hemos ido descartando sospechosos a medida que las pruebas eran confirmadas.

—¿Alguna novedad en las llamadas telefónicas a David Salgado? —El inspector Martínez ignoró las palabras de Rodrigo.

—Imposible obtener ningún dato, la tarjeta de prepago fue comprada con documentación falsa y las compañías de teléfono no prestan demasiada atención a los datos que reciben. Se confirman los días y las horas de los contactos, como él dijo, pero nada más. —Alejandro mantenía los ojos fijos en los papeles que sostenía, sin atreverse a mirar en dirección a la mesa de su jefe.

—¿Y de la amante de Antonio Llanos?

—Susana Baum, trenta y un años, vive en Bremen, cerca de la casa de sus padres. La policía de allí nos lo ha confirmado. He investigado posibles desplazamientos a España en las semanas anteriores a la muerte de Valeria, pero por ahora no aparece en ningún listado de tren ni de avión —respondió Vicenta.

—Podría haber venido en coche —sugirió el inspector.

—No. Participa en un programa infantil de la televisión local que se emite a diario. Pedí que me confirmasen si se había ausentado algún día y me aseguran que no. Creo que podemos descartar su posible implicación en el caso.

—Faltan ocho días para que ese maldito programa finalice y no tenemos nada —sentenció el inspector al tiempo que cerraba los nudillos sobre el cristal de la mesa.

—¿Y qué pasa con la hija de Jesús Herrador? Esa chica no está muy equilibrada, quizá montó todo esto para hundir la carrera de su padre —propuso Manuel—. O chantajearle, sabemos que necesitaba dinero.

—No creo que pudiese acercarse a las instalaciones sin que lo supiésemos —contestó Rodrigo—. Muchos de los que trabajan allí la conocen y no podría pasar desapercibida.

—¿Seguimos manteniendo la vigilancia de los últimos expulsados? —preguntó el inspector.

—Sí, Gelu Iglesias y Noa Garrido tienen seguimiento constante —respondió Alejandro.

—Es una pérdida de efectivos, esos dos están todo el día en la televisión; da igual el programa que pongas, aparecen en él —afirmó Manuel.

—Mañana es la penúltima expulsión —comentó Vicenta—, y la semana siguiente, la final.

—¿Qué pasará si no descubrimos antes al asesino de Valeria? —la pregunta de Rodrigo se dirigía a un jefe que desde hacía unos instantes parecía ausente.

—Señor Arrieta, eso no es asunto suyo, ni de ninguno de sus compañeros; limítense a cumplir con el trabajo. —Las palabras del inspector finalizaban una reunión estéril.

En torno a la máquina de café, los cuatro policías comentaban lo sucedido en el despacho.

—Joder, nunca lo había visto así —dijo Manuel, mientras revolvía el cortado.

—Ni yo —apoyó Vicenta—. En casi nueve años que lleva aquí, ni un solo día lo vi comportarse de esa forma.

—Qué ganas tengo de que acabe este maldito caso. —Los deseos de Alejandro eran compartidos por todos.

El día transcurrió en un ambiente denso y pesado. Cada policía dedicó las horas de su turno a sumergirse en vidas ajenas y sin aparente interés, en un desesperado intento por encontrar una relación con Valeria, por fugaz que fuese. Fechas, estudios, trabajos, ciudades de residencia, datos que se entremezclaban en la mente de Rodrigo. La búsqueda requería una observación neutral que permitiese distinguir lo relevante de la mera suposición.

En la mayoría de las investigaciones de asesinato en las que había participado, el motivo del crimen solía ser el detonante para la captura del culpable. Dinero y celos se encontraban en los primeros puestos de esa macabra lista de causas que pueden llevar a un ser humano a robarle la vida a otro. Antes de responder al «quién», había un «por qué». En la muerte de Valeria, esta premisa no se cumplía. Su estética, su actitud ante las cámaras, los llevó a pensar en un crimen por amor o desamor, pero esa hipótesis había perdido toda su fuerza. Desentrañaron su pasado para descubrir cómo la fachada de silicona y maquillaje escondía la inseguridad de una niña que tan solo pretendía agradar, que temía la cercanía de sus semejantes y alejaba a amigas y novios, quizá por miedo al rechazo, o a la crítica, actitudes presentes en toda su corta vida.

El gesto del brazo derecho para apagar la vibración del móvil le provocó una punzada en el costado. Demasiadas horas inclinado sobre aquella mesa.

—¿Sí? —El número que aparecía en la pantalla no figuraba en la agenda.

—Qué serio estás.

—Hola, ¡eres tú!

—Sí, tengo el móvil cargando en el despacho de Antonio y aproveché que ha quedado libre un segundo la línea de producción. ¿Todo bien? —preguntó Alina.

—Bueno, un día para olvidar.

—Lo siento.

—Nada importante, el ambiente está un poco cargado en la comisaría, pero ya pasará.

—¿Por la muerte de Valeria? —preguntó la mujer.

—Sí.

—¿Qué pasaría si no encontráis al culpable?

Sorprendido, el policía tardó en responder.

—Pues no lo sé, en cualquier otro caso no sucedería nada, quedan muchos asesinatos sin resolver, pero en este no tengo ni idea de las consecuencias; hay demasiada gente importante implicada, quizá pedirían alguna cabeza.

—No te entiendo.

—Digo que igual intentan achacar el fracaso de la investigación a la negligencia de alguien.

—A ti o a uno de tus compañeros, quieres decir.

—Sí, supongo que al inspector no se van a atrever a tocarlo. —El silencio se mudó al otro lado de la línea—. Pero no te preocupes, lo encontraremos.

—Te llamaba porque en un par de horas creo que podré salir. —La mujer cambiaba el rumbo de la conversación—. ¿Te sigue apeteciendo que cenemos juntos?

—Claro. —Rodrigo no imaginaba a nadie capaz de rechazar la posibilidad de pasar tiempo junto a una mujer como Alina.

—Genial, preferí avisarte con tiempo por si tenías que leer las instrucciones del microondas.

—Te arrepentirás de tus palabras cuando pruebes mi maestría culinaria —bromeó el policía.

La risa contagiosa de Alina provocó que la necesidad de verla de nuevo resultase hasta dolorosa.

—Por hoy está bien, chicos. —Las palabras de Vicenta acompañaron el final de la conversación con Alina—. Mañana será otro día.

De buena gana obedecieron la sugerencia de su compañera y juntos abandonaron la oficina.

En la puerta de la comisaría, Manuel propuso ir a tomar una cerveza para acabar el día. Rodrigo se excusó alegando cansancio.

—No me digas que la idea de irte a casita, tú solo, hace que sonrías así —sugirió Manuel.

—¿Tienes algo que contarnos? —Los ojos de Vicenta parecían querer leer a través de su cerebro.

—Dejadlo en paz, cotillas sin moral —terció Alejandro—, vete donde quieras. —Un guiño de agradecimiento sirvió para despedirse del grupo—. Pero mañana nos cuentas…

Las palabras de Alejandro fueron coreadas por las risas de sus compañeros.

Sin dar tiempo a que comenzase un interrogatorio sobre su vida sentimental, Rodrigo se alejó en dirección al coche. En su mente solo aparecía la imagen de Alina y el sonido de su risa, nada más importaba aquella noche.

29

El sonido del timbre dirigió sus pasos hacia la puerta de entrada. Antes de abrir, Rodrigo lanzó un último vistazo al resultado de su esfuerzo. El aspecto del salón le agradó. No quería incomodar a Alina al sugerir una cena en su casa, por ello había elegido y cuidado con esmero cada detalle del acogedor y espacioso salón. El menaje que adornaba la mesa rústica de madera mostraba un aspecto elegante pero desenfadado. Sobre ella, unas brochetas de tomates, gambas y champiñones esperaban a los comensales, junto a una tabla de ibéricos que servirían para iniciar la cena. En el horno, manteniendo el calor, humeaba una lubina a la sal de aspecto más que apetitoso, y en la nevera dos pequeñas copas enfriaban el postre favorito de Alina: *mousse* de chocolate.

Sobre una de las baldas reposaban los dos candelabros con los que su madre señalaba los días especiales. Valoró la posibilidad de colocarlos en la mesa con pequeñas velas de colores cálidos; la desechó, demasiada intimidad para una cita que tampoco sabía si lo era.

—Como desconocía qué bebida podía acompañar a tus platos recalentados, me decidí por el vino blanco —bromeó la mujer al tiempo que alargaba una botella.

—Gracias. Creo que te vas a arrepentir de tus bromitas —respondió Roberto, mientras contemplaba el regalo—. Bien, un muscat, perfecto para la cena.

—Mi padre era, supongo que lo seguirá siendo —apuntó la mujer—, aficionado a la cata. Le gustaba alardear de sus conocimientos cuando se servía una copa. Yo solo entiendo si me gustan o no, este lo probé y es como para repetir.

Mientras hablaba, Alina paseaba por la sala deteniendo la mirada en las estanterías llenas de libros. Acostumbrado a verla con ropa informal y cómoda, los ojos de Rodrigo no podían apartarse de las curvas que marcaba el vestido. Envidioso de la fina tela, deseó ocupar su lugar y acariciar la sedosa piel que escondía. El pelo recogido en un moño bajo mostraba un cuello largo y esbelto que incitaba a besarlo.

—No sabía que fueras rico.

—¿Rico? —Rodrigo dejó de contemplar la esbeltez de unas piernas torneadas para centrarse en la conversación.

—Tu salón es más grande que toda mi casa; imagino que aún tendrás más habitaciones.

—La cocina, el baño, mi habitación, un despacho y un cuarto de invitados —al terminar la enumeración, Rodrigo se sintió ridículo.

—Confirmado, eres rico. —Una carcajada acompañó el final de la frase.

—Rico no, lo que soy es hijo único y nieto único —explicó Rodrigo—. Mis abuelos maternos compraron este piso y en él ha vivido toda la familia. Yo soy el último ocupante.

Un matiz de tristeza tiñó el silencio tras sus palabras.

—¿Hace mucho que murieron?

—A mi abuela no la conocí, de mi abuelo apenas tengo recuerdos, creo que yo tendría unos tres años cuando murió. A mi padre lo perdí hace ya nueve años.

—¿Y tu madre? —preguntó Alina, al tiempo que se acercaba a la estantería situada tras la mesa principal.

—Mi madre empezó a morir al poco de cumplir yo los siete años. Aguantó, por mí, otros ocho.

—¿Es ella? —Las manos de Alina sostenían una foto en

colores sepias, en la que se apreciaba la figura de una mujer abrazando a un niño. Ambos sonreían a la cámara.

—Sí, pocas semanas después de esa foto le detectaron fibrosis pulmonar. —La voz de Rodrigo mostraba un profundo dolor a pesar del tiempo.

La mano de Alina acarició su brazo en un intento por borrar la tristeza.

—¿Todo lo que hay en la mesa lo has preparado tú?, qué engañada me tenías.

—Y eso no es todo. —Rodrigo agradeció el detalle de Alina con una sonrisa—. Acompáñeme a la cocina, señorita.

La cena transcurrió entre risas y halagos al buen hacer culinario del anfitrión. Antes del café, Rodrigo comenzó a recoger los platos para aligerar la mesa. La propuesta de ayuda por parte de Alina fue rechazada, como invitada de la noche se merecía que le solucionasen los problemas de intendencia, al menos por una vez, bromeó el policía.

—La temática de los libros dice mucho de sus dueños, pero en tu caso es difícil sacar conclusiones, la mezcla de géneros y autores es increíble —comentó Alina mientras pasaba las manos por las encuadernaciones.

—No todos son míos, una parte es de mi abuelo y otra de mi madre, ambos grandes lectores —respondió el hombre al tiempo que depositaba en la mesa dos tazas humeantes.

—¿Los de viajes de quién son?

—De mi madre. Los últimos años dependía de las mascarillas de oxígeno para sus crisis y apenas podía salir; los libros la ayudaban a evadirse.

—¿Los has leído todos?

—No, qué va, me faltan muchos.

—¿Y tienes algún favorito?

—Sí. —La tristeza regresó al rostro de Rodrigo—. *Viaje al*

215

centro de la tierra, de Julio Verne. A mi madre le encantaba que se lo leyera, decía que parecía más real en mi voz. Con otros, cuando ella cerraba los ojos, los dejaba en un rincón y aprovechaba para escaparme a jugar; pero este me atrapaba y, aunque sabía que ella dormía, no dejaba de pasar páginas hasta que se me secaba la garganta.

—No lo he leído —confesó Alina girando el ejemplar para ver la contraportada.

Durante unos segundos, Rodrigo observó las manos de Alina acariciar el libro.

—Si quieres llévatelo, te encantará —sugirió Rodrigo.

—Ojalá tuviese tiempo —respondió la mujer devolviendo el ejemplar a su ubicación.

El tono melancólico de Alina sorprendió a Rodrigo.

—No hay prisa, puedes empezarlo cuando termine el caos del concurso, que no va a durar para siempre —bromeó el hombre—, además, así descubrirás el lugar al que quiero ir algún día.

—¿Aparece en él? —preguntó Alina.

—Sí, Islandia. Sueño recorrer los paisajes que inspiraron a Julio Verne, sobre todo el volcán a través del que imaginó que se podía entrar al centro de la Tierra. —La expresión de Rodrigo semejaba la de un niño pequeño ante un gran parque de atracciones.

—¿Islandia? Eso me suena a frío, nieve.

—Pues sí. —El policía sonrió ante la expresión de desagrado de Alina—. Veo que no es tu ideal de vacaciones.

—Lo más alejado —rio ella—, adoro el calor.

—Creo que no coincidiríamos a la hora de organizar nuestras escapadas —Rodrigo insinuó la posibilidad para comprobar la reacción de la mujer.

—Yo te llevaría a una tierra llena de sol, de vida, de olores, de sabores, en el que los sentidos llegan a marearte. —El rostro de Alina parecía volar.

216

—Si existe un lugar así, me voy contigo. —Rodrigo sabía que, si ella se lo pedía, iría al mismo infierno.

—Existe, yo me crie allí —dijo con añoranza.

—Pensaba que habías nacido en Madrid.

—Mis padres adoptivos me trajeron a España cuando tenía nueve años.

—No sabía que… —Rodrigo dudó de si terminar la frase.

—Que era adoptada —Alina le ayudó—; no te preocupes, todo eso queda muy lejos ya.

—¿Y dónde está ese paraje maravilloso del que hablas?

—En Cabuyaro, un pequeño municipio situado en Meta, el departamento más extenso de Colombia. —La mirada de Alina se perdió en el pasado mientras hablaba.

—No tienes acento.

—En el colegio se encargaban de borrármelo, decían que no era elegante. —Sus palabras mostraban tristeza.

—¿Recuerdas algo de esa época?

—Imágenes, nada más, y olores, sobre todo olores. Si cierro los ojos aún puedo sentir el aroma de la vegetación que rodeaba la casa. Me pasaba horas escondida entre la maleza jugando con mi mamá.

—Cuando dices tu mamá, ¿es tu madre biológica?

—Mi única mamá. —El dolor acompañaba cada palabra.

Rodrigo quería consolarla, acoger entre sus brazos su precioso cuerpo y borrar la tristeza con besos. No se movió. Incapaz de reaccionar, permaneció de pie en mitad de la estancia sin atreverse a tocarla. Temía que tanta perfección resultase un sueño y desapareciese con el contacto.

Sin prisa, Alina recorrió la distancia que los separaba humedeciendo sus labios con la punta de la lengua. Rodrigo se impregnó del olor afrutado que desprendía el ansiado cuerpo y saboreó cada centímetro de los cálidos y sensuales labios que le ofrecía, al tiempo que sujetaba con firmeza su nuca. El movimiento acompasado de sus bocas avivó el deseo por des-

217

cubrir los secretos que ocultaban. Con ansia, se exploraron las lenguas hasta beber del mismo aroma, mientras los cuerpos se apretaban, se sentían y buscaban en una danza lenta y armoniosa que cobraba intensidad. A través de la fina tela, Rodrigo apreció la firmeza de unos pechos que, ansiosos por ser acariciados, pugnaban para abandonar su cautiverio. Dispuesto a ayudarlos, deslizó las manos por la espalda de Alina describiendo pequeños círculos que atraían, aún más, su cuerpo hacia él. Al rozar el final del vestido, los dedos se detuvieron, pidiendo permiso para continuar. Como si pudiese adivinar sus miedos, la mujer sujetó la palma de la mano con la suya y guio el camino, para luego alejarse buscando otra piel que acariciar.

Con los brazos elevados por encima de la cabeza, Alina sintió el roce sobre una piel sensible y dispuesta para el disfrute, mientras Rodrigo la despojaba de la ropa. Como un adolescente primerizo, Rodrigo erró los pasos de baile sincronizados para llevar a su pareja hasta el dormitorio, tropezando con cada objeto que encontraba, ansioso por descubrir cada resquicio de su cuerpo. Las carcajadas de Alina acallaron sus balbuceantes disculpas al tiempo que lo empujaba sobre la cama.

Subida sobre él, unió el movimiento de sus caderas al deseo que despertaban mientras le acariciaba la parte baja del vientre. Incapaz de mantenerse por más tiempo fuera de ella, Rodrigo giró sus cuerpos pugnando por acercarse más. Alina recibió, arqueando la espalda, su sexo palpitante y endurecido. Rodrigo sentía que las piernas de la mujer, apretadas con desesperación contra su espalda, aceleraban el ritmo de cada embestida. Esa excitación provocó en él un mayor deseo de satisfacerla.

Sin detener las acometidas, Rodrigo buscó con los dedos de la mano derecha la entrepierna de Alina. Sus gemidos llenaron la habitación mientras el ritmo de sus caderas anunciaba la llegada del placer. Envuelto en sus sonidos, Rodrigo la acompañó soñando con no abandonar jamás su interior. Jadeantes, se separaron apenas un palmo, dejando que el calor de sus cuerpos siguiese en contacto. Con el dedo corazón, Rodrigo acarició la silueta de Alina deteniendo el paso en cada curva.

—Eres perfecta —susurró llegando a sus caderas.

—Gracias por tu mentira —sus ojos sonreían—, pero me has hecho sentir que lo era.

La visión de una pequeña sombra, cercana al ombligo, intrigó al hombre. Para saciar su curiosidad, Alina se giró.

—Es un tatuaje —explicó pasando la mano por encima del dibujo.

—¿Una rosa?

—Veo que no entiendes mucho de flores —bromeó la mujer—, una *cattleya trianae*. —Ante la cara de asombro de Ro drigo, Alina continuó—. Una orquídea.

—¿Y esa letra que tiene en medio, parece una M? —Los dedos del hombre recorrían la piel tatuada mientras hablaba.

—Sí, así es.

—Me gusta mucho el sitio que elegiste. —Los labios de Rodrigo comenzaron a besar la zona al tiempo que hablaba.

—Me tengo que ir.

—Quédate a dormir —suplicó Rodrigo.

—No puedo, mañana madrugo y tu casa queda mucho más lejos que la mía de la cárcel. Creo que no dormiríamos demasiado. —Aferrado a su cintura, en un infantil gesto para que no se fuese, el policía continuó.

—Seguro que dormiremos algo y llegarás. Te llevaré.

Liberada del abrazo, Alina se levantó para recuperar la ropa esparcida por el suelo. La mujer posó de nuevo los labios en los de Rodrigo, un beso de despedida, intenso y cálido que contrastaba con la tristeza de sus ojos.

—¿Todo bien? —preguntó el hombre preocupado por la seriedad de su rostro.

—Sí, demasiado bien. —Las palabras se quedaron en la sala mientras la puerta se cerraba tras Alina.

219

Rodrigo se quedó contemplando la madera que cerraba su casa, incapaz de creer lo vivido. Por suerte, el aroma de Alina aún permanecía en la calidez de las sábanas, para que no confundiera los recuerdos con un sueño.

Arropada por las mortecinas luces de las farolas, la mujer abandonó el portal con el rostro surcado por un reguero de lágrimas cuyo caudal aumentaba con cada paso que la alejaba de un futuro que jamás disfrutaría.

30

La luz del amanecer comenzaba a filtrarse por las hendiduras de la persiana cubriendo con su calor el lateral de la cama. Cansado, Rodrigo cerró de nuevo los ojos, en un intento desesperado por dormir mientras el reloj seguía con el avance de las agujas dispuesto a sonar en poco más de media hora. Incapaz, decidió levantarse.

La sonrisa bobalicona que recibió en el espejo del baño serviría a su compañero Manuel para acrecentar las bromas durante toda la mañana. Le resultaba complicado disimular las sensaciones que la noche anterior marcaron su cuerpo. Una llamada aceleró la salida de la ducha. Preocupado por la hora, descolgó.

—¿Qué pasa?

La voz de Alejandro respondió al otro lado.

—Acaban de avisar, Miguel Ortiz va camino del hospital.

—¿Está vivo?

—Cuando lo sacaron de la celda tenía pulso, no sé más. El jefe me dijo que pasase a recogerte y nos fuésemos para allá. ¿Estás en casa?

—Sí.

—En veinte minutos te recojo.

Rodrigo solo necesitó cinco para terminar de vestirse y revisar el arma. Mientras esperaba a su compañero, marcó varias veces el número de Alina, sin obtener respuesta. Aquel maldito aparato repetía incansable la misma retahíla: apagado o fuera de cobertura.

—¿Qué sabemos? —preguntó Rodrigo al entrar en el coche.

—No mucho. La redactora del turno de noche observó que Miguel se movía de forma extraña en la cama, como si tuviese convulsiones, y decidió contactar con Alina Calvar, la ayudante de dirección. Al no localizarla, llamaron al director. Él dio aviso a los servicios sanitarios que el programa tiene contratados y luego a nosotros. Sacaron al muchacho de las instalaciones inconsciente.

—¿Cerraron la celda?

—Sí, se ordenó que nadie entrase hasta la llegada del equipo de la científica.

—Bien —confirmó Rodrigo al tiempo que trataba de contactar con Alina. De nuevo el mismo mensaje.

—¿Qué sabemos de este chico? —continuó.

—Es el más normal, siempre me extrañó que participara en el concurso. Comedido y prudente, se nota que ha tenido una buena educación. Nada que ver con el resto.

—¿Sabemos algo de la familia?

—Poca cosa; es hijo único, por lo que contaba en el vídeo de presentación, hablaba de una madre protectora y un padre muy exigente. Vicenta investiga su entorno, parece que quien le representaba en las galas era un amigo.

—¿Este es uno de los tres participantes que David Salgado, bueno, que su empresa, coló?

—Sí.

—¿Alguna relación con Valeria?

—Manuel rastrea su pasado para detectar algún punto de encuentro entre los dos —respondió Alejandro al tiempo que ahogaba un bostezo.

—¿Estás bien? —preguntó Rodrigo.

—Sí, es que el turno de noche y los bebés por la mañana en casa empiezan a ser incompatibles.

—No me extraña. —Una sonrisa de ánimo acompañó las palabras de Rodrigo.

Las primeras luces de la mañana conferían un aspecto irreal a la visión del hospital. Rodrigo mantenía una compleja relación con aquel tipo de edificios. Demasiadas visitas, ilusionado por la aparición de una solución mágica a las dolencias de su madre, se enfrentaban a la realidad que le oprimía al abandonarlos. Aún sentía la fuerza con la que ella le apretaba la mano al salir, mientras sonreía y, como si de una visita insustancial se tratase, hablaba del estado del tiempo, el frío, la lluvia, la nieve…

El policía observó a la gente en el aséptico vestíbulo. Los pacientes accedían con prisa, deseosos de abandonar lo antes posible el lugar; sin embargo, al traspasar la puerta principal un freno invisible detenía su caminar mientras, nerviosos, trataban de orientarse. Guiados por un vigilante de seguridad que los esperaba, los dos policías ascendieron a la quinta planta en uno de los ascensores para el personal. Mientras iban por el pasillo, hacia la habitación de Miguel Ortiz, Rodrigo observó a un grupo de mujeres que se dirigían a su encuentro. Al rebasarlos, el policía comprobó cómo en medio del amasijo de brazos se apoyaba el cuerpo de una de ellas, que no dejaba de llorar de forma desconsolada, incapaz apenas de tenerse en pie.

—Está muy grave. —Las palabras de Antonio Llanos obligaron al policía a variar la dirección de su mirada—. Llegó vivo. Y cuando lo estaban reconociendo sufrió una parada. Nada más se sabe, por ahora.

—¿La mujer…? —trató de preguntar Rodrigo.

—¿La que se llevan? Su madre —interrumpió Antonio—. Y aquel —continuó señalando a un grupo de tres hombres a escasos metros de distancia— es el padre.

223

—Este contratiempo debe permanecer alejado de los medios —ordenó Vera en voz baja, uniéndose al grupo.

La falta de sensibilidad de aquella mujer lograba cabrearlo.

—¿Contratiempo? —preguntó Rodrigo clavando los ojos en ella.

—Quizá no he empleado el término correcto, me refiero a la necesidad de manejar la situación con cautela para mantener a la prensa lejos de aquí —apuntó ella.

El tono condescendiente no ayudó a mejorar la crudeza de sus prioridades.

—Si tiene usted alguna queja sobre nuestra forma de proceder, diríjala a quien competa. Si no es así, mejor nos deja trabajar —sugirió Alejandro, hastiado de su prepotencia.

—Deberían regresar a las instalaciones —dijo Rodrigo—, para facilitar el acceso de los compañeros a la celda en la que se alojaba la víctima.

—Yo me quedo —dijo Vera.

—Su presencia aquí no es necesaria —insistió Rodrigo.

Sin responder, la mujer se alejó del grupo para realizar una llamada. Regresó con una sonrisa de triunfo:

—Le aseguro que los intereses que represento sí consideran necesaria mi presencia.

Su mirada se clavó en el rostro del policía desafiando una autoridad que no reconocía. Antes de poder seguir hablando, el sonido del teléfono móvil que Rodrigo guardaba en el bolsillo de la chaqueta exigió su atención.

—Creo que ahora se lo van a explicar —afirmó la mujer.

—Arrieta —la voz del inspector resonó con fuerza—, no cree más problemas.

—Pero, jefe… —trató de protestar.

—Vera Palacios tiene autorización para estar en el hospital y hablar con el padre de la víctima o con cualquiera de los familiares. ¿Está claro?

Sin esperar respuesta, la conversación cesó. Rodrigo demoró la retirada del teléfono de la oreja; sentía el calor ascendiendo por el rostro, fruto de la rabia contenida.

—Mi compañero hablará con los médicos que asistieron a Miguel Ortiz al ingresar en urgencias. Usted —la mirada se dirigía a Antonio— regrese a la cárcel y colabore con los compañeros que acudan allí. Yo hablaré con la familia.

—Yo le acompañaré —apuntó Vera.

El policía centró la atención en su compañero, que agradecido por poder alejarse le dedicó una leve inclinación de cabeza sin prestar atención a la mujer; temía que un leve contacto visual desatase su lengua.

Escoltado por Vera, avanzó en dirección a los tres hombres señalados por Antonio como familiares de Miguel Ortiz.

—Buenos días, soy el subinspector Rodrigo Arrieta. Necesito hablar con el padre de Miguel Ortiz.

Su presencia provocó el retroceso de dos de los presentes, que en un respetuoso segundo plano permanecieron en silencio sin apartar la mirada del rostro del policía.

—¿Es usted el padre de Miguel? —El hombre al que se dirigieron las palabras de Rodrigo rondaría los sesenta años. Alto y bien vestido, mantenía la apostura de quien se sabe escuchado y respetado.

—Sí.

Rodrigo se sorprendió ante la actitud. Nadie pensaría contemplando aquel semblante frío y sereno que su hijo estuviese en esos momentos peleando por sobrevivir.

—Ella es Vera Palacios —explicó el policía—, representa al programa de televisión en el que Miguel participaba.

—Siento mucho todo lo que sucede. —En el papel de serpiente zalamera, la mujer utilizó todos sus encantos. Rodrigo la odió aún más por ello.

El hombre se mantuvo indiferente a las palabras de ambos; centró su atención en eliminar una imperceptible mota de un traje que se acoplaba perfecto a un cuidado cuerpo. Lucía com-

225

plementos que mostraban una situación económica más que solvente; el anillo de boda de su dedo anular seguro que costaba más que el coche de Rodrigo.

—¿Sabe por qué su hijo quería ir al concurso?

—No.

—Tengo entendido que nadie de la familia acudía a las galas para representarle, ¿es cierto? —Rodrigo conocía la respuesta, pero necesitaba que el hombre hablase un poco más.

—No tenemos nada que ver con ese mundo.

—Por lo que usted me cuenta, supongo que jamás le hubiese ayudado a entrar en él.

El policía sopesó la posibilidad de que el padre de Miguel fuese quien contrató los servicios de David Salgado.

—No.

—Debe usted saber que Miguel es uno de los mejores concursantes y que el público le adora. —Vera intentaba hacer visible su presencia, aunque sin demasiado éxito.

—La familia no quería que participase —afirmó Rodrigo.

—Así es.

—Pero él lo hizo —continuó el policía.

—¿Tiene usted hijos? —preguntó el hombre.

—No —respondió Rodrigo.

—Cuando los tenga, descubrirá que no siempre hacen lo que sus padres desean.

—Entiendo que para usted es un momento muy duro, pero necesito que colabore.

—Le estoy respondiendo a sus preguntas, ¿no es eso colaborar?… Me gustaría a mí hacerle una, ¿por qué está aquí la policía interesándose por mi hijo? —La musicalidad que acompañaba a las palabras confirmó las sospechas del policía, situando el país de origen de aquel hombre en algún lugar de América del Sur, no podría precisar en cuál.

Antes de que Rodrigo pudiese responder, la voz de Vera

resonó en el pasillo, nerviosa quizás ante una posible indiscreción del policía:

—La cadena ha pedido la presencia de la policía para velar por la seguridad y la intimidad de todos los concursantes —mintió.

—¿Podría decirme si Miguel había recibido algún tipo de amenaza antes de su entrada en el concurso? —El tono de Rodrigo mostraba malestar por la actitud de la mujer.

—No.

—¿Sabe de alguien que quisiera hacerle daño a él o a algún miembro de su familia?

—¿Insinúa que lo que le pasa a Miguel ha sido provocado? —preguntó el hombre al tiempo que el sonido de su teléfono móvil resonaba en el pasillo.

—Aún no podemos saberlo.

Sin mirar la pantalla, alargó la mano hacia el tipo que flanqueaba su derecha para que lo atendiese. La relación entre los tres mostraba una obediencia y sumisión clara; más que familiares o amigos, daba la impresión de que eran dos perros guardianes adiestrados para atacar cuando se lo ordenasen.

—¿Alguna otra pregunta, subinspector?

Sí, Rodrigo tenía demasiadas, pero no consideró que fuese el lugar adecuado para realizarlas. Antes de continuar aquella conversación necesitaba conocer más datos sobre la familia de Miguel Ortiz.

—Nada más, por ahora —apuntó Rodrigo.

El hombre iba ya a alejarse cuando unas palabras, susurradas por el individuo encargado de contestar al teléfono, lo detuvieron.

—Mi esposa quiere que recojamos las pertenencias de Miguel. En cuanto se recupere volverá a casa, para él ha finalizado el concurso. ¿Dónde están?

—Siguen en las instalaciones —aclaró Rodrigo.

—¿Cuándo nos las harán llegar?

—Si usted quiere —propuso Vera en un nuevo intento de manipulación—, puedo acompañarle a los estudios y se las entregaré. Daremos aviso al hospital para que nos llamen si se produce alguna novedad en el estado de salud de su hijo.

Durante unos instantes, el hombre valoró esa opción.

—Está bien.

Vera sonrió. Necesitaba tiempo para ver cómo ganarse el silencio de aquella familia.

—Puede acompañarme, hay un coche de producción esperando fuera —sugirió la mujer.

—Gracias, mi chófer me llevará —respondió el hombre al tiempo que dirigía la mirada al individuo situado a su izquierda.

El padre de Miguel dio unas breves órdenes al segundo de sus acompañantes, que las recibió con asentimientos de cabeza.

—¿Usted nos acompaña, subinspector? —preguntó al iniciar la marcha hacia los ascensores.

—Mi trabajo aquí aún no ha terminado. Vayan delante, me reuniré más tarde con ustedes —afirmó el policía.

Sin respuesta, Rodrigo observó alejarse al padre de Miguel custodiado por Vera justo en el instante en el que la puerta del quirófano se abría solicitando la presencia de los familiares de Miguel Ortiz.

Antes de hablar, el rostro del médico manifestó una realidad que todos temían: el muchacho acababa de morir.

31

$\mathcal{D}$esde el interior del coche, Rodrigo envió a Alejandro su ubicación en el aparcamiento del hospital mientras repasaba la actitud del padre de Miguel. Encontrarse frente a un padre que acaba de perder a su hijo resultaba uno de los peores momentos que podía vivir como policía. Y no era la primera vez, por desgracia, que debía enfrentarse a una situación así. Otras circunstancias de su oficio, en el que ya llevaba casi quince años, llegarían a formar parte de sus hábitos y se acostumbraría a ellas, pero a la expresión de vacío que llenaba el rostro tras conocer la muerte de un ser amado, a eso nunca.

Quizá se equivocase y la frialdad con la que el hombre había reaccionado ante la noticia fuese tan solo el rechazo a un hecho no deseado. La mente humana es muy compleja ante sucesos que no queremos o no podemos comprender. Tal vez necesitara tiempo para asimilar la muerte de su hijo, una pérdida antinatural para la que nadie está preparado.

Eso o no tenía entrañas.

—Hola, compañero.

La puerta del coche daba paso a Alejandro, que desde el asiento del acompañante parecía haber recuperado toda la energía.

—¿Qué has descubierto? —preguntó Rodrigo.

—Pues he comprobado lo rápido que se puede hacer un análisis de tóxicos cuando lo pide la persona adecuada —dijo con mezcla de sorna y cabreo—. Miguel fue envenenado con el mismo producto que usaron para matar a Valeria.

—Eso hace pensar en un asesino común.

—Así es —afirmó Alejandro.

—La familia quiere recuperar el cuerpo lo antes posible —continuó el policía.

—¿Y eso?

—Ni idea, supongo que será algún tema religioso. Por lo que me dijeron los médicos, la madre se negaba a que le realizaran la autopsia. La familia apostó a uno de los suyos en la puerta del depósito para custodiar el cuerpo hasta que el forense extraiga las muestras necesarias.

—Te refieres al tipo que estaba con el padre, el de la cicatriz en la mejilla —comentó Rodrigo.

—Sí. ¿Te fijaste en sus ojos? —preguntó Alejandro—. No tiene expresión, parecen vacíos. Crucé la mirada con él al salir de la sala de autopsias y da la sensación de estar contemplando el fondo de un pozo.

—Creo que sería bueno hablar con Vicenta para saber qué ha descubierto de esa familia. Cuando lleguemos a los estudios de *La cárcel*, la llamaremos.

—¿Vamos allí ahora? —preguntó Alejandro al tiempo que se abrochaba el cinturón de seguridad.

—Sí, Vera Palacios se ha llevado al padre de Miguel Ortiz para recoger sus efectos personales; supongo que aprovechará para convencerle de que no haga público el asesinato. Quiero saber qué le va a proponer, no me fío de ella. De paso podemos hablar con la gente de la científica.

Durante el trayecto repasaron los datos de ambos asesinatos tratando de encontrar alguna relación entre Valeria y Miguel. Ninguna pista conectaba el pasado ni el presente de los jóvenes.

Al llegar a la cárcel, los policías comprobaron un aumento en el personal de seguridad. Sin duda, la productora y la cadena estaban dispuestas a mantener la farsa del concurso hasta el último momento.

—¿Realmente creen que pueden ocultar dos muertes y seguir tan tranquilos? —dijo Alejandro con estupor.

—Queda una semana de concurso; no sé si lo lograrán, pero lo van a intentar, eso seguro —afirmó Rodrigo mientras marcaba de nuevo el número de teléfono de Alina… Mismo mensaje.

—¿Todo bien? —preguntó Alejandro ante el rostro de preocupación de su compañero.

—Espero que sí —respondió este relegando el móvil al bolsillo del pantalón.

Los policías accedieron al edificio escoltados por dos miembros del personal de seguridad. Un vistazo al entorno mostró a Rodrigo un nivel de actividad similar al de días anteriores, los equipos se mantenían centrados en el trabajo, dando la impresión de desconocer lo sucedido.

Sin hablar con nadie, Rodrigo guio a su compañero por el pasillo interior hasta llegar a la celda que ocupaba Miguel Ortiz; un recorrido parecido al efectuado semanas atrás en dirección a la de Valeria. Allí encontraron al equipo de la científica a punto de regresar a la comisaría.

—Subinspector Arrieta y subinspector Suárez —se presentó Rodrigo—. ¿Ya habéis terminado?

—Sí. El chico era muy ordenado, todas sus pertenencias estaban colocadas en el armario. La productora nos ha pedido que las empaquetemos para devolverlas a la familia, no hay nada en ellas que se deba analizar. Al laboratorio enviamos una botella de agua que encontramos tirada en el suelo con restos de líquido, para realizar un análisis de tóxicos —aclaró el policía de más edad.

—Creía que no estaba permitido tener comida ni bebida en las celdas —interrumpió Alejandro.

—¿Alguna otra cosa en la celda fuera de lo normal? —preguntó Rodrigo.

—No sé si fuera de lo normal, extraño sí. Dentro del armario, sobre la ropa de la víctima encontramos una flor.

—Anoche hubo una especie de fiesta en la cárcel, quizá sea el regalo de alguna admiradora —sugirió Alejandro.

—La hemos procesado y empaquetado y va camino del laboratorio también —confirmó el policía.

Sin más información que añadir, el equipo de la científica abandonó las instalaciones mientras Rodrigo y Alejandro se dirigían al despacho del director, el único espacio de aquel caótico lugar en el que podría estar teniendo lugar una reunión sin ser vistos ni oídos. Su llegada coincidió con el momento en que el padre de Miguel y su chófer abandonaban la habitación seguidos de Vera. La sonrisa de la mujer mostraba sin dejar lugar a duda el triunfo conseguido.

—¿Alguna novedad? —preguntó con sorna Vera.

—Señor Ortiz, los compañeros de la científica están terminando de preparar las pertenencias de su hijo, en unos minutos se las entregarán. —Rodrigo prefirió ignorar la provocación de la mujer.

—Gracias —respondió el hombre sin modificar el gesto neutro del rostro.

—Si usted lo desea, pediré a uno de los coches de producción que se las envíen a casa, en cuanto esté todo dispuesto —ofreció Vera.

—Será lo mejor —comentó el hombre.

—¿Podría hacerle una pregunta? —sugirió Rodrigo.

—¿No puede esperar? No creo que el señor Ortiz esté con ánimo para responder. —Antonio acudía en ayuda de alguien que no la necesitaba.

—Disculpe, subinspector Arrieta, me gustaría irme a casa, mi esposa me necesita.

—Seré breve —afirmó Rodrigo ante la reticencia del hombre—, así evitamos que tenga que desplazarse hasta la comisaría para declarar.

Luis Ortiz mantuvo la mirada del policía, el brillo de rabia en los ojos mostraba lo poco acostumbrado que estaba a recibir órdenes y presiones. Una afirmación de cabeza sirvió para que el policía diese por entendido el mensaje.

—Me gustaría saber si Miguel tenía pareja antes de entrar en el concurso.

—¿A qué viene esa tontería?, ¿qué tiene eso que ver con lo sucedido? —La rabia de Vera se filtraba con cada palabra.

—Disculpe, es importante —afirmó Rodrigo sin mirar a la mujer.

—Mi hijo era un hombre de veintisiete años, que por supuesto ha tenido sus novias. Pero nada serio —afirmó Luis Ortiz.

—¿Ninguna muchacha despechada que se sintiera ofendida al verlo tontear con otras en televisión? —continuó Rodrigo.

—No —sentenció el hombre.

—Además, Miguel no tonteaba con ninguna concursante —afirmó Antonio.

—¿Ni siquiera en la fiesta de anoche? —preguntó Alejandro.

—¡Un segundo, por favor! —pidió Antonio mientras descolgaba el teléfono— … Araceli —continuó Antonio mientras tapaba el auricular— …, la redactora que estaba ayer de guardia me confirma que Miguel no estuvo con ninguna de las chicas.

—Pregúntele por qué había una botella de agua en la celda de Miguel —apuntó Rodrigo.

—Dice que no lo sabe —respondió Antonio tras colgar—, en las normas está prohibido que tengan comida y bebida fuera del horario establecido para ello.

—¿A qué viene ese interés por la vida amorosa de mi hijo? —preguntó Luis Ortiz.

—Uno de los compañeros de la científica nos comentó que entre las pertenencias de Miguel apareció una flor —dijo Rodrigo—, pensábamos que el origen de su muerte pudiese tener algo que ver con un asunto de celos.

233

Las palabras del policía transformaron la piel de Luis Ortiz hasta volverla casi transparente.

—¿Una flor? ¿Qué tipo de flor? —una voz ronca y sin matices sorprendió a los presentes.

—¿No le ha oído? —preguntó con rabia el perro guardián de Luis Ortiz al tiempo que daba un paso en dirección a Rodrigo.

La mano derecha de su jefe detuvo el avance.

—¿Importa la especie a la que pertenezca? —interrogó Alejandro.

Unos segundos en silencio relajaron la rigidez en la mandíbula de Luis Ortiz.

—Si desean algo más, contacten con mis abogados.

Con estas palabras, y seguido de su chófer, abandonó el despacho.

234

—Espero que su falta de tacto no le haga cambiar de opinión respecto a los acuerdos alcanzados. Si no, tendrán problemas —amenazó Vera.

—Señora, hablamos de dos asesinatos, no se imagina lo poco que me importa el concurso y todos ustedes —fue la respuesta de Rodrigo.

—Además, si buscan sus cinco minutos de gloria, como todos, no creo que los dejen escapar por nada —afirmó Alejandro.

—No, esta familia no es así —intervino Antonio—, lo único que nos han pedido es discreción, no quieren que nada de lo sucedido se sepa, no desean que de ningún modo la familia sea importunada.

—El concurso enviará un comunicado en el que se anuncie el abandono del muchacho, así lo ha pedido su padre. La cadena se compromete a frenar cualquier información que sobre Miguel se pudiese emitir —dijo Vera—, el muchacho simplemente desaparecerá de los medios.

—¿Es así de sencillo? —A pesar de llevar semanas pudiendo

comprobar el inmenso poder que se movía en aquel ambiente, Rodrigo no dejaba de sorprenderse—. ¿Se evapora sin más?

—Los personajes televisivos se crean y se destruyen a conveniencia —explicó Vera—, la audiencia se nutre de aquello que le ofrecemos.

—Y que la publicidad subvenciona —apuntilló Antonio con amargura.

Asqueados, Rodrigo y Alejandro salieron del despacho hacia el aparcamiento, impotentes ante tanta manipulación. Una llamada de la comisaría detuvo sus pasos.

—Hola, Vicenta, te íbamos a llamar nosotros. ¿Alguna novedad? —preguntó Alejandro activando el manos libres.

—He estado investigando el entorno de Miguel Ortiz, la verdad es que cuando revisamos la información sobre ellos, hace una semana, todo parecía normal: familia acomodada, sin problemas ni con la ley ni con hacienda. Sus padres, Luis Ortiz y Manny Anzano, poseen varios restaurantes y locales de ocio repartidos entre Córdoba y Sevilla, regentados por miembros de la familia. Miguel trabajaba como gerente en un *pub* de Sevilla.

235

—Quizá todo esto pueda tener su origen en los negocios familiares —apuntó Rodrigo.

—No lo sé, pero estoy segura de que esa gente oculta algo —comentó Vicenta.

—¿A qué te refieres? —preguntó Alejandro.

—Se me ocurrió retroceder en el tiempo para buscar algún suceso en el pasado de Miguel que pudiese dar origen a su asesinato; lo que me encuentro es que de la familia Ortiz Anzano solo existen datos desde poco antes del nacimiento de Miguel Ortiz.

—¿Y antes? —inquirió Alejandro.

—Nada de nada. Llevo un par de horas pidiendo favores, sin resultados.

—¿Hablaste con el jefe? Quizás él pueda obtener más información —sugirió Rodrigo.

—Le acabo de dejar todos los datos de la familia en su mesa. Si descubrimos algo más, os llamaré.

En silencio recorrieron la distancia que los separaba de la comisaría, absortos cada uno en sus pensamientos. Deseaban encontrar al culpable de aquellas dos muertes, porque ambos presentían que el causante era el mismo; pero sentían que con su trabajo, en lugar de resarcir a las víctimas, hacían el juego a unos intereses ajenos que tan solo buscaban beneficio económico.

32

—*H*ola, chicos, el jefe quiere vernos. —Las palabras de Vicenta apenas lograban atravesar el barullo de voces que llenaban la comisaría. Sin entender lo que pasaba, Alejandro y Rodrigo miraron hasta descubrir caras de compañeros de otros turnos.

—Se han pedido refuerzos —aclaró Manuel.

Sin más comentarios, los cuatro juntos se dirigieron al despacho del inspector.

—Siéntense —ordenó este al verlos—. Mis intentos por obtener información del entorno de Miguel Ortiz han tenido como respuesta una comunicación del Ministerio del Interior en la que se nos ordena, de forma tajante, abandonar todo tipo de investigación sobre el muchacho y su familia.

—¿Del Ministerio? —preguntó Rodrigo—. ¿Y qué interés tienen en este asunto?

—Señor, la clave del caso es esta familia, estoy seguro —afirmó Alejandro.

—¿Cómo vamos a trabajar si nos cierran el acceso a la información? —cuestionó Vicenta.

—Las órdenes son claras —zanjó el inspector—, en la investigación nos ceñiremos a los datos que ya tenemos.

—Que no son muchos —adujo Vicenta, comprobando la documentación en sus manos—. Luis Ortiz Muñoz y Manny Anzano Sánchez aparecen por primera vez en un registro oficial en abril de 1988. Cuatro meses después inscriben a un recién nacido, Miguel Ortiz Anzano, como su hijo. A partir de ahí sus vidas transcurren como las de cualquier otro ciudadano, están al día en pagos a Hacienda, seguros sociales y todas estas cosas. Pero nada más de su origen. ¿Vosotros pudisteis averiguar algo más en el hospital?

—Con la madre no hablamos —comentó Rodrigo—, pero con el padre sí y aún conserva parte del acento de su país de procedencia, aunque no pude descifrar de cuál.

—¿Después de tantos años en España no es curioso que no lo haya perdido? —comentó Manuel.

—Si se sigue relacionando sobre todo con gente de su comunidad, es normal que lo mantenga —Vicenta continuó—. ¿Tendríamos forma de conseguir ese dato?

—No —afirmó el inspector.

—Pero entonces —protestó Rodrigo—, podemos jugar a ser adivinos e intuir que algo del pasado de esta gente ha causado la muerte de su hijo, pero nada más.

—Si las altas instancias los protegen con tanto interés, es que algo ocultan —argumentó Alejandro—, bien porque colaboraron con ellos en alguna investigación o bien por petición de otro país, lo que amplía las opciones.

—Sé que esto puede resultar muy frustrante para ustedes, soy el que mejor conoce todos los esfuerzos que han realizado estas semanas y los sacrificios personales que se han impuesto —afirmó el inspector, mientras posaba los ojos en cada miembro del equipo—, pero hay cuestiones de política que no podemos ni debemos traspasar.

—¿Y ahora qué? —preguntó Vicenta tras unos segundos de tenso silencio.

—Pues ahora debemos continuar con nuestro trabajo y averiguar quién asesinó a Valeria y a Miguel —concluyó el inspector dando por finalizada la reunión.

Reunidos en torno a la mesa de Vicenta, los cuatro policías

vaciaron su rabia ante las órdenes impuestas, hasta que el sonido del teléfono interrumpió la conversación.

Apenas unas breves frases sirvieron a Vicenta para despachar la llamada.

—Eran los de la científica, se confirma que en la botella de agua había paraquat, el mismo herbicida que mató a Valeria —comentó la mujer.

—¿Huellas? —preguntó Alejandro.

—No —respondió Vicenta—, el plástico estaba limpio.

—En el caso de Miguel Ortiz podemos asumir que el pasado de sus padres estuviera directa o indirectamente relacionado con su muerte —reflexionó Manuel—, pero la muchacha, ¿qué relación tiene con ellos?

—Hasta donde sabemos, ninguna —afirmó Alejandro.

—Pero no puede ser una coincidencia —Vicenta movía sin parar los papeles que se acumulaban en la mesa—, alguien quería muertos a estos dos muchachos y aprovechó su encierro para envenenarlos. Se nos escapa la conexión, tiene que estar en algún sitio.

239

El cansancio y la frustración no les permitían encontrar la forma de avanzar en las investigaciones.

—¿Y si fue un error? —apuntó Rodrigo de repente.

—¿Un error? No te entiendo —respondió Vicenta.

—Me refiero a la muerte de Valeria.

—Y si el objetivo era Miguel y asesinaron a la chica por equivocación —explicó Rodrigo.

Sus compañeros lo miraron durante unos instantes mientras asimilaban la propuesta.

—Repasemos lo que tenemos hasta ahora —propuso Vicenta, la idea de su compañero resultaba tan ilógica como el caso, lo que la convertía en una vía por la que podían intentar tirar—. Valeria muere después de la fiesta de cumpleaños, suponemos que el herbicida estaba en alguna de las bebidas que consumieron esa noche, porque la opción de que estuviese en el chocolate que le suministraba la limpiadora es imposible, en esa fecha no trabajó y los datos de que disponemos la han descartado como posible asesina.

—Los de la científica no encontraron nada en la habitación y la redactora que estaba de guardia esa noche no apagó en ningún momento las cámaras, lo que hace imposible que entrase o saliese alguien de la celda —continuó Alejandro.

—Bien, entonces ¿cómo el asesino se podía asegurar de que el veneno iba a ser consumido por su objetivo? Cuando comprobamos las cintas de esa noche, vimos que fue movidita y todos bebieron de todo —sugirió Manuel.

Mientras el resto del equipo debatía, Vicenta no dejaba de manipular imágenes en la pantalla del ordenador.

—Cierto, pero tengo que reconocer que al comprobar las grabaciones solo nos fijamos en Valeria, ella era nuestra única víctima. Al volver a repasar esas horas, me estoy dando cuenta de un pequeño detalle. —Mientras hablaba, la mujer giró la pantalla hacia sus compañeros.

—¿Notáis algo? —preguntó al tiempo que aceleraba el movimiento de la imagen para adelantar el tiempo.

Tras unos minutos observando las imágenes, Alejandro proclamó en voz alta lo que todos pensaban.

—Miguel no toma nada.

—Eso es, durante las dos primeras horas sus manos están vacías. Y cuando el ambiente comenzaba ya a estar muy animado —afirmó Vicenta—, se le ve acercarse a la barra y coger un cóctel que estaba colocado en la parte de atrás, pero...

—No lo bebe él —narra Alejandro sin apartar los ojos de la pantalla—. Valeria se acerca bailando, coquetea con él, se lo quita y se lo toma de un trago.

—Así es —continuó Vicenta.

—Un poco raro, ¿no? —apuntó Manuel.

—Lo mejor será hablar con alguien del programa, quizá todo tenga una explicación— propuso Alejandro.

Las palabras del policía provocaron que Manuel y Vicenta dirigieran las miradas hacia Rodrigo. Este aceptó el encargo.

El primer intento recayó en Alina. De nuevo recibió el mismo mensaje desesperante. Sin entender su silencio, y con un nudo de preocupación en el estómago, optó por llamar a la redactora que descubrió el cuerpo de Valeria.

—Hola, Claudia, ¿cómo estás? Soy el subinspector Arrieta —se presentó—. ¿Sabes dónde está Alina? Necesito hablar con ella.

—Lo siento, señor Arrieta, no sé nada de ella, llevo llamándola desde primera hora de la mañana y su móvil está apagado —respondió la mujer.

—¿Y no ha pasado por ahí?

—No ha venido a trabajar ni ha llamado, y eso en ella no es normal. Hace un rato estaba hablando con Antonio para acercarme a su casa, tengo miedo de que le haya pasado algo.

Las manos de Rodrigo apretaron con fuerza el teléfono. Arrastrado por los acontecimientos de la madrugada, sin tiempo para respirar, no había pensado en esa posibilidad. En cuanto finalizase la conversación enviaría un coche patrulla a su apartamento.

—No se preocupe —las palabras de tranquilidad iban dirigidas más a él que a Claudia—, yo me encargo de localizarla.

—¿Puedo ayudarle en algo más?

—Quizá sí —afirmó el hombre—, estaba repasando las imágenes de la primera fiesta en la cárcel, justo la noche anterior a la muerte de Valeria, y me he dado cuenta de que Miguel Ortiz no bebe alcohol. ¿Sabes si había algún motivo?

—Recuerdo que ese día el chico se levantó con un dolor de garganta que apenas podía tragar. Avisamos al médico y nos dijo que tenía una infección y para que mejorase le inyectó antibióticos. Le dijeron que nada de alcohol en unos días, porque lo que le había metido era muy fuerte y podía tener una reacción. Nos pidió que para no preocupar a su madre no se dijese nada de su enfermedad, y alguien propuso que se le preparase un cóctel sin alcohol y así parecería integrado con el resto.

—¿Recuerda de quién fue esa idea?

—Creo que de Alina, no estoy segura.

—Entiendo —respondió Rodrigo sin que su expresión se correspondiese con la verdad—. Por lo que he visto en las grabaciones, su bebida terminó en el estómago de Valeria.

—La verdad es que no lo sé, no me fijé. Esa noche la muchacha estaba desatada, a mitad de la fiesta se hubiese bebido cualquier cosa.

Rodrigo agradeció su ayuda y se despidió de la mujer solicitando que le avisase si lograba contactar con Alina.

—La pobre Valeria murió sin motivo —afirmó Alejandro al escuchar la información recibida de la redactora—. El veneno estaba destinado a Miguel.

—Eso parece —continuó Rodrigo.

—Introdujeron al muchacho en el concurso amañando los votos porque parece claro que alguien quería verlo muerto —resumió Manuel—, pero entonces ¿por qué metieron a los otros dos? ¿Qué relación tienen?

—Quizá ninguna —concluyó Alejandro—, las decisiones del público a través de las redes pueden variar en cuestión de horas, no todas las reacciones se pueden controlar. Quien manipulaba a David Salgado lo sabía y por eso jugaba con tres cartas; si llegado el último momento los planes no salían como quería, podía sacrificar a dos de los concursantes que no le interesaban, dejando sus plazas sin cubrir en beneficio de Miguel.

—Tiene que ser alguien que trabaja en las instalaciones —afirmó Vicenta—, y que esperaba el momento propicio para actuar. Y no disponía de mucho tiempo para cumplir sus planes, porque todo indicaba que lo expulsarían en la gala de esta semana.

—En esta ocasión, nuestro asesino se aseguró de no fallar cuando dejó la botella de agua en la celda —reflexionó Manuel—. Debemos hablar con el personal que estuviese anoche de guardia para saber quién tuvo acceso al cuarto de Miguel.

—Tengo el teléfono y la dirección de la redactora encargada del turno de cámaras de anoche, pero debe de estar durmiendo y no lo coge —dijo Vicenta—. Mandaré un coche a buscarla y la interrogaremos en comisaría.

—Pídeles también —interrumpió Rodrigo entregando un papel a su compañera—, que se pasen por esta dirección, es la casa de Alina Calvar. El programa lleva toda la mañana intentando localizarla y no lo consiguen.

—¿Esa no es la muchacha morena con la que has quedado alguna vez? —preguntó Manuel.

—Sí —afirmó Rodrigo, sin levantar la vista del vaso de café que mantenía entre las manos.

—Esperemos que no se encontrase ayer con el asesino —apuntó Manuel.

—Te quieres callar —le ordenó Vicenta, al comprobar como una mueca de inquietud se marcaba en la frente de Rodrigo—. No seas agonías.

Sin responder, el policía se apartó para intentar de nuevo localizar a Alina. Sin suerte, el maldito mensaje no variaba su letanía. Rodrigo regresó a la improvisada reunión justo cuando Vicenta colgaba el teléfono.

—La científica nos comunica que en la flor no hay nada que nos pueda servir.

—¿Qué flor? —preguntó Manuel.

—Entre las pertenencias de Miguel encontraron una flor —respondió Alejandro—, parecía una especie de regalo.

—Pues yo creo que era algo más que eso. —El rostro de Rodrigo se concentraba en intentar recordar—. ¿Te fijaste en la expresión del padre cuando le hablamos de ella?

—Tienes razón —confirmó Alejandro.

—Quizá fuese un mensaje —apuntó Vicenta.

—¿De qué especie era? —inquirió Manuel.

—Les pedí una foto a los de la científica y me la acaban de enviar —afirmó Vicenta, mientras manipulaba el teclado del ordenador en busca de una imagen.

Las palabras de la policía acompañaron el movimiento de sus manos al girar la pantalla. El rostro de Rodrigo recibió la imagen como si de una bofetada se tratase.

—Una orquídea —aclaró Manuel—. Una flor muy exótica, creo recordar que aparece en el emblema de varios países sudamericanos.

—Es una *cattleya trianae* —afirmó Rodrigo en un ronco susurro.

—No sabía que entendieses tanto de flores.

Las palabras de Vicenta obtuvieron una respuesta enigmática:

—Desconocía su existencia hasta anoche.

33

—¿*Q*ué sabemos de Alina Calvar? —preguntó Rodrigo.

—¿Qué quieres decir? —respondió Vicenta.

—Pregunto si hemos investigado a la ayudante de dirección.

—Sí, claro, como a todos. —La voz de Vicenta mostraba la extrañeza del resto del equipo. Aunque desconocían la intensidad de su relación, todos eran conscientes de la especial empatía que existía entre Rodrigo y Alina.

—Vicenta y Manuel, por favor, repasad toda la información que tengamos sobre ella: pasado, familia, amigos —pidió Rodrigo—. Alejandro, quiero que investigues cuentas bancarias, salidas y entradas del país, y sobre todo empleos anteriores; necesito comprobar en qué proyectos participó antes del *reality*. Yo he de volver a la cárcel, es importante que hable con Antonio Llanos y compruebe algo.

Sin más explicación, abandonó la comisaría. La imagen de aquella flor tatuada en la suave piel de Alina le impedía pensar con claridad. ¿Qué significaba aquella locura? Sin atreverse a plantear sus dudas, decidió sumergirse en el tráfico denso de la ciudad. La concentración impuesta para evadirse de un atasco le permitió alejar fantasmas.

A su llegada, el rostro de los trabajadores mostraba una mezcla de enfado y frustración que Rodrigo no lograba comprender. Hasta donde él conocía, el personal que trabajaba en las instalaciones se mantenía al margen de lo sucedido tanto con Miguel como con Valeria. Cierto que existían diversos rumores, pero ninguno de ellos se había filtrado a la prensa. Aquella mañana, el caminar errático de los cámaras y la actitud pasiva de los figurantes dejaban entrever un cambio en los empleados.

Sin hablar con nadie, Rodrigo se dirigió a la sala de realización con la esperanza de encontrar a Claudia. La suerte le sonrió.

—Hola —saludó la mujer sorprendida—. ¿Sucede algo?

—¿Quién dio la orden ayer de dejar una botella de agua en la habitación de Miguel? —Rodrigo necesitaba respuestas.

—No se puso solo en la celda de Miguel, se colocaron en todas.

—Bien, vale, mi pregunta se refería a quién ordenó que se hiciera. —La tensión transformaba las preguntas en exigencias.

—Alina es la que se encarga de ese tipo de cosas —dijo la mujer mientras la sonrisa inicial se transformaba en una línea recta.

—¿Llevó ella el agua en persona o encargó la tarea a alguien en concreto?

—Casi todo el personal estaba liado preparando los últimos detalles para la emisión de la fiesta —explicó la mujer—, y ella se ofreció a llevarla para no saturar a nadie con más trabajo.

—¿Puede mostrarme en las cámaras la entrada en la celda de Miguel?

—Imposible —respondió la redactora—. Alina me pidió que las desconectase el tiempo justo para que ella entrase.

—¿Eso es algo normal?

—Bueno, normal, no sé, no me lo cuestioné.

—¿A qué hora sucedió lo que me está contando?

—Poco antes de que comenzase la fiesta, calculo que sobre las diez menos algo.

«Una hora antes de que llegase a mi casa», reflexionó el policía.

—Claudia, ¿dónde está Alina? —La voz jadeante de Antonio Llanos interrumpió la conversación.

—Disculpe —continuó el hombre—, no sabía que estaba usted aquí.

Con un simple gesto de cabeza, el policía le saludó.

—¿Sabes algo de Alina? —Antonio continuó con el motivo de su visita—. No consigo localizarla y sin ella esto es un desastre.

—La he llamado al móvil, no me contesta —respondió la mujer.

—Manda a alguien a su casa —ordenó Antonio.

El rostro congestionado del hombre mostraba una sincera preocupación por su ayudante.

—Hace un rato he enviado un coche patrulla a la vivienda de Alina. —Las palabras de Rodrigo, en lugar de tranquilizar, preocuparon más al director.

—¿Por qué? —preguntó Antonio.

—No puedo dar esa información —zanjó Rodrigo—, pero sí necesito saber cómo llegó Alina a trabajar en el programa.

—Se la contrató, igual que al resto —consciente de lo ridícula de su respuesta, Antonio continuó—. Me refiero a que llegó su currículum y era el mejor para el puesto.

—¿Había trabajado antes con ella? —interrogó Rodrigo.

—La verdad es que no. Tenía un ayudante desde hace doce años, pero sufrió un accidente y nos vimos obligados a sustituirlo.

—¿Qué tipo de accidente? —interrumpió el policía.

—Un coche lo arrolló cerca de su casa, perdió el control e invadió la acera.

—¿Se detuvo al causante?

—No, se dio a la fuga. Los testigos aportaron marca y

modelo del coche. No sirvió de mucho, lo habían robado aquella misma mañana.

—¿Sobre el conductor, algún dato?

—Que recuerde, poca cosa, llevaba gorra y gafas de sol.

—Como si fuese disfrazado… —apuntó el policía.

—Algo así —confirmó Antonio.

—¿El hombre tenía enemigos o alguien que quisiera hacerle daño?

—¿A quién, a Armón? —se sorprendió Antonio—, pero si es un cacho de pan. ¿Cómo alguien podría hacerle eso a propósito? El pobre todavía camina con muletas y hace más de tres meses del atropello.

—Y Alina, ¿quién la recomendó para el puesto que desempeñaba? —Rodrigo decidió reconducir la conversación, seguro de que los detalles del atropello aparecerían en el informe policial.

—No lo sé —respondió Antonio tras reflexionar unos instantes—, sus datos aparecieron en mi mesa con el logo de la cadena, supuse que los habían enviado ellos; la verdad es que me pareció apropiada y, como no disponíamos de tiempo para seleccionar candidatos, le hice una entrevista y se quedó.

Mientras Antonio hablaba, Rodrigo observó cómo los ojos de Claudia se movían inquietos al tiempo que un ligero rubor cubría la piel de sus mejillas.

—¿Algo que comentar? —preguntó Rodrigo.

—No, nada —tartamudeó la mujer.

—Estamos hablando de un tema de asesinato —la voz del policía atronó la habitación—. Si sabe algo, tiene que decirlo.

—Una amiga me pidió que dejase el currículum de Alina en la mesa de Antonio —mientras hablaba, sus ojos no se despegaban del suelo—. Habían trabajado juntas en otros programas y me habló muy bien de ella.

—¿Por qué no me dijiste nada? —preguntó Antonio, la sorpresa se marcaba en su rostro.

—No lo sé, no me pareció importante, era solo para darle una oportunidad de trabajo a la chica —se justificó Claudia—. Además, cuando le hiciste la entrevista me dijiste que era perfecta, para qué contarte la verdad y que te cuestionases si contratarla o no, qué importancia tenía si los datos venían de la cadena o no.

—Necesitaría que me enviase una copia del currículum para comprobar ocupaciones anteriores. —Las sospechas del policía se transformaban en realidades que le costaba asumir, necesitaba pruebas concretas.

—No hay problema, creo que lo tengo archivado en mi despacho —respondió Antonio mientras se dirigía a la puerta. Con la mano apoyada en el pomo, se volvió—. ¿Usted cree que puede tener algo que ver con la muerte de esos muchachos?

La mirada de Rodrigo afirmaba lo que su mente se negaba a aceptar. Sin más, el hombre desapareció del cuarto para regresar a los pocos minutos.

—Aquí tiene. —La tristeza se aferraba al rostro de Antonio—. La mujer apareció en el momento oportuno y parecía tan válida que no me cuestioné nada más.

Con más inseguridades que respuestas, Rodrigo abandonó las instalaciones en dirección a su coche. Apenas había introducido la llave en el contacto cuando el sonido de su móvil le obligó a detener el motor.

—¿Qué tenemos? —preguntó Rodrigo.

—Acaban de llamar del coche patrulla que enviamos a casa de Alina Calvar —respondió Vicenta—. Nadie responde.

—Pide una orden para entrar —ordenó el policía.

El tono carente de expresión asustó a la mujer.

—¿Con qué motivo?

—Sospechosa de asesinato.

—Lo siento —respondió Vicenta sin pensar.

Por primera vez, el policía fue consciente de que sus sentimientos por Alina no eran un secreto.

—Voy a activar el manos libres —continuó la mujer—. Manuel y Alejandro tienen novedades.

—Hola, compañero —saludó Manuel—. La chica llegó a España en junio de 1988, acababa de cumplir nueve años, procedente de Colombia. He pedido algunos favores y parece ser que entró con un proceso abierto de acogimiento preadoptivo por parte de un tal Pablo Calvar y su esposa Gemma Santiago.

—¿Has averiguado algo de sus padres de acogida?

—El tipo es ingeniero informático. Trabaja para una multinacional con presencia en Colombia. Estuvo destinado cinco años allí y luego regresó a España. Situación económica muy buena.

—Alina me dijo un día que había pasado parte de su infancia interna en colegios —comentó Rodrigo.

—Es cierto, ese mismo curso la niña fue matriculada en un centro elitista y caro a las afueras de Madrid. Allí estuvo hasta los dieciocho años. Después, según figura en el registro bancario, sus padres de acogida abrieron una cuenta con su nombre en la que le ingresaban una asignación mensual, bastante generosa; los pagos se hacían desde una sociedad que gestiona el capital del matrimonio.

—No la querían en casa —dijo Vicenta—. La mantenían, pero sin más.

—No comprendo por qué la adoptaron, o acogieron, o lo que sea para luego meterla interna —reflexionó Manuel.

—Ni idea —continuó Vicenta—. Contacté con la madre por teléfono hace un momento. No quiere saber nada de Alina. Insistí y me respondió con una frase que no entendí y no quiso explicarme, textualmente dijo: «Debimos dejarla morir».

—Entiendo su cabreo, les ha robado casi dos millones de euros. —Alejandro no separaba la vista del ordenador.

—Eso es mucha pasta. —Manuel dio un silbido.

—Hace dos días liquidó los activos de una empresa, con fiscalidad en Colombia, cuyos máximos accionistas son Pablo Calvar y su esposa.

250

—¿Cómo lo has descubierto? —preguntó Rodrigo.

—Ha dejado un rastro de los movimientos tan evidente que solo le faltó colocar unos luminosos —ironizó Alejandro—; no solo quería dejarlos sin dinero, creo que también deseaba que lo descubriésemos.

—¿Consta alguna denuncia? —Vicenta mostraba su extrañeza, la madre no le había comentado nada durante la conversación que habían mantenido.

—No —respondió Alejandro—, supongo que no querrán explicar la procedencia de todo el dinero que tenían invertido en esa sociedad.

—¿Dónde metió Alina la pasta que les ventiló? —preguntó Manuel.

—No puedo saberlo, se escapa de nuestra competencia. Si queremos más datos hay que acudir a la vía judicial.

—Preparaba su huida —susurró Rodrigo.

Vicenta prefirió ignorar el comentario de su compañero y continuó.

—¿Algún dato que la relacione con el chantaje a Jesús Herrador y a Antonio Llanos?

—Al analizar su experiencia laboral —afirmó Alejandro—, he descubierto que en las fechas que Antonio Llanos mantuvo su aventura extramatrimonial ella participaba en un proyecto de la televisión local, en una población cercana al hotel en el que la pareja de enamorados se hospedaba. Supongo que no tendría problema para obtener las fotos.

—Necesitaba que Antonio fuese el director del concurso porque sabía que podría conseguir el puesto de ayudante y así introducirse en el programa. Aunque para eso tuviese que atropellar a alguien —apuntó Rodrigo.

—Y con los años que lleva en la profesión, no dudo que conociese los rumores sobre la adicción de la hija de Jesús Herrador —afirmó Vicenta.

—Todas las pruebas la acusan —dijo Manuel.

—Pero aún nos falta el porqué —apuntó Alejandro.

—Rodrigo, tú la conocías —sugirió Vicenta—. ¿Crees que es capaz de algo así?

—Yo conozco los momentos que pasó conmigo estas últimas semanas —confesó Rodrigo—, nada más.

—Me acaban de enviar un mensaje del aeropuerto. —La voz de Alejandro no ocultaba su nerviosismo—. Alina Calvar embarcó en un vuelo rumbo a Bogotá a las siete y cuarto de esta mañana.

—¿Compró el billete a su nombre? —preguntó Vicenta, extrañada.

—Es su forma de despedirse —reflexionó Rodrigo en voz alta.

34

Colombia

Semanas antes del noveno cumpleaños de la pequeña, Kaliche ordenó a su esposa que preparase una gran fiesta para celebrarlo. Extrañada, hacía años que ni siquiera miraba a la niña; Mara aguzó sus sentidos para descubrir, a través de las conversaciones con sus hombres, los motivos de aquel cambio.

No tardó en saber lo que buscaba: su marido quería abandonar el país, la colaboración entre los servicios de la policía gubernamental y los agentes de Estados Unidos hacía peligrar no solo los negocios sino la propia vida de Kaliche. A cambio de su seguridad, el muy rastrero había pactado con ellos para entregarles a dos de las familias con las que compartía territorio y distribuidores. Necesitaba un lugar libre de sospechas, que no levantase recelo, para reunirse con las autoridades locales, intermediarios con los agentes extranjeros. Para todo ello, nada mejor que una celebración infantil, quién podría sospechar.

Mara descubrió que el plan de su marido no la incluía a ella ni a la pequeña. En los pasaportes entregados a cambio de la información no aparecían sus nombres y sí el de su amante. Lejos de enfadarse, la mujer lo celebró como una liberación; con aquel hombre fuera de sus vidas, al fin podría regresar a casa de sus padres y criar a su pequeña lejos del miedo.

El día previo a la fiesta, Mara se movía por la finca emocionada por la cercanía de su independencia; trataba de que todo resultase perfecto para que los planes de su marido llegasen a cumplirse. Por suerte, un viaje inesperado a la capital mantuvo a Kaliche alejado de la plantación, lo que le permitía estar por la casa sin ojos tras ella. Con ayuda de las muchachas de servicio y de los trabajadores de la finca colocó guirnaldas de colores adornando el jardín y una enorme piñata repleta de dulces en el centro. Encima de los tableros, que harían de mesas, ramos de orquídeas esperaban la llegada de los invitados. Su felicidad contagió al personal doméstico, nunca se había oído entre aquellas paredes tanta algarabía y por unos instantes todos olvidaron a quién pertenecía el lugar.

Subida en una de las sillas de la cocina, Mara trataba de alcanzar los manteles de hilo bordado guardados en los estantes superiores. Fredo entró en la despensa en busca del menaje para colocar en las mesas de fuera.

—Por favor, ayúdame con esto, que pesa —rogó la joven mientras descendía con cuidado.

La petición fue atendida de inmediato. Con una sonrisa, el hombre colocó las manos bajo las de ella a la espera de que soltase la carga. El contacto con su piel y la sensación de libertad que se respiraba en la casa hicieron que por un instante se dejase llevar por sueños reprimidos durante demasiado tiempo. Con pasión, acercó su boca y la besó.

La suavidad con la que los labios del muchacho pedían permiso para besarla, para acariciarla, sorprendió a la mujer, que, acostumbrada a las maneras de amante posesivo de su marido, tardó unos segundos en reaccionar y apartar el cuerpo de Fredo.

Antes de que las palabras de protesta surgieran de sus labios, una sombra en la ventana de la cocina llamó su atención. Paralizada por el miedo descubrió la silueta de Chako, que se alejaba de la casa y desaparecía en su coche. Pálida y con la respiración entrecortada, Mara corrió en busca de Xisseta, seguida por Fredo.

—Tienes que huir. Si te encuentra, te matará. —Las palabras de Xisseta tras escuchar lo que había sucedido confirmaron sus sospechas: aquel malnacido de Chako iba en busca de Kaliche.

—Pero puedo explicárselo, no ha sido nada —trataba de justificar la muchacha.

—Niña, después de tanto tiempo aún no sabes la clase de hombre con el que te casaste. —Mientras hablaba, Xisseta abrazaba con fuerza a Mara, sabía que era la última vez que podría—. Sube al cuarto y recoge un poco de ropa para ti y la niña. No tendrá compasión, ni contigo ni con ella.

—Mis padres, mi familia… —de repente la mente de Mara comenzó a recordar.

—Yo me encargo, enviaré a uno de los jornaleros de confianza y les diré lo que ha sucedido; lo mejor será que desaparezcan durante un tiempo —afirmó la mujer.

—¿Qué voy a hacer?, ¿adónde puedo ir? —sollozaba la muchacha.

—No lo sé, pequeña, pero tenéis que esconderos. Os buscará, y si os encuentra nadie podrá ayudaros. Lo mejor sería que abandonaseis el país. —Las sugerencias de Xisseta demostraban lo bien que conocía a su jefe.

—¿Salir del país? —Sus palabras temblaban tanto como su cuerpo. Mara jamás había estado sola, primero sus padres y luego Kaliche organizaron su vida sin que tuviese que preocuparse de nada, ¿cómo se las arreglaría ahora para sobrevivir sin ayuda?

—Creo que podría conseguir los papeles para dejar Colombia. —Los ojos de Fredo miraban al suelo mientras hablaba, consciente del peligro en el que Mara y su hija se encontraban por su culpa.

—¡Habla! —ordenó la mujer, deseaba pegarle, gritarle, pero primero escucharía.

—Conozco a un policía que trabaja en el departamento de Cauca, en Popayán, es hijo de un primo de mi madre y me debe un favor. Hace un par de años le salvé la vida, tu marido preparaba una operación y él era uno de los objetivos que iban a eliminar; sé que si se lo pido nos conseguirá la documentación para salir del país.

—¿Y mientras? —preguntó Xisseta

—Mis abuelos tienen una casa en Cajibio, muy cerca de Popayán; podemos escondernos allí, en esta época del año está vacía.

Abandonar la protección de su hogar, alejarse de su país, de su mundo, recorrer más de ochocientos kilómetros en una huida sin posibilidades, por un beso de un hombre al que ni siquiera amaba. Mara sintió flaquear todo su cuerpo.

—No hay tiempo para eso —Xisseta zarandeaba los hombros de la muchacha con fuerza mientras hablaba—. En la casa no hay dinero; llévate las joyas, te harán falta para empezar una nueva vida. Prepararé algo de comida para el viaje.

En pocos minutos la camioneta de Fredo iniciaba la marcha con Mara y su pequeña situadas en la parte trasera escondidas bajo unas mantas; intentaría ocultar su partida a los ojos de los empleados de la casa todo el tiempo posible.

—¿Falta mucho? —preguntó la niña. Su cuerpo se removía sin encontrar una mejor postura tras más de seis horas de viaje sin descansar—. Quiero mi regalo.

—Lo sé, cariño —las manos de Mara le acariciaban el pelo mientras mentía—, ya te dije que era una sorpresa y que teníamos que ir a buscarla. No seas impaciente, llegaremos pronto y tendrás tu regalo de cumpleaños. A Mara no le gustaba engañar a su hija, pero era consciente de que, si deseaba sobrevivir, la existencia de ambas se convertiría en una gran mentira.

ϒ

Amanecía cuando llegaron a la casa. Más de nueve horas de viaje por carreteras secundarias, sin apenas detenerse para comer o descansar, dejaron sus cuerpos doloridos y agotados.

Con la pequeña dormida en brazos, Fredo franqueó la puerta seguido por Mara. Una estancia amplia, aunque algo deslucida por la falta de uso y limpieza. Tras acomodar a la pequeña en un sofá de la habitación contigua, Mara recorrió la vivienda. Una cocina antigua, un baño pequeño y sucio, un salón y tres cuartos formaban su nuevo hogar. El olor a humedad y las manchas de moho en las paredes mostraban el abandono. Incapaz de soportar el desagrado ante lo que contemplaba, arrugó la nariz y frunció el ceño.

—Mi amigo Manu me dijo que en un par de días, como mucho tres, los pasaportes estarían listos. No tendremos que quedarnos más tiempo—. Fredo trataba de borrar con sus palabras la expresión de malestar del rostro de Mara.

Por toda respuesta, un gesto afirmativo. En su mente se amontonaban demasiadas preguntas, dudas y miedos para detenerse a conversar. Sabía que su marido estaría buscándolas, prefería no pensar en la furia de su rostro. Se le contraían las entrañas con tan solo imaginar la rabia que sentiría al saberse engañado.

A pesar del asco que le provocaba el olor a cerrado de la vivienda, Mara prefirió no abrir ninguna ventana, y con trapos taparon las rendijas de las persianas y las puertas para que la luz de dos candiles de gas que Fredo encontró en la despensa no se percibiera desde el exterior. Era preferible que los vecinos no supiesen que estaban allí.

Cuando la pequeña despertó, Fredo necesitó mucha imaginación, y su madre, autoridad, para que no saliese a la calle. Se negaba a quedarse allí, no le gustaba la oscuridad, ni

257

el olor, quería irse a casa, a su fiesta. Por suerte, el hombre logró convencerla de que todo se trataba de un juego, el juego del escondite que tanto le gustaba. Ellos tenían que quedarse allí quietos para que nadie descubriese el lugar secreto; si lo hacían bien, lograrían un gran regalo al final. Por suerte, la niña se dejó engatusar por la palabrería de su amigo y aceptó participar en esta nueva diversión.

En la oscuridad de las habitaciones, las horas parecían detenerse. Sin nada que hacer, Mara no dejaba de pensar, temía por su familia, por Xisseta, por las muchachas de la casa. Si Kaliche no las encontraba, descargaría su furia contra ellos. A pesar de los años transcurridos y del deseo de olvidar, Mara recordaba la muerte del pobre Juanito. Los ojos se le llenaron de lágrimas al recordar el cuerpo colgado de aquella viga. Era tan solo un muchacho. Si por robar un poco de aquella mierda con la que su marido se enriquecía merecía la tortura a la que aquellas bestias lo sometieron, qué harían con ella cuando la encontrasen. Mara tembló de miedo, asumía la muerte, llevaba años conviviendo con ella, cenando con fantasmas a los que horas antes Kaliche había sentenciado a muerte, y a los que agasajaba antes de que Chako y Julio cumpliesen sus deseos. La conocía y estaba acostumbrada a tenerla como compañera cercana, pero temía el dolor, el sufrimiento. Decidida a no convertirse en un juguete a manos de su marido, Mara escondió una de las armas de Fredo bajo el fregadero de la cocina; llegado el momento, ella decidiría su final.

El segundo día transcurrió sin noticias de Manu y con la comida preparada por Xisseta a punto de terminarse. Angustiados por las horas de encierro, Mara y Fredo se movían por la casa tratando de aliviar la tensión acumulada, mientras la pequeña dormitaba en el sofá.

El sonido de un vehículo deteniéndose en la parte trasera de la casa alertó sus sentidos.

—¿Quién es? —susurró la mujer mientras su compañero se acercaba a una de las ventanas.

—No reconozco el coche —respondió el hombre—. Y no puedo ver el interior, está demasiado lejos.

Con mimo, Mara despertó a su hija y la condujo a uno de los destartalados dormitorios. Disimulado, tras la puerta se ocultaba un pequeño armario empotrado, que la pequeña había descubierto en sus excursiones por la casa. Pintado del mismo color que el resto de la estancia, resultaba casi imposible de ver.

—Quiero que te escondas ahí dentro y que no salgas, oigas lo que oigas, acuérdate de que queremos ganar el premio y tú eres la mejor jugando al escondite —la mujer trataba de sonreír mientras mentía a la niña—, no lo olvides nunca, mamá te quiere mucho.

Sin esperar, besó a la pequeña y cerró la puerta del armario.

Cuando regresó al lado de Fredo, el rostro del hombre reflejaba los nombres de los ocupantes del coche. Sin pronunciar ni una sola palabra, sin un gesto, sin una despedida, Mara fue a la cocina, sacó el arma escondida y, con la imagen de su niña en la mente, esperó.

Los sonidos del exterior aumentaban.

Tras varios intentos, la carcomida madera de la puerta de entrada cedió y tres hombres accedieron a la casa. Desencajado por la rabia, Kaliche dirigió sus pasos a Fredo, que incapaz de reaccionar permanecía al lado de la ventana.

—¿Dónde están? —gritó al tiempo que golpeaba el rostro del muchacho.

Desde el suelo, Fredo señaló la habitación contigua.

—Maldita zorra. —La forma en la que mordía cada sílaba mostraba la rabia de Kaliche al encararse con Mara.

—Vete, déjanos en paz —ordenó la mujer apuntándole al pecho con la pistola.

—Estás muerta —gritó el hombre.

259

—¿No te ibas del país sin nosotras? Pues lárgate de una vez.

Las palabras de la mujer sorprendieron a Kaliche, lo cual logró su objetivo: detener el avance.

—Vaya, al final va a resultar que eres menos estúpida de lo que pensaba —dijo el hombre—. Claro que me iba sin ti y sin tu bastarda, me llevo lo que me importa, a una hembra de verdad capaz de engendrar un hijo mío.

Mientras Kaliche confesaba sus planes, una pequeña sombra se situó a su espalda. Aterrada ante la posibilidad de que alguien la descubriese; Mara hizo un gesto a su hija para que regresase al escondite.

—Se acercan tres coches, parecen policías —dijo Chako desde la entrada, con el arma preparada en la mano.

Durante un instante la mujer acarició la posibilidad de salvar su vida y la de la pequeña.

—Pero antes, voy a cortarle el cuello a esa niñita que tanto quieres, ante tus ojos, para que jamás olvides quién manda —gritó Kaliche.

—Tenemos que irnos antes de que se organicen y rodeen la casa —apuró Julio.

—Sal de donde estés —aulló Kaliche. Durante unos segundos, tan solo la respiración acelerada de Mara rompió el silencio—. Sal de una vez —exigió de nuevo el hombre—, ya sabes lo que pasará si no lo haces.

En esta ocasión, el chirrido de una puerta al abrirse hizo palidecer el rostro de la mujer. Su hija acudía a rescatarla. Aunque disparase a Kaliche y lograse alcanzarle, sabía que sus hombres terminarían el trabajo.

—¡¡Tranquila, mamá está bien; el juego continúa, escóndete y no salgas!! —Sin pronunciar una palabra más, sin un gesto, sin una despedida, Mara introdujo el arma en su boca y apretó el gatillo, eliminando la única baza que Kaliche tenía para encontrar a su niña.

El sonido del disparo movilizó a los hombres que se encontraban en el exterior.

Durante unos segundos el deseo de venganza nubló la mente de Kaliche, que desencajado por la rabia propinó una fuerte patada al cuerpo de Mara, sin percatarse de la cercanía de la pequeña.

Al final, el instinto de supervivencia afloró con fuerza.

—Nos llevamos a este —gritó a Julio, empujando el cuerpo de Fredo hacia él.

—Quiero que esta maldita casa arda —ordenó Kaliche al tiempo que arrojaba unos billetes a los pies de sus confidentes, dos vecinos del barrio que habían visto cómo Mara y su hija entraban en la vivienda días antes.

Temerosos, corrieron a cumplir las órdenes.

El fuego acababa de comenzar su tarea cuando la policía arribó a la puerta. Manu jamás podría olvidar la imagen que descubrió al entrar en la cocina, ni tampoco el rostro frío y sin alma de aquella pequeña a la que tuvieron que separar por la fuerza del cuerpo ensangrentado de su madre

El primo de Fredo resultó ser un buen hombre. A pesar de conocer mejor que nadie el riesgo que suponía ocultar a la hija de Kaliche, la mantuvo a su lado.

Gracias a los comentarios imprudentes de un compañero, descubrió que se estaba preparando un operativo para la detención por blanqueo de dinero procedente del narcotráfico de Pablo Calvar, un español empleado en una multinacional que utilizaba su trabajo para entrar y salir con impunidad del país. Sin dudar, Manu contactó con él, su propuesta fue sencilla; si se llevaba a la pequeña a España y la criaba como su hija, él le ayudaría para que sus inversiones en Colombia no fuesen detectadas por el Gobierno. Si se negaba, pasaría los próximos años en una cárcel del país. También se encargaría de que nadie descubriese la empresa que poseían en el país a través de la cual recibía los pagos de las mafias por sus servicios. De esa cuenta, exigía que la niña recibiera una asignación mensual de un porcentaje del dinero que en ella existiese al cumplir los dieciocho. Si algo le sucedía a la pequeña antes de cumplir esa edad, él se encargaría de que las autoridades del país supiesen de la existencia de ese dinero y les fuese incautado. De esta manera, Manu se aseguraba de que no la abandonarían, al menos hasta esa edad. Por supuesto, Pablo Calvar aceptó.

Durante dos semanas, la pequeña fue testigo mudo de los contactos y favores que el policía debió pedir, suplicar y exigir para obtener una nueva identidad que le permitiese alejarse de Colombia. Nadie se molestó en apartarla de las conversaciones ni en sacarla de la habitación cuando hablaban de su padre, de sus negocios, de la forma en la que había vendido y delatado a todos sus contactos para obtener una nueva identidad y viajar con su amante embarazada a España. Nadie evitó que conociese el final de la familia de su madre, asesinados a tiros en su propia casa, nadie se molestó en ocultarle cómo el cuerpo de Fredo había aparecido descuartizado en una carretera cercana a los maizales, para que todos los trabajadores pudiesen ser testigos del castigo sufrido.

Nadie libró su mente del dolor que rodeaba su vida.

El día de su viaje a España, Manu acudió al aeropuerto para despedirse de la pequeña. Durante el tiempo que pasaron juntos se había encariñado de ella, el silencio que envolvía la tristeza de su rostro le encogía el corazón. Deseaba abrazarla, decirle que el pasado se olvida, que su vida sería feliz en otro país…, pero no se atrevía, ni él mismo se creía tantas mentiras, sobre todo al contemplar el desprecio que el rostro de la que iba a ser su nueva madre expresaba al mirarla.

—Te he traído un regalo —dijo el hombre a modo de despedida—. Cuídate mucho.

Sin pronunciar una palabra, la niña alargó la mano para recibir una pequeña libreta y una caja con colores.

Ajena a la conversación que los adultos mantenían, la pequeña se sentó en el suelo y extrajo de la caja el color morado. Con mucho cuidado comenzó a dibujar la flor favorita de su mamá, y debajo de ella, con trazo firme y sereno, colocó las letras que conformaban el nuevo nombre de su padre. Algún día, Luis Ortiz pagaría con dolor la muerte de los suyos.

35

Un mes después de la muerte de Miguel Ortiz

Situadas bajo la mesa, una maleta mediana y una mochila de mano aguardaban a ser facturadas, mientras, ajeno al murmullo incesante, Rodrigo disfrutaba de un café templado antes de desaparecer y olvidar la tensión de las últimas semanas.

Sobre todo, deseaba borrar la sensación de suciedad impregnada en su piel tras el cierre de la investigación. En el lugar al que iba no tendría que soportar el rostro, restaurado para la ocasión, de la apenada madre de Valeria paseando por los platós en busca de una fama tardía que le permitiese alcanzar la notoriedad y posición mediática que su falta de talento le impidió disfrutar en su juventud. Al final, Valeria desaparecería olvidada por la estrella brillante de un nuevo engendro mediático.

Contrarios a esta búsqueda de fama, la familia de Miguel se esfumó sin dejar el más leve rastro. En la huida tan solo se rezagó uno de los perros guardianes de Luis Ortiz, encargado de recoger las cenizas del muchacho y seguirles los pasos con ellas.

Este deseo por convertirse en fantasmas permitió a la cadena y a la productora finalizar la farsa con impunidad y sin tener que emplear medios ni dinero para lograrlo. Alejado el escándalo, solo quedaba disfrutar de un éxito de audiencia envidiado por el resto de competidores.

Si a eso unimos una recua de nuevos rostros semifamosos que podrían llenar horas de programas con las miserias de sus vidas, el concurso podría considerarse todo un triunfo.

Rodrigo recordaba el rostro altivo de Vera Palacios el día que ella y Jesús Herrador se reunieron con el inspector en la comisaría para agradecerle el modo en el que había manejado la investigación. Para aquellos dos seres, la diferencia entre el bien y el mal no existía, sus escalas de valores se encontraban alejadas de la mayoría de los mortales, guiadas por una necesidad enfermiza de poder y prestigio que podrían llevarlos a cometer la mayor de las aberraciones.

La megafonía del aeropuerto indicaba la necesidad de adentrarse en el desagradable mundo de las colas para facturar. Resignado, abandonó el refugio en la barra del bar para dirigirse al mostrador.

Apenas iniciada la marcha, un leve aroma golpeó con furia los recuerdos reprimidos.

Con un atrevimiento que jamás creyó poseer, Rodrigo husmeó el aire como si de un sabueso se tratase en busca del origen de aquel penetrante aroma. La portadora de sus desvelos apareció un par de colas a la derecha. Apoyada sobre una maleta rígida, esperaba con calma el momento de acceder a la línea de facturación.

—Disculpe —murmuró Rodrigo sin entender lo que estaba haciendo—; le parecerá una locura, pero podría decirme el nombre del perfume que lleva.

—¿Perdone? —respondió la mujer al tiempo que apartaba la mirada del teléfono móvil con el que jugueteaba segundos antes.

—No quiero molestarla, de verdad, y sé que parezco un chiflado, pero es que acabo de reconocer el perfume de una amiga —explicó el policía, atropellando cada palabra— y me gustaría saber cuál es para poder regalárselo.

—Un poco rara sí que resulta su pregunta —respondió la mujer con una tímida sonrisa. Con un suspiro de alivio, Rodrigo le devolvió la sonrisa y le agradeció que no corriese a llamar al personal de seguridad—. Eau Sensuelle... es el nombre de mi colonia —aclaró la mujer ante el rostro asombrado de Rodrigo.

—Muchas gracias, y de nuevo perdone.

—A mí me recuerda el olor de mi país, casi puedo tocar las flores que rodeaban la casita de mi mamá —explicó la mujer, la tristeza de la distancia se apreciaba en el tono de sus palabras—. Cuando el destino te obliga a alejarte de los tuyos, es bueno mantener vivos los recuerdos.

—¿En Colombia? —se atrevió a preguntar el policía, aunque sabía la respuesta.

—Sí —respondió la mujer.

La llamada para su vuelo obligó a la mujer a despedirse. Mientras se alejaba, el aire onduló de nuevo hasta llevar junto a él una ráfaga de sensaciones.

267

La culpa de Alina había bloqueado los recuerdos, las palabras, los momentos juntos. Incapaz de entender su comportamiento, aceptó por buenas las explicaciones de sus compañeros; ella buscaba información, por eso se acercó a él. Pero Rodrigo sabía, sentía, que se equivocaban. Ella jamás preguntó por el caso, nunca se interesó por la investigación. Cuando estaban juntos el resto del mundo desaparecía, nada ni nadie importaba.

¿Por qué dejó que descubriese aquel tatuaje? ¿Por qué se delató?

¿Una despedida? ¿Una explicación no pedida? ¿Una forma de ayudar a resolver el caso? ¿Por qué le habló de su casa, de sus sueños, de sus orígenes? Demasiadas dudas que jamás lograría responder. Alina había desaparecido de su vida.

Un nuevo anuncio de megafonía acercaba el inicio de su viaje. Con cuidado, extrajo el libro que guardaba en el bolsillo lateral de su bolsa. Quería tenerlo cerca en el momento mágico en el que divisase el contorno de la isla. Mientras lo acariciaba, sintió la dureza de una esquina de papel fuera de lugar. Extrañado, separó las hojas para descubrir una nota doblada en mitad de un capítulo.

Al desplegarla, recordó las últimas manos que habían tocado aquella portada.

«Cumplir mi venganza tendrá como castigo soportar el resto de mi vida la ausencia de tu sabor, de tu aroma. No imagino una condena peor.»

Aquellas palabras devolvieron a todo su cuerpo las sensaciones reprimidas. El tacto de una piel morena y firme, el sonido sensual de las palabras prohibidas en la calidez de la almohada, el movimiento acompasado de un cuerpo bajo el suyo… No podía, ni quería renunciar a ella.

Dos horas más tarde, Rodrigo abrochaba el cinturón de seguridad del asiento, aferrado a las preguntas, a los deseos, a las dudas… Un cambio de última hora en su destino y tan solo una idea clara en su mente: la ropa que llevaba en la maleta no le serviría de nada para paliar el calor del lugar al que ahora se dirigía.

Este libro utiliza el tipo Aldus, que toma su nombre
del vanguardista impresor del Renacimiento
italiano, Aldus Manutius. Hermann Zapf
diseñó el tipo Aldus para la imprenta
Stempel en 1954, como una réplica
más ligera y elegante del
popular tipo
Palatino

La cárcel
se acabó de imprimir
un día de verano de 2020,
en los talleres gráficos de Rodesa
Estella (Navarra)